菊とギロチン

KIKU TO GUILLOTINE

やるならいましかねえ、いつだっていましかねえ

著 栗原康
原作 瀬々敬久 相澤虎之助

taba books

目次

菊とギロチン

やるならいましかねえ、いつだっていましかねえ

栗原康

菊とギロチン

やるならいましかねえ、いつだっていましかねえ

おら、つよぐなりでえ！

いまでもはっきりおぼえている。
一七歳のとき、舗装道路に犬の糞があって、
それをみたとき、とつぜん悟ったんだ。
そうだ、人生とはこういうものなのだと。
（フランシス・ベーコン）

人生はクソである。人糞じゃない、犬の糞だ。水洗便所できれいさっぱりとながされることなんてなく、道端にコロッコロしていて、ただただ侮蔑の目でみられるようなあのクソである。この物語は、そんなクソたちによる、クソたちのための、クソったれの人生だ。コロッコロしようぜ、クソくらえ。さあ、はじめよう。

＊

ときは一九二三年九月一日、いまからおよそ一〇〇年まえのことだ。福島県のある農村に、玉岩興行という一座がやってきた。村には見世物小屋がたてられて、村人たちはおおはしゃぎだ。すげえもんがみられるぞぉ。そんなうわさをききつけて、トモヨは赤ん坊をしょったまま、フラフラとその小屋までやってきた。

ちかづいただけでも、熱気がつたわってくる。なかからは、きいたこともないような怒号がとびかっていて、それにあわせて拍手と歓声がわいていた。なんだぁ、なにがおこってんだぁ。みたいけど、カネがなくて入場料をはらえない。みたい、でもみられない。みたい、でもみられない。あぁ、みてえ、みてえ。どうしてもみたかったトモヨは、小屋のすきまからソッとなかをぬすみみた。

はっけよぉーい、のこった、のこった、のこった！

行司が掛け声をとばすと、パンパーンッッと女と女が体をぶつけあった。白い襦袢に白いパンツ、そこにまわしをしめた女たちが相撲をとっている。おふざけじゃない。マジである。怪物みたいにでっかい女力士と、みめうるわしい、ひきしまった体の女力士が、ウァァーとおたけびをあげながらとっくみあいをしている。

でっかいほうの力士が、ちっこいほうをブンブンと投げとばそうとするが、ちっこいほうがなんとかもちこたえる。ド迫力だ。いけ、いけ、いけー。見物人が、おもわず声をあげた。こんどは、ちっこいほうがでっかいほうをもちあげる。ドスコイッ、ドスコイッ。デーンッ!!! 巨体を土俵の外までぶっとばした。

うわあああ!!! すげえっ、すげえよう。あまりのすさまじさに、トモヨは目をうばわれてしまった。その後も、つぎつぎと熱戦がくりひろげられた。でも、ある力士が相手力士にズドーンッと、おもいきりツッパリをくらわせたときのことだ。ビリビリ、ビリッ。あまりのいきおいに、相手の襦袢がさけてしまった。エロいだべ。すると、なかにいた巡査がとつぜん大声でさけびはじめた。

中止いーっ！　中止だーっ！　中止いーっ！　解散！

風紀をみだすからやめろ、というのである。ちくしょう、真剣勝負をジャマしやがって。いつの時代もファック・ザ・ポリス。そうおもった瞬間のことだ。さっきまで、あんなにやかましかったセミがとつぜん鳴きやんだ。ド、ドドドドドッ、グラグラ、グランッ。うひゃあ!!! トモヨがさけぶ。木々の鳥たちも、いっせいにまいあがった。力士たちも土俵にはいつくばり、行司も親方も控えの力士たちも、いっせいにしゃがみこんだ。ギャアギャアアッ、ワアワアッ。見物人も巡査もテンヤワンヤのおおさわぎだ。午前一一時五八分。そう、関東大震災だ。

この日、相模湾沖を震源地とする大震災は、関東一円にむちゃくちゃな被害をもたらし、被災者は一九〇万人、死者と行方不明者は一〇万五千人にもおよんだ。トモヨがいた福島でも関東みたいな被害はなかったものの、震度五弱のゆれがあったくらいだ。ああ、びっくらこいたぁ。さすがに興行は中止になったので、トモヨは家路についたが、なんだか脳天がぶちぬかれたような気分だ。

それまでトモヨは、力ってのは男の特権だとおもいこんでいた。いばりくさった男どもが、女をしたがわせるために殴るける、そうやってつかうもんだと。おっかねえ。でも、きょうみた女力士たちは、ぜんぜんちがう。女が圧倒的なつよさをほこっていて、しかもそのつよさをぶつけあい、力を高めあうことがたのしくて、たのしくてしかたがない様子だった。ああ、女だってあんなふうになれるんだ、なっていいんだ。そうおもっていたら、おいうちをかけるかのように、あの大地震である。そりゃ脳天、パンパーンッってなっちまう。で、おもうのだ。おらの人生って、いったいなんなんだべ？

トモヨは一七歳。一〇コうえのネエちゃんがいたのだが、嫁ぎ先で子どもを産んだあと、体をこわして死んじまった。じゃあ、おめえがかわりにいけよってことで、トモヨが後妻にはいった。旦那の定生は、四〇にちかいおっさんで、まずしい農家の一人息子。どんなやつかというと、クソやろうだ。

世間体がよくて、はたらきものなので、近所の人たちからは評判がいいのだが、家にかえれば人格がかわる。メシがまずい、子どもが泣いている、どこそこが汚れている、おめえのしんきくせえ顔が気にくわねえ。むしゃくしゃしたら、なんでも理由をつけてトモヨをぶったたいた。ううっ、こいつ、死ねばいいのに。トモヨはいつもそうおもっているのだが、いざ暴力をふるわれると身がすくみ、定生にしたがってしまう。

ケガをすると、同居していた姑がやさしく手当てをしてくれるのだが、そのたびにこういってくる。しかたねぇんだよう、それがオナゴってもんなんだぁ。そうやって男にしたがわなげりゃ、食っでいけねぇんだよと。しかも、そのあときまってこういうのだ。このことは近所のひとにいっちゃなんねぇよ。家の恥だからねぇと。

いやいや、恥ならただせよってとこだが、そうはならない。どこの家でも女はつらいおもいをしてたえているんだから、てめえだけピイピイわめくんじゃないよということだ。いっていることはクソババアなのだが、でも、みんながそうしている、みんなが、みんながといわれていると、なんだか自分もそうしなきゃいけないかのようにおもわされてしまう。よっ、世間体！

でも、もうちがうぞ。だって、女相撲をみたんだから。なんだかきょうはいける気がする。そうおもって帰宅してみると、定生が仁王立ちして、ジイッとこっちをにらみつけている。目でもわるいんだべか？

油なんか売ってねえで！　ちゃんとはたらけっ！

そうどなると定生はトモヨの顔をデシッ、デシッとぶったたいた。顔がパンパンにはれるまで、なんどもなんどもぶったたいた。トモヨはジッとたえている。しかしいままでのように、ただ身をすくめていたわけじゃない。トモヨは無言のまま、右手をギュッとにぎりしめ、心のなかで呪文のようにくりかえした。クソだべ、こいつ。クソだべ、この家。

クソだべ、この村。クソだべ、この世界。クソだべ、クソだべ、クソだべ!
もう、がまんがならねえ。夜明けまえ、家のもんがねているのを確認すると、トモヨは身ひとつでとびだした。夜逃げである。うしろを気にしながら、山村の農道をダッシュする。逃げろ、逃げろ、逃げろ。めざすさきは、ただひとつ。女相撲の玉岩興行だ。

おねげえします、おねげえしますっ!

ワラにもすがるおもいで、バシバシと門をぶったたいた。するとなんだ、なんだと、目をこすりながら、親方の岩木がやってきた。トモヨは、あたまをさげて岩木におねがいをした。おらを一座にくわえてくだせぇ、力士になりてえんだ、力士になりてえんだ、なんだってしますからと。うーん、どうしたもんかとおもって、岩木がボリボリとあたまを掻いていると、うしろから、なんだい、なんだいと、大関の玉椿がやってきた。
きのう興行で巨体の女力士をぶん投げていたひとだ。この一座じゃ、親方の岩木とつれあいで、力士たちのまとめ役もしている。目を真っ赤にしながら懇願しているトモヨのすがたをみて、玉椿はかわいそうだとおもったのだろう。さそいこむように、トモヨにむかってこうたずねた。「あんた、どうして力士になりたいんだい?」。即答だ。「おら、つよくなりでえ!」。こうして、トモヨは玉岩興行の力士になった。

＊

数週間後、早朝の相撲小屋。トモヨが息をきらせ、汗だくになっていた。ほかにも、大銀杏っていうマゲをゆい、半袖シャツに短パン姿、そこにまわしをしめた女力士たちが朝稽古をやっている。女相撲の稽古は、朝がはやい。早朝五時から、それこそ死にもの狂いの稽古である。中央の土俵では、順々に、デーンッ、デーンッと力士たちが、ぶつかりあっていた。新人力士の花菊こと、トモヨは梅の里にぶつかっていった。まえにトモヨがみた巨体の力士だ。玉岩興行では、玉椿とおなじく大関の位にある。

はあはあ、やあああぁぁ！

そうさけびながら、花菊が梅の里にとっしんしていく。

せい！

一瞬にして、ぶん投げられた。コロッコロころがる花菊。でも、まだ受け身がうまくとれなくて、背中をうった。いてえよう。背中が泥だらけだ。それをみて、梅の里が花菊をしかりつけた。

ころがるんだ！ヘソみてころがれ。死ぬぞ。

はい！・・・

さらにぶつかる花菊。でもまたすぐにぶん投げられた。アァァ！みちゃいられねえと、玉椿が檄をとばした。

花菊ぅ！田舎を捨ててでてきたわりには、なんてざまだい！帰って、百姓やったほうがいいんじゃないかっ！

いいや！がんばります！

そういうと、花菊はころがるように土俵からおりて、すり足をはじめた。つづいて、日照山が土俵にあがり、梅の里の胸をかりる。

せー！

こうして朝稽古はつづいていく。がんばれ、花菊。せいやー！

＊

さて、女相撲の歴史はふるい。それこそ、古事記や日本書紀にでてくるレベルだ。でも、見世物として民衆にひろまったのは、江戸中期のことだ。当時は、座頭女相撲といった。座頭ってのは、目のみえない男のことなのだが、その座頭たちに上半身裸の女力士たちと相撲をとらせるってことをやっていたのだ。女力士のほとんどが、元娼婦だったというのもあったんだろう。もじどおりエロ目線の見物人がおおくて、座頭五人に、わかい女力士をおそわせるみたいなことをやっていたんだそうだ。

もちろん、それだけじゃない。ほんきで体をきたえあげ、女同士でとっくみあいだってやっていたし、相撲をとる力士以外にも、大力といって、荷車にのっけた米俵五俵をヒョイともちあげてみせたり、あおむけになって腹のうえでモチつきをさせてみせたり、碁盤を手にもち、それをウチワみたいにあおいでロウソクの火を消してみせたりと、そういうパフォーマンスをやって、人気を博していた女芸人もいた。

よしんば、それがエロだって、やっている本人たちにとってはどうだっていい。それまで女郎小屋にかこいこまれ、暴力でおどされて、男のおもうがままにあつかわれてきた女たち。ムリやり性的奉仕をさせられて、それがさもいやしいことであるかのようにあつかわれてきた女たち。そんな女たちのなかでも、ひといちばい体がおっきくて、醜いだのなんだのといわれ、コンプレックスをもたされてきた女たち。

そんな女たちが、当時、つよい男の象徴といわれていた力士になって、白昼堂々、素っ裸ですさまじい力をふるったのだ。しかも、ただ男みたいにつよくなろうとしていたわけじゃない。だって、大力のパフォーマンスとか、もうすごすぎて、なんのつよさだかわからないのだから。その力、別次元だ。

ふだん、いばりくさった男たちが、女はよわいんだ、オレたちにしたがうのはあたりまえなんだといっていたんだとしたら、スッとその土俵にのりこんでいって、あっというまにスッテンコロリ。相手のつよさそのものをひっくりかえしちまう。そんなかんじだ。そりゃ、女たちがひきつけられないわけがない。つよくなることがうれしくて、うれしくてたまらない。おら、すげえ。おら、すげえ。こりゃたまらん。きっとトモヨがひきつけられたのも、そういうことなんだろう。

ちょっと江戸時代のはなしがながくなっちまったが、こうした女相撲と大力のパフォーマンスが一本化され、興行としておこなわれるようになったのは、明治時代のことだ。一八八〇年代、石山兵四郎ってひとが山形県の天童市に拠点をおき、全国を巡業して、見世物小屋をたてて女相撲をひろうしてまわった。それが民衆の熱狂をまきおこし、一大ブームになって、三〇人もの力士をかかえるおおきな興行団から、もっとちいさなところまで、二〇以上の団体がうまれたのだ。

ちなみに、明治以降の女力士は、そのほとんどがまずしい農村の出身だった。よくても家のなかにかこいこまれ、亭主や姑にひたすらイビられつづけるか、それとも女工になって体をこわすまでコキつかわれるか、あるいはそれもクビになって酌婦になるか、そんな人生しかみえなかった田舎の娘たちが、女相撲の興行をみて、こころをおどらせたのだ。あたしも変わりたい、あんなふうになってみたい。気づけば家をとびだし、興行団にかけこんでいる。脱出だ、この支配からの卒業だ。だれにもしばられたくないと逃げこんだこの夜に、自由になれた気がした一七の夜。

もちろん警察に捜索ねがいをだされ、とちゅうでとっつかまり、家につれもどされた娘もたくさんいた。でも、それでもあきらめきれず、夜中こっそりと便所の窓から逃げだし、また興行団にかけこんで、またつれもどされて、また逃げて、さいごにはとうとう家ののが根をあげて、力士になることをゆるしたと、そんな娘もいたんだという。田舎の娘たちにとって、女相撲がどんだけ魅力的なもんだったのかがわかるだろう。

さてはて、ものがたりに登場する玉岩興行は、女力士一二名をかかえるちいさな一座。その力士のほとんどが、人生の脱出をかけたわかい娘さんたちである。それぞれバラバラな境遇をもちながらも、根っこにあるおもいはただひとつだ。おら、つよくなりでえ。てめえの人生、ぶん投げろ。ドスコイッ、ドスコイッ。ごっつぁんでした！

みんな鬼に喰われちまえだァ

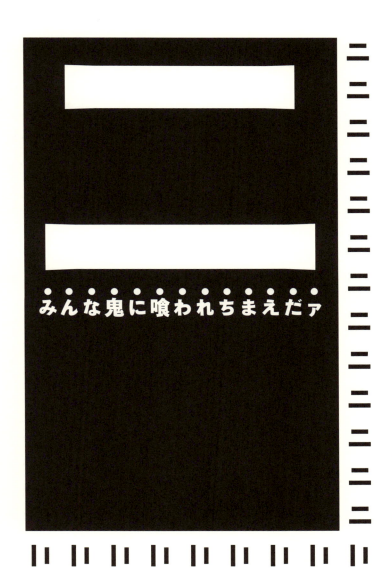

俺は俺だァ！　ムムム――だァ！
好し好し好しー！　ハハハハハ――だァ！
ハーマーテーツーだァよ！
それが如何致しましたか？

（中浜哲「嘯独《しょうどく》」）

一九二三年九月二〇日、大阪だ。ギロチン社の中浜哲が、実業同志会の事務所にやってきた。うしろには、ガラのわるいふたりの男、河合康左右と倉地啓司をひきつれている。えっ、なにしにきたんだって？　きまっているじゃねえか、カネもちから大金をせしめるためだ、恐喝である。中浜は建物のなかにはいり、受付けのネエちゃんに名刺をわたすと、「会長さんに用があるんだ」といった。ネエちゃんは血相をかえて、奥にかけていく。そりゃそうだ。いかにもタチのわるそうな三人組がやってきて、いきなり会長にあわせろといってきたとおもったら、名刺には「極東虚無党総裁、中浜哲」ってかいてある。まちがいない、イカレやろうだ、チンピラだ。

ちなみに、この実業同志会ってのは、当時、紡績王とよばれていた鐘紡の社長、武藤山治がたちあげた政党で、カネもちがもっとカネもうけしやすくなるように便宜をはかっていきましょう、そういう法律をガンガンとおしていきましょう、ヒャッハッハ、こりゃたまりませんなと、そんなことをいっていた政党だ。いってみりゃ、カネのあるチンカスどものあつまりである。そんなやつらにゃ、鉄拳制裁。というわけで、中浜は、その会長である武藤からカネをぶんどってやろうとおもったのだ。

しばらくまっていると、さっきのネエちゃんがもどってきて、「こちらにどうぞ」と、だだっぴろい講堂にとおされた。すると、そこにいかにもカネもってまっせってかんじの、小太りで丸メガネの中年オヤジがはいってきた。憎たらしい。だれだろう？　すると、おっさんは名刺をだしてこういった。「きょうは、なんのご用で？」。名刺をみると、「実業同志会理事・森本一雄」とかいてある。おおっ、大物じゃないか。しかも、森本が武藤の秘書もかねているってことは、みんなしっていた。がぜん、三人のテンションがあがる。よっしゃ、やってやるぜ。まず、河合が声をあげた。

われわれはたんなる社会主義者ではない！　すべてを否定し、破壊するアナーキストである！

なにいってんのと、ちょっと小ばかにしたようすの森本をみて、倉地が机のうえにスッと爆弾をおいた。あっ、爆弾といってもニセモノだよ。爆弾にみせかけた胃散の缶をおいたんだ。さらに河合が短刀をとりだして、ウラッウラッと威嚇をはじめる。でも、こういうユスリたかりの類にはなれていたのか、森本が余裕しゃくしゃくとしゃべりはじめた。「あんたら、いくらほしいんだ」。よしっ、きた！　中浜が「二万円でどうだい」とふっかけると、「二万円なんぞ、そんな大金、ありますかいな」という。これをきいて、中浜が自信たっぷりでこういいはじめた。

オレはカネの無心なんかにきたんじゃねえぞ。おまえさんたちに昔から貸してあるカネをかえしていただこうとわざわざやってきてやったんだ。

ますます、なにをいっているのかわからない。森本が目を白黒させていると、それをみて、さらに中浜がたたみかけた。

バカヤロウ、あの莫大なカネをわすれたとはいわせねえぜ。いいか、会長さんとこのご先祖さまが、細川勝元だってのはしらべがついてんだ。その細川さんが、応仁の乱をおこしていらい六〇〇年、そのかん無産階級を搾取することまさに数百億円。日本の無産階級を代表して、そいつをかえしてもらいにきてやったんだ。さあかえせ！　さっさとかえしやがれ！　かえさねえと承知しねえぞ！

よーしっ、きまった！　もちろん、ぜんぶデタラメだ。武藤の先祖は細川でもなんでもないし、中浜だって無産階級の代表でもなんでもない、ただのチンピラだ。でも、そんなことは関係ない。こういうときは、いきおいがだいじなんだ。カネ、カネ、カネって、カネに目がくらんだ権力者たち。そいつらが応仁の乱をおっぱじめ、さんざん民衆をくるしめたわけだから、そのツケをいまの権力者にはらってもらうのはあたりまえだ。かえせ、かえせ、カネかえせ、みんなのカネをかえしやがれと、そのおもいがつたわりゃいいのである。しかも、これがまたキイてしまう。

ヒヤアッハッハ、ヒャッハッハッハッハ！

中浜のはなしをきいて、森本はもう大爆笑だ。倉地が「きさま、バカにしてんのか！」と声をあらげると、森本は、いやいや、そうじゃなくてねといって、カネをとりだしながら、こういった。

愉快や、ハハハハッ。ホンマ愉快なひとらや、気にいった。あんたらのハッタリ、気にいったで。ほれ、わらわせ賃や。そのかわりな、二万円なんかムリや、のこりは借りということで借用書、かきまひょ。

「森本さんよう、オレたちをだます気じゃねえだろうな」。中浜がいうと、森本は「アホぬかさんときや、男と男の約束や」という。こういうことばに、中浜はよわい。「わかったよ、男と男の約束だ！」。森本がだした三〇〇円をポッケにつっこみ、借用書をうけとると、中浜はさっそうと講堂をあとにした。河合と倉地は、森本にガンをとばしながら、手で首をきりおとすそぶりをみせた。きさま、約束をやぶったら、こうだぞということだ。そして、さりぎわにこうさけんだ。

ギロチンッ！　ギロチンッ！

中浜たちが建物から笑みをうかべてでてくると、外でまっていた田中勇之進、小西次郎、内田源太郎、茂野栄吉たちも合流して、いっしょにあるきだす。めざすさきは、そう女郎屋だ。うばったカネで、女を抱いて酒をのむ。これが、かれらギロチン社の活動だ。カネもちから、カネをうばってつかいこめ。当時、こういう活動のことをリャクといった。掠《りゃく》奪《だつ》の掠とかいて、リャクである。悪党！　与太者！　ろくでなし！　死ぬ腹きめて、なぐりこめ。いくぜ、ギロチン！　こいよ、アナーキー！

＊

さて、せっかくなんで、ここからしばらくギロチン社のはなしをしてみよう。さっきでてきた中浜哲ってのが、どんなやつだったのかをおってみると、わかってくるんじゃないかとおもう。ほんじゃ、いってみよう。まず中浜哲ってのはペンネームだ。本名は富岡誓。一八九七年一月一日、北九州の門司うまれ。あのバナナのたたき売りで有名な、門司港の門司である。いなかのまずしい漁村で、実家は郵便局をいとなんでいた。すこしうえの兄ちゃんがいて、家の跡はついでくれる。おさないころから勉強は好きで、むっちゃあたまはよかったんだという。本人いわくだけどね。

でも、一七歳のとき、近所の娘さんに恋をして、学業もなんにも手につかなくなる。しかも、その子がムリやり地元の富豪、浜市屋に嫁がされちまったんだ、失恋である。中浜はもう自暴自棄。ああ世のなかカネですか、カネ、カネ、カネ、されどカネ。ハックション、チクショイ！で、オレはなんかすげえことをやって死んでやるんだとおもい、親のカネを二〇〇円ほどかっぱらって、中国へわたった。ちょうど辛亥革命の第二革命がおこっていたので、見学がてら、あわよくば市街戦に参加しようとおもったのだ。でも、いってみたら革命は終わっていて、なにもできずにかえってくる。

家にかえってみたら、お父さんが大激怒。そりゃそうだ。当時の二〇〇円ってのは、いまでいう一〇〇万円くらいなんだから。大金だ。そんで、こいつは性根からきたえなおさなきゃいかんといって仏門にいれられそうになるのだが、中浜はこれを断固拒否。中国で民族自決のためにたたかっているやつらをみて、あこがれちまったのだ。オレは立派な軍人になる。そういって、陸軍士官学校をめざした。とまあ、そのはずだったのだが、目がわるいだのなんだのといわれて、ぜんぜん試験にうからない。こりゃもうダメだ。かくなるうえは、東京だ。東京の大学にいって立身出世。そうおもった中浜は、二〇歳のとき、おなじ九州出身の名士、宮崎滔天をたよって上京した。

この滔天さんがまたいいひとで、いろいろと世話をやいてくれた。住むところをみつけてくれたり、早稲田の英文学科予科にいれてもらえた。ありがとう！と、いえればいいのだが、本人いわく、入学しているのだけれど、のちに研究者がしらべてみたところ、早稲田に在籍していた形跡はないんだそうだ。まあ、授業にモグったりしていたんだろうね。入学してたってことにしときましょう。てゆうかこのころ、中浜はもう大学に興味がない。だって、滔天のところに出入りする革命家がおもしろくてしょうがないんだから。ちょうど辛亥革命、第三革命がおこったころだったので、中浜が「ああ、中国いきてえ」となっていると、滔天が「キミ、いっちゃいなよ」といって、上海にいかせてくれた。いやあ、マジでたのしい。ありがとう、滔天さん！

それで、日本にかえってくると徴兵検査にうかっちまって、軍隊にいれられることになった。もうこのころは軍人になるよりも、革命そのものに興味をもっていたので、うれしくはなかった。とはいえ、ちょうど上海がえりだ。こいつはつかえるぞっていわれて、中国の天津にいかされた。そこで通信兵なんかをやっている。そのあと武器弾薬係にまわされて、武器のだしいれや商人との交渉なんかもやったそうだ。このとき、せっかくなんで武器のつかいかたをおぼえておこうとおもい、ピストルの練習にいそしんだ。本人いわく、オレは射撃の名手である。いよっ！

そんなことがあって二年がたち、やっと除隊だぜとおもっていたら、タイミングわるくロシア革命がおこってしまう。これで日本はシベリア出兵。革命のどさくさにまぎれて、ロシアを侵略しにいったのだ。戦争はどれもムダだとはおもうが、そんなかでもマジでムダな戦争である。しかも、このとき国内じゃコメがたりなくて米価が高騰し、みんなメシが食えねえよってさわいでいた。そんなときに、シベリアに兵糧をおくっていたわけだ。そりゃ、民衆は大激怒。ふざけんなっていって、一〇〇〇万人規模の大暴動がまきおこった。全国各地の米屋という米屋が襲撃され、主婦に不良、そのへんのおっさんたちが、みんなでコメをうばいとった、掠奪だ。ときに米屋をコメごと燃やしちまって、警官隊もけちらして、交番という交番をなぎたおし、百貨店という百貨店のショーウィンドウをたたきわった。いいね！ 一九一八年、米騒動だ。

国内じゃ、そんなさわぎになっていたとき、中浜は除隊もゆるされず、兵役を延長されていた。なんだよ、チキショウ、ムカつくぜ。軍隊なんてなくなっちまえばいいのに。だったらっておもいたち、中浜は敵をうつためには敵をしらなきゃねといいはって、兵隊なかまをさそってロシアの社会主義思想をまなんでいった。ミイラとりミイラ作戦だ。本をよめばよむほど、中浜もみんなもどんどん社会主義にひきつけられていく。よし、いっちょやってやるか、みんなで労東団ってのをたちあげて、シベリア出兵反対の文章をかきまくった。労東団ってのは、極東のソビエトって意味だ。パンフレットをつくって、それをガンガンまいていく。ここではじめて、中浜哲を名のった。

そうそう、この中浜の「中」ってのは、実家の屋号、中津屋からとったもので、「浜」ってのは、初恋の子をうばいとった富豪、浜市屋からとったものだ。この「浜」の字をみるたびに、メラメラ、メラメラと反逆のこころが燃えあがってくる。燃やせ、燃やせ、燃やせ。そうだ、あのときの、あのくちおしさ、みじめさ、くやしさをわすれてなるものか、カネもち、ブルジョア、権力者、みんなみんな燃やしつくせ。呪詛、呪詛、呪詛、されど呪詛だ。エロイムエッサイム、われはもとめうったえたり。エロイムエッサイム、われはもとめうったえたり。ちょっとこわいね、てっつぁんよう！

しかし、そういう邪気がもれちまったんだろう。まもなくして、中浜は憲兵隊にとっつかまり、二か月ほど監獄にぶちこまれた。でてきたあとも憲兵隊につけまわされ、自由がきかない。くそったれ、好きなことを考えたい、好きなことをしゃべりたい、好きなことをやってみたい。だいたい、国家のためだか陛下のためだかしらねえが、なんでシベリア出兵とか、だれがどう考えてもおかしいことをやんなくちゃいけねえのか。なにも考えるな？　したがえ？　ふざけんじゃねえ、奴隷かよ！

笑顔でムダに人殺し、笑顔でムダに殺されろ。もっと殺せ、もっと死ね。バンザイ、バンザイ、バンバンザイ。それが軍隊ってやつならば、それがお国の象徴ってやつならば、そもそもお国なんていらねえんだ。自分で考えろ、自分の意にそぐわないことなんてしたがうんじゃねえ。おまえがやれ、おまえがやれ、おまえが舵をとれ。とまあ、そんなことをおもっていたら、ほどなくして除隊がみとめられ、ながいながい三年半の兵役を終えることになった。おつかれさま。一九二〇年、二三歳。ついに、あばれんぼう中浜哲が野にはなたれた。自由だ、自由だ、フリーダム！

＊

なんかおもしろいことはねえかい。そうおもいながら、中浜が東京をフラフラしていると、ちょうど加藤一夫っていう作家さんが、これからは作家も反権力でしょう、ちょっくらアナキストの作家たちでつるんで、パンフレットでもだしましょうよっていって、自由人連盟ってのをたちあげていた。おっ、いいじゃん。詩にも興味があった中浜は、すぐにそこにとびこんで宣伝部員にしてもらった。じゃあ、そこでなにをしていたのかっていうと、文章をかいていただけじゃない。当時は、そこらじゅうの工場でストライキがおこっていて、これがマジバトルになっていたんだ。

あっ、ストライキっていってわかるだろうか。コキつかわれて、ふみにじられて、ひとりで泣かされてきた労働者たちが、このやろうっていってたちあがり、工場の機械をとめちまう。資本家はおおあわて、大損害だ。だから、すぐに再開させようとするのだが、そうはさせまいと、労働者はみんなで工場にたてこもる。だったらといって、資本家はこれを排除するために、腕のたつチンピラをやといいれ、なぐるけるの暴行をくわえてきたり、それこそ当時はストライキって非合法だったから、ポリ公をよんでパクらせようとしたりするわけだ。ならばこっちも、やられたらやりかえせ。でも、その工場のメンバーだけじゃ勝てやしない。というわけで、こころある若者たちが「いま、あそこでストライキをやっているぞ！」ってきいたら、ダッシュでかけつけて、ウーラーッっていって、チンピラやポリ公ととっくみあいのバトルをくりひろげたのだ。

とうぜん血気さかんな中浜も、自由人連盟のわかい衆といっしょにかけつけた。日々、チンピラとケンカしてはとっつかまり、ケンカしてはとっつかまり、そのくりかえしだ。しかもこれをくりかえしているうちに、自由人連盟のわくをこえて、あっ、きょうもこいつきてるぞっていうケンカなかまができてくる。ゴロツキ、よろしく、好兄弟《ハオ》！だんだん、そいつらとつるむようになっていって、いろんなたまり場にいってはメシを食わしてもらい、寝泊まりもさせてもらうようになった。そのなかで、いちばんのたまり場になっていたのが、大杉栄の労働運動社だ。

大杉は、このとき三五歳。アナキズムの理論家で、文章もむちゃくちゃうまかったので、売れっ子の作家さんみたいになっていた。いってみりゃ、アナキズム界のスターである。しかも、わかいころ陸軍幼年学校にいて、軍人になるためにきたえられたとあって、ケンカもつよかった。それでいて、すげえイケメンなんだ。ギョロッギョロした目で、わかい子たちのはなしを「うん、うん」とよくきき、ムリに意見をおしつけず、いいかんじでアドバイスをくれる。中浜もみんなにまじって、大杉としゃべったのだが、目があっただけで、ちょっとドキドキしてしまった。ホレちまうよ。

しかも、この大杉のいっていることが妙にふにおちるんだ。ある日、だれかが「けっきょく、アナキズムってなんなんだ?」みたいなことをいったのだが、このとき大杉はこういっていた。「そりゃきみ、ケンカだよ」。えっ、なにいってんのって、みんなおもうわけだ。でも、大杉はそんなことおかまいなしにこうつづけた。「ほらっ、ストライキでブルジョアの犬どもをぶんなぐるだろう。ふだんイバりくさっているやつらが、ほえづらをかくんだよ。イッヒッヒ、愉快じゃないか。いちどでもいい、そんな気分をあじわったなら、そいつはもう奴隷じゃないんだよ」。いいことをいうね。

あっ、ちょっとだけ補足しておこう。アナキズムっていうのは、語源からいうと「支配のない状態」のことだ。支配ってのは、いまだったら「カネによる支配」がいちばん身近だろうか。カネもちがイバりくさっている。オレたちが会社をつくって、給料をくれてやっているから、てめえら貧乏人は生きていられるんだよ、感謝しろよ、恩にむくいろよ、むくいなければ人でなしだよ、だからいくらつらかろうが、くるしかろうが、いわれたことには絶対服従なんだよと。

で、貧乏人は貧乏人で、そこではたらくことになれてしまうと、カネがなくちゃ生きていけない、カネをくれるご主人さまがいなくちゃ生きていけない、ああ、なんでもいってください、ご主人さま、わたくしめはなんでもしたがいますよとなってしまう。どんなにひでえはたらきかたをさせられていても、たとえムチをうたれても、それでチョビッと給料でもあがれば、ああ、ご主人さまがわたしをみとめてくれたっていって、よろこんじまうわけだ。奴隷である、支配である。

アナキズムというのは、そういう支配をなくしましょう、奴隷の生をぶちこわしましょうっていうことだ。だいたいカネもちなんていなくても、会社なんてつぶれちまっても、そうかんたんに人は死にやしない。カネなんかなくても、貧乏人ってのはなにかしらで食っていく技くらいはもっているものだ。ひでえあつかいをうけているのに、いいひとぶってたえる必要なんてない、ほかにやりたいことがあるのに、大人ぶってたえる必要なんてない。もうだれにもなんにもしたがわなくたっていい。自分のことは自分でやる、自分たちでやれる、やれるんだ。そういう力をみせつけて、自分の身体でかんじとれ、アナーキー！　そういう意味をこめて、大杉はいっていたのだ。ケンカ、だいじ！

なるほど。中浜が感心してきいていると、大杉が「きみもいっしょにくるかい？」という。うん？「これから演説会もらいにいくんだ」。おおっ、きいたことがある。大杉たちは、資本家となかよくしましょうといっていた労働組合の演説会をちょくちょくぶちこわしにいっていた。そういう労働組合ってのはタチがわるくて、みんなに、会社の上司とケンカしちゃだめだよ、なぐっちゃだめだよ、そのかわり、わたしたち組合幹部が社長さんと交渉して、お給料をあげてもらいますからね、いうことをきいてください、いわれたことには絶対服従ですよっていっていたのだ。これじゃあたらしい支配がうまれるだけ。そりゃ、ぶっつぶすでしょうと。

よっしゃ、オレもいくぜ。大杉たちについていくと、神田の青年会館についた。立て看には、日本労働組合連合会発足式とかいてある。なかにはいると、やばい。一〇〇〇人くらい、ぎっしりとはいっている。こっちは三〇人しかいない。でも、そこは中浜、たいしたもんだ。集会がはじまり、「会長よりご挨拶を」とかってなると、もうだいなしにしてやりたくて、たまんなくなってくる。「能書きたれてんじゃねえぞ」、「ウソつけ、このやろう」、「ションベンたれろ、ションベン、ションベン」。もうれつにさけんでやった。会場がざわついている。すると、さっそうと大杉が壇上にあがっていった。なんだ、なんだ。どよめきがおこるなか、大杉がドスのきいた声でさけびはじめる。

諸君、米騒動をおもいだそうじゃないか。貧者の叫び、労働者の狂い、団結の力、民衆の声、あぁ愉快であった。おもいだせ、権力者階級を恐怖におとしいれたあの力を。おもいだせ、すべてをぶち壊したあの力を。秩序紊乱！

「中止！中止！」。演説をやめさせようと、警官たちがとびかかる。うおおお、うおおおおおおっ!!! いちどくみつかれた大杉だったが、野獣のようにからだをブルンブルンとふるわせて、ひとり、ふたりと警官をふっとばした。そして、またさけぶのだ。

みたまえ、こっ、こっ、こっ、これが力だ！　みたまえ、こっ、こっ、これが諸君の力だ！　みたまえ！　みたまえ！　こっ、こっ、こっ、こっ・・・。

デーンッ！　さすがの大杉も警官たちにぶったおされて、もみくちゃにされた。それをすくいだそうと、大杉一派が警官たちにとびかかる。ヤレ、ヤレ、ヤッチマエ。中浜もおおあばれだ。ウーラーッ、ウーラーッ。なんどもなんども警官をなげとばした。さいごはおしつぶされて、ボッコボコにけりとばされ、ブタ箱にいれられちまったが、まだ身体に力があふれかえっている。愉快だ、愉快だ。さけべ、アナーキー！　この日から、中浜はアナキストを名のるようになった。

＊

それから、中浜はあけてもくれてもケンカでパクられ、イキがった。でも、いいときはそんなにながくつづかない。一九二一年にはいってからのことだ。いつもみたいにストライキの支援にかけつけて、ブタ箱にほうりこまれてかえってきたら、自由人連盟の事務所にはだれもいない。スッカラカンだ。ありゃ、解散しちまったのか。てゆうかオレ、つかまってたんだぞ。いくらなんでも見捨ててどっかいっちゃうとかありえねえだろう。友だちじゃなかったんかい、なかまじゃなかったんかい、兄弟じゃなかったんかい。くそっ、加藤のバカたれが！　死ね！　死ね！　死ね！　ブチきれた中浜は事務所にあったモノにあたりちらし、こうなりゃ手切れ金だっていって、机だの、イスだのを売っぱらって、そのカネをもってフラフラと旅にでた。

ちなみに、自由人連盟は解散したわけでもなんでもなくて、大阪のアナキストの支援にいっていただけである。誤爆だらけのクソったれの人生。ドンマイ！　とはいえ、さびしがり屋の中浜はもう自暴自棄だ。とりあえず、ひさしぶりに故郷にでもかえろうか。それで実家にもどってみると、これがまたとんでもない。もともと病弱だった兄ちゃんが死んでしまって、しかも父ちゃんまで病で床にふせっていて、いまにも死にそうだ。家には、母ちゃんとおさない弟。マジかよ・・・。

口にはだしてこないが、母ちゃんからは、あきらかに、たすけておくれよぅ、家業を継いでおくれようと、そんな心の声がきこえてくる。やばい、どうしたもんか。家のために自分の人生を犠牲にしろ? そんなのクソつまんねえ。でも母ちゃん、弟、死にかけの父ちゃん。アアッ、母ちゃん、弟、死にかけの父ちゃん。アアッ、アアッ! 中浜は考えに考えたあげく、決意した。夜中、荷物をまとめて、家をとびだしたのである。夜逃げだ、夜逃げである。捨てろ、捨てろ、捨てろっ。父ちゃん、母ちゃん、おさない弟。もうなんもかんも捨ててしまえ。そうして、ひとり旅にでた。絶対孤独!

家をとびだし、闇にまぎれてあるきながら、中浜は自分にいいきかせるかのように、こうつぶやいた。オレはなんにもわるくないぞ。どうせ、ひとは死ぬのである。なにをやってもムダなんだ。ムダ、ムダ、ムダ。だのに、なんでこんな世界でカネをためこんだり、家の財をきずいたり、立身出世をめざしたり、そんなことをしなくちゃいけないのか。なんで、そんなことのために、いまを犠牲にしなくちゃいけないのか。将来のために? よりよい明日のために? ああ、しちめんどくせえ。この世界に希望なんてねえ。もっとかせげ? もっと役にたて? よりよくなれは、クソくらえ。オレたちに明日なんてない。いま、いま、いま。やりたいことがあるならば、いまこのときに、すべてをやりつくさなくちゃダメなんだ。刹那を生きろ。やるならいましかねえ、いつだっていましかねえ。そうおもったら、中浜の体にとつぜんすさまじい力がみなぎってきた。この世界はどうでもいいね、オレはもうなんにもしばられないぞ。自由だ、自由だ、アナーキー！

正義だァ！
理想だァ！
自由だァ！
みんな鬼に喰はれつちまへだァ！
だが
絶望は決して滅亡じゃないぞ！
極に至れば却ってほんとうの
積極的希望の一切を有つ！

これは、のちに中浜がかいた詩なのだが、このあたりに、かれの思想がまるっとあらわれているんじゃないかとおもう。こんな世界はどうでもいいね、その絶望のはてに、だれにもなんにもしばられない、世界の底の底をぬいちまった絶対自由の境地があらわれる。積極的希望の一切があらわれるのだ。もちろん、そうはいっても、なんどでもなんどでもカネに、家に、地位に、名誉に、ひとをしばりつけようとしてくるのが、この世界というものだ。だったら、この世界をぶちこわし、そこにとらわれている自分もブチこわすしかない。世界を殺し、自分を殺せ。この世界の、支配の象徴をぶっこわすんだ、この世界でいちばんいばりくさっているやつをぶっ殺すんだ、テロリズム。ちなみに、この世界は終わっているとか、オレにゃなんにもねえ、すべては虚無だってのを、虚無主義とか、ニヒリズムっていうのだが、中浜はニヒリズムによるテロをやろうとおもったってことだ。アナルコ・ニヒリスティック・テロリズム。わらっちゃいけねえけど、すげえことばだね。みんな鬼に喰われちまえだァ、チャッハハ！

*

そんなことをおもいながら、中浜は放浪の旅をつづけた。東北、北海道とまわって、関東にもどってくる。すると、友だちが埼玉の蓮田で、小作人社ってのをやっているってききつけた。よしっ、しばらくそこでやっかいになるか。一九二二年二月、テコテコといってみると、ド田舎のはしっこのほうに、すげえちっこい掘立小屋がたっていた。戸をあけると、コキタナイかっこうをした四人の男がグッタリしながらすわっている。やべえ、暗い、暗すぎる。おお、中浜じゃねえか。そういって、友だちがむかえいれてくれた。とりあえず、飲もうぜといって鍋をつつきながら、はなしをきいた。

なんでも、かれらは虐げられている小作人をたちあがらせるために、パンフレットをだし、講演会をやろうとやってきたのだが、だれひとりこなかったんだという。よそ者あつかいされるだけで、人っ子ひとりよりつかない。そろそろきりあげようか、そんなふうにおもっていたときだったんだそうだ。しゃべればしゃべるほど、グチがとまらなくなってくる。あいつら小作人はふるい因習にとらわれているんだ、あいつらにはなにをいってもムダなんだ、ダサイタマなんだ、あいつらは、あいつらは・・・。

ああ、つまんねえな、中浜がそうおもったそのときだ。それまで、ひとことも発していなかったヒョロッヒョロの青年が、ボソボソッとしゃべりはじめた。

だれにも相手にされなくたっていいんだよ。それでも自分の命を革命のためにささげられるかどうか、死ねるかどうか。ぼくらにはまだその覚悟ができていないんだよ、よわいんだよ。

それだけいって、青年はだまりこくってしまった。いきなりしゃべったので、ちょっとびっくりしてしまったが、中浜はそのきもちがすげえよくわかった。こいつの体には、ニヒリズムがながれている。オレといっしょだ。この腐った世界にとらわれたままの、この腐りきった自分をブチ殺して、革命の無私の精神みたいなもんをつかみとろうとしているんだ。この青年となかよくなりたい。だれだよ、そいつって？　ようやく、おでましでございます。古田大次郎だ。

古田は一九〇〇年生まれ。中浜よりも三つした、じつは誕生日がいっしょで、一月一日だ。東京麹町のうまれで、その後、一家は渋谷にうつって、そこでそだっている。麻布中学をでて、一九一九年に早稲田大学の英法科に入学。インテリだ。このころ早稲田には社会主義サークルがいくつもできていて、すげぇにぎやかだった。中学のころから社会主義に興味をもっていた古田は、そんななかでも民人同盟会とか建設者同盟とか、ちょっとおっきめなサークルにはいっていた。そこの友だちの紹介で、労働運動社をたずね、大杉栄にもあっている。大好きだ。アナキストになる。

そんで、中浜とおんなじようにストライキの支援にいったり、メーデーにいってみたり、アナキストと右翼の乱闘にもいってみたのだが、中浜とちがうのは、古田がヒョロッヒョロしていてよわかったってことだ。肝はすわっているのだが、いかんせんよわい。だからケンカになると、一瞬でボコボコにされてしまうのだ。なんどやっても瞬殺される。もちろん、そんなのむきふむきがあるわけで、友だちはなんともいわないし、むしろそれでもかけつけてやってくる古田はすげえっておもうわけだ。でも、本人はちがう。なさけなくて、くやしいんだ。世のため、ひとのためとかいっておいて、オレはなんてダメなんだ、チキショウ、チキショウ、コンチキショウと。

そんなことをくりかえしているうちに、かわいがってくれた母親が死んだ。どうしたものか。父親はまだ元気なものの、幼い妹もいるし、就職でもしたほうがいいのか。でも、いつもこころにアナキズムだ。このまま活動に奔走してみたい。いや、でも初恋の人、お貞ちゃんもいるし・・・。あっ、初恋といっても古田の片思いで、近所の娘さんがずっと好きだったってことなのだが、そりゃまあ大学をでて、定職についたりすれば、ふつうに結婚して家庭をもつってこともできるのかもしれない。でも、アナキズムの道をえらんだら、まあムリだろう。ああ、お貞ちゃん、ああ、アナキズム。ああ、お貞ちゃん、ああ、アナキズム、アァッ、アァッ、アァッ!!! いつも心にアナキズム。古田は大学を中退し、家をでて、友だちのもとにはしった。さよなら、ぼくの人生。さよなら、お貞ちゃん。古田は、革命に命をささげようときめた。

それで、早稲田時代の友だちにさそわれていったのが、小作人社だ。腕っぷしはよわいけれど、ビラやパンフレットをつくったり、ひとをまねいて勉強会や講演会をやったりするんだったら、オレだって。そうおもっていってみたのだが、埼玉の農民どもからはよそ者あつかいされて、ひとがよりつかない。さいしょ熊谷に拠点をおいていて、そのあと蓮田にうつったのだが、どっちにいってもおなじことだ。オレは、オレは・・・。なんのやくにもたちやしない。チキショウ、チキショウ、コンチキショウ!

こうなったらもう・・・、古田はロシアのナロードニキの本をむさぼりよんだ。ちょっとまえまで、ロシアではヴ・ナロード（人民の中へ）ってのをスローガンにして、ナロードニキってよばれるインテリたちが農村にはいり、農奴解放の啓蒙活動をしようとしていたのだが、やっぱりおんなじように、ただ煙たがられるだけで、なんにもできなかった。で、これじゃいかんぞっていって、かれらがやりはじめたのがテロリズムだ。この世界じゃ、皇帝や領主、地主たちが絶対的な権力をもっていて、したがわないと生きていけないっておもわされている。だけど、そんな神みたいにおもわれているやつらだって、ピストル一発で、バクダン一発で、ぶっ殺せたりしちゃうわけだ。

もちろん、やったらやったで、たいていはつかまって首をつるされるのだが、それでも神っていわれていたやつらがたいしたことねえんだぞ、たったひとりでもたおせるんだぞ、したがうことはないんだぞってのをしめせるわけだ。それこそヒョロッヒョロのインテリ青年でも、よわそうなやつであればあるほど、警戒されずに相手にちかづいてヤッツケルことができる。この世界のシンボルを爆破して、自分の脳天もふっとばせ。そうしてさらにみんなのあたまもぶちぬいてしまえ。この支配からの、この世界からの解放だ。どうせなんの役にもたたないならば、この世界の底をぬいてしまうくらい、役たたずになってやれ、チョレイ！こんな世界にも、こんなわが身にも未練はないね。身を捨つる捨つるこころを捨てつれば、おもいなき世に墨染めの袖。アナルコ・ニヒリスティック・テロリズム。みんな鬼に喰われてしまえだァ、チキショー！

＊

古田がそんなことを考えていたときに、小作人社にやってきたのが中浜だ。ふたりはすぐに意気投合した。一九二二年四月のこと、夜中、ふたりで散歩がてら、ちかくの東福寺ってとこにいってみて、石段にすわってボーッとしていると、とつぜん古田が涙をボロッボロながしながら、泣きはじめた。中浜はおどろいて、だいじょうぶかと声をかける。古田のほうも、オレなにやってんだろうっておもっちゃいるが、どうしても涙がとまらない。妙に感傷的になってしまって、ふうじこめたはずのお貞ちゃんへのおもいもあふれだしてくる。あきらめているのに、あきらめきれない。でも、でも・・・、そしてこれまでおもってきたことをすべてはきだした。オレはなんにもやくにたたない、なにもできていないんだ、中途半端なんだよ、だけど、だからこそ身を賭して、この世界にたちむかいたい、それで死ねたらどんなにしあわせなことだろうかと。

しゃべるだけしゃべると、古田はわれにかえって、オレなにしゃべってんだろうと、はずかしくなっちまった。でも中浜をみると、ううっ、ううっと古田以上に涙をながし、男泣きに泣いている。ふだんガサツで、すげえ陽気なやつだとおもっていただけに、古田はおどろいた。でも、涙をながしながら、中浜もこれまでの自分のおいたちをはなすのだ。

わかるよ、わかる、オレも初恋のひとをあのカネもちにうばわれてと、そんなはなしからだ。古田もまた号泣して、涙がとまらない。うおおおおっ、大さんっ！ てつさんっ！ アニイッ！ シャテイッ！ ふたりは兄弟の契りをむすんだ。うまれたときもところもちがうけれど、死ぬときはいっしょだ。世界を殺し、自分を殺せ。ともにわが身をかえりみず、命を捨てて、テロ、テロ、テロだ。いちどこれをやってのければ、かならず、まだみぬ兄弟たちがオレたちにつづいてたちあがる。いくぞ、いくぞ、往くぞ、往くぞ！

ようしっ、だれを殺ろうか。ちょうどこんとき、イギリス皇太子が来日していたので、こりゃいい、こいつをやれば世界中に衝撃をあたえられるぞってことになった。でも、やるんだったら、なにかしら飛び道具がほしい。だけどカネがない。とりあえず、自前で爆弾でもつくれないか、古田が図書館でしらべることにして、そのあいだに、中浜は大杉栄のところに相談にいくことにした。とうぜん、大杉の家ってのはずっと官憲にみはられているから、これからテロをやりますよってやつがあけっぴろげにたずねるわけにはいかない。というか、中浜は大杉が好きだからまきこみたくないのである。じゃあじゃあってことで、中浜は電気工のかっこうをして、大杉の家にはいった。忍びかよ。さっそく、いまやろうとしていることをはなして、どうおもうのかをきいてみた。大杉はこういった。

テロが成功しても失敗しても、運動はかならずはげしい弾圧をくらう。だが、それが

やむにやまれぬものならば、とめることはできない。

そういうと、これをつかいなさいといって、家にあったカネをくれた。ありがとう！　そして「きみ、アレが必要だろう」といって、村木源次郎の家にいくように指示された。村木ってのは、このとき三二歳、大杉の懐刀みたいなひとで、ほんとにずっと懐にいたひとだ。オレはいつかテロをやってやるっていって、いつも短刀をもっているのだが、いかんせん肺をわずらっていて、ゲホゲホいってうごけない。だから、ちょくちょく大杉んとこにやってきては、家で子守をしながら留守番をしていたりと、そんなひとだ。でもいいかんじに兄貴分の性格で、わかい子たちにしたわれていた。あだ名は「源兄ィ」、そして「ご隠居」だ。そんな源兄ィの家をたずねると、「おう、きたかい」といって、まるでぜんぶしっていたかのように、スッと小包をもってきて、中浜にわたしてくれた。なかには、そう、ピストルだ。よっしゃ、これでやれるぜ。ふたたび、古田と合流した。

ふたりで相談して、いちおう軍事訓練もうけているし、いっしょにつかまってもつまらないよなってことで、中浜ひとりでやりにいった。古田はひきつづき、図書館で猛勉強だ。もし中浜がやられたら、つぎは古田がいく。でも、こういうのはなかなかうまくいかない。中浜はひと月ほど、御殿場、岐阜、京都、神戸と、イギリス皇太子の一行をおいかけたのだが、ついにでくわすことができなかった。それどころか、草むらにかくれてまちぶせしていたら、これがまたヒマなんだ。それでピストルをいじくっていたら、デーンッて暴発してしまって、こりゃヤベエ！ダッシュで逃げだした。とんだ失態だぜ。おいら、とってもオッチョコチョイさ。好し、好し、好しー！ハハハハハッハーだァ！ハーマーテーツーだァよ！それがいかがいたしましたか？

アッハッハ！蓮田にもどってきた中浜のはなしをきいて、古田はおおわらいだ。そうだろうと、中浜もわらいはじめ、ふたりでゲラゲラわらいながら、そりゃしょうがないねってことになった。そもそも、ふたりじゃムリなんだ。もうちょい、人数をあつめて、集団で狩りをするみたいなかんじでやっていこうよ。じゃあじゃあってことで、古田と中浜はあらためて目標をきめた。その目標とは・・・？きまっているぜ。ときの皇太子、摂政宮ヒロヒトをヤッツケルことだ、よしっ！

そうだ、この世界は支配でなりたっている。主人と奴隷の関係でなりたっているんだ。夫と妻とか、資本家と労働者とか、カネもちと貧乏人とか、日本人と朝鮮人とかね。よりつよいやつらが、よりよわいやつらを奴隷のようにコキつかって、ふんぞりかえってボロもうけ。で、天皇はその象徴ってんだろうか、神だっていわれていて、そいつに臣民がしたがうのはあたりまえなんだ、死ねっていわれたら死ぬんだ、それは自然なことなんだ、うたがう余地はないんだっていわれているわけだ。あきらかに、支配の象徴である。ひとがひとを奴隷みたいにあつかうことをあたりまえだとか、しかたのないことだとかいっている。だったら、オレたちがやってやるしかない。支配は自然じゃない、しょうがないことなんかじゃない。あんなやつら、いつでもふっとばせるってことを、だれにでもわかるようにしめしてやろうじゃないか。支配の象徴をふっとばせ。爆弾だァ！

あっ、でも、なんで天皇じゃなくて、ヒロヒトかって？ いちおう皇室のことなので、ていねいにいっておきましょうか。お父さん、大正天皇は病弱だから殺すにおよばず。ほうっておいても、じきに死ぬのであります。だから殺るべきは息子のヒロヒトなのであります。もしヒロヒトに子どもがうまれたら、そいつも殺すのであります。だれかほかのやつが皇太子になったとしたら、そいつも殺すのであります。そうやって一人ひとりコツコツと殺っていって、皇族を根絶やしにするのでございます。皇室がほろぶのか、それともこちらの命がつきるのか、どっちがさきか、オレとあいつの勝負である。いやあ、負ける気しかしないね、上等だ。いざ、まいりましょうぞ！

*

一九二二年六月、ふたりは蓮田の小作人社をたたんで、東京にやってきた。しばらく神楽坂にすんで、叛逆クラブってのをつくろうとしていたのだが、あまりにカネがなくてキツキツだ。どうしようかとおもっていたら、大杉んとこの村木源次郎がやってきて、ちょっと友だちがこまっているんで、たすけにいってもらえないかという。なんでも、小説家の江口喚ってのが、神奈川の鵠沼にすんでいるのだが、大家から、いきなりむちゃくちゃな家賃を要求されてこまっているらしい。こりゃもうビタ一文はらわねえぞってことで、家賃不払いでたてこもり。借家人争議ってのをおこしたのだ。

そうはいっても、江口ひとりじゃたたきだされちまうから、その支援にということで、古田と中浜にお声がかかったのだ。村木いわく、すげえひろくていい家だから、支援がてらすみこんだらいいよと。そりゃ鵠沼っていえば、いまでもカネもちがすんでいることで有名だし、なにより海岸沿いにあって、散歩するにも遊ぶにしてもまあいいところだ。ありがとう、源兄ィー！　ふたりはさっそく、鵠沼の家にすむことにした。ウヒャア、快適！　この家にひっこしてから、中浜はやたらと上機嫌だ。もともと、漁村出身ということもあって、新鮮な魚には目がないのだ。ちょくちょく釣りにいったり、晩メシに魚がでてきたときなんかは、もう大はしゃぎだ。みんなはやく食いたいのに、一匹一匹、魚の講釈がはじまっておわるまで食わしちゃくれない。うざいよ、てっつあん！

まあまあ、そんな生活をしながら、中浜は小銭をかせぎに東京にもでて、立ちんぼうってのをやった。いまでいう日雇いのことだ。当時は、深川の富川町や神田三河町ってとこに、仕事をさがしにくる人たちがたむろしていて、毎朝、「人市」ってのができる。人夫、土方、車力、馬方、小揚。きょうはこの仕事にこんだけ人手が必要なんだと、あっせん業者がやってきて、いきたいやつがハイハイッて手をあげてつれてってもらうのだ。人間のたたき売り。バナナじゃねえよ、人間だよ。

で、日銭をかせいでかえってくるのだが、またこの仕事がひどいわけさ。過酷だし、いつケガするかもしれねえのに、とんでもなくやすい給料。業者によっては、衣食住を保証するから一定期間、この工事現場ではたらいてくれないかっていってきて、いざいってみたら、きたねえ掘立小屋に、むっちゃくちゃな人数がほうりこまれていて、しかも食事もたいしたことないのに、日給から高額の宿泊代と食事代がひかれていたりする。ほとんど手どりなんてない。こりゃやばいとおもって逃げようとおもったら、ヤクザ者にみはられていてボッコボコにされる。人間あつかいされてない。しかもこんだけコキつかわれてんのに、この世のなかじゃ定職についていないだけで、労働者ともみなされない。てめえらは、おちこぼれなんだよ、ろくでなしなんだよ、与太者なんだよ、キタナラシイんだよと。チキショウ、いまに、いまにみてろ、おぼえていやがれ！

職にアブレて人市に立てど
やはりアブレで、おでんが一串——
塵函に震えて寝る——
餓死！　凍死！

旨く釣られて　雪国の監獄部屋か
砂金に澹がれて　荒波の海賊の手下か。
湯銭が上がろうが下がろうが、十日に一度いけるぢやなし、
芝居の見料が高かろうが安かろうが、
警視庁の地下室から帝劇を眺めるのが落ちだい
銀行が取付に会はうが――
勝手にしやがれ！
だが、兄弟！
これや、俺達の運命ぢやねえんだぞ――。
力が不足なのだい。力が！
結ぼうぜ、兄弟！
起とうぜ、兄弟！

この詩に中浜のおもいがこめられている。中浜は、ただカネをかせいでいただけじゃない、立ちんぼうの生きかたに惹かれていた。いくら労働運動がもりあがって、世の中に、労働者はだいじなんですよってみとめられるようになったとしても、それって、りっぱな稼ぎ手はりっぱだねっていっているだけのことだ。これじゃ、「カネによる支配」はたか

まるばかり。もっとかせげ、もっとかせげってね。だけど立ちんぼうってのは、そこから漏れちまっている、捨てられちまっている、はじめからクソあつかいなんだ。だったら、ほんとにクソになってやれ。この世界に巨大な巻グソをみせつけてやるんだ。世界に捨てられるんじゃない、こっちから世界を捨ててやるんだ。カネ、カネ、カネって、うるせえんだよ。オレたちはその支配のながれから離脱するんだ。流れの外の流れをつくってやるんだ。グダグダいうならもうはたらかねえぞ、はたらかねえぞ、四の五のいわずにカネよこせ！ ようしっ、ここにきているやつらとつるんでいこう。この世界をかちわって、外へ、外へとながれてゆくんだ。結ぼうぜ、兄弟！ 起とうぜ、兄弟！ 勝手にしやがれ、好《ハオ》兄弟！

＊

中浜は、自由労働者同盟ってのをたちあげて、立ちんぼうをしていた若者たちを酒にさそい、なんかいっしょにやろうぜっていって、声をかけていった。で、だんだんと、そこにわるいゴロツキがはいってくるわけだ。もちろん、そのゴロツキってのは、みんななんらかのかたちでアナキズムに関心はもっていたんだけどね。ひとりは河合康左右。中浜よりも二歳したで、一八九九年、岐阜県うまれ。上京して、慶応大学政治学科の予科にはいっていたのだが、あたまがよすぎてグレたってんだろうか。エリートの階梯をのぼって、ブルジョアになってふんぞりかえるのはまっぴらごめんだっていって、一年で退学。そのあとずっとフラッフラしていたのだが、いちどおもいきって大杉栄の家をたずねる。で、二週間くらい泊めてもらっていたのだが、それで大杉のことがダイッキライになってしまった。肌があわなかったんだ。

たとえば、大杉はアナキズムでいくぞってのを、なるたけおおくのひとにつたえたい、もっといろんなやつらを煽りたいっておもっているから、文章をかくにしても、行動をうつにしても、一発でみんなが処刑されちまうようなことはやらないわけだ。そのギリッギリのラインをねらってタマをうっていく。そういうのをなんどでも、なんどでもやってやるぞと。だけど、河合にはそういうところが大人の政治みたいで、鼻についた。こんな世界は終わっているんだから、そんなくだらないことは考えていないで、もっと全力で、もっと死ぬ気でやらなきゃダメなんだ、権力者をマジでぶっ殺すくらいでいかなきゃダメなんだと。もっと堕ちろ、この世界の底をぬいて堕ちてやるんだと。

そうおもって、立ちんぼうをやっていたときに、中浜にであったのだ。まあ、であうべくしてであっている。それからすぐに鵠沼の家にではいりするようになったのだが、これがまたいい男だった、好漢だ。ガタイがよくて、たいそうなヒゲをかまえていたので、見た目はこわそうなのだが、議論になっても、けっして声をあらげて怒ったりすることなく、だいたい、みんなのいうことを、笑顔でうんうんときいてくれる。ほんとうは耳がわるくて、なにいってんのかわかってなかっただけなんだけどね。ヘヘッ。寡黙な古田ともすぐにうちとけた。いっしょに堕ちよう、好、兄弟!

もうひとりは、倉地啓司。かれも深川富川町で、立ちんぼうをやっているときにであった。倉地は中浜よりも七つ年上で、一九〇〇年うまれ。であったときは三二歳だ。岡山県の倉敷でうまれそだち、二〇代で大阪にでて紡績工になる。そこで労働運動にもかかわっていたが、しりあいが大杉栄を囲む会ってのをやっていたので、そこにいってみたら大興奮。うおおお、やべえっておもって、アナキズムにイカれちまう。で、上京し、立ちんぼうをやっていたときに、中浜にであったのだ。はなしてすぐに意気投合する。鵠沼の家にもではいりするようになった。いちおう年配者ってこともあって、みんながいきすぎたことをやろうとすると、まあまてととめにはいる役割をしていたんだそうだ。

でね、この倉地、いざなにかしらをおっぱじめようってときに、けっこういなかったりするんだ。まあ、かれの特技がトンズラだったってのもあるのだが、それだけじゃない。どうも姉ちゃんが、大阪で紡績工場を経営していて、これがすんげえやさしいひとだったんだという。あいてえよう。ちょくちょく仲間のところからぬけだして、姉ちゃんにあいにいった。家にいってはうまいもんを食わしてもらって、ハネをのばしてかえってくる。よっ、姉ちゃん子。そんな姉ちゃんがほしいとおもう。好、兄弟!

それから、おなじく立ちんぼうをやっていた小西次郎、仲喜一、茂野栄吉が鵠沼の家にやってきた。かれら三人はもともとつながっていて、小西の両親が大阪の東区淡路町でタバコ屋をやっていたのだが、そのむかいに傘問屋があり、そこで仲がはたらいていたのだ。で、そのちかくの洋服問屋で、茂野がはたらいていた。どうも小西の兄ちゃんが大阪でがんばっていた社会主義者で、その影響でみんなアナキストになったようだ。歳もちかくて、このとき小西が二三歳、仲が二一歳、茂野が一九歳だ。

三人とも大阪で食い詰めて、ちょろっと東京でかせごうとおもってやってきた。こいつらがまたいいかんじで、小西はとにかく酒をのんでくだをまく。さみしがりやなのか、酔っぱらってはみんなにからみ、とにかく否定的なことをいってくる。しかもいうだけいっておいて、自分じゃぜんぜんうごかないのだ。だから、みんなからブースカいわれて、ちょくちょくケンカの火種をつくっちまう。いいね、ひとりくらいこういうやつがいなくっちゃ。仲は愛嬌がよくて、くだらないバカばなしをしてはみんなをわらわせていた。だけど、激情にかられるとわれをみうしなってバカをやっちまうことがあって、みんなをハラハラドキドキさせてくれた。いいね。で、茂野ってのは、顔はおさなく、こころはおっさん。とにかく議論をふっかけるのが好きで、あいてを論破して、オレはただしいっていいたがるんだ。ちょっとうざいよ。好、兄弟！

さらにそこに、小川義雄ってのと、田中勇之進ってのがはいってきた。この小川ってのはもおもしろくて、このとき二三歳。兵庫県の西宮にある真言宗の寺で修行して、僧侶になったのだが、おもうことがあって上京。立ちんぼうをやっていて、その縁で中浜とであったのだ。すぐに共鳴。そりゃそうだ。仏教だって、衆生をすくうためには衆生とともにあらねばならないとか、現世なんておわっている、ひとの世は欲まみれだ、だったらこの世をブチこわし、いまこの場に、あの世を、極楽の世界をつくりだすんだってことになる。そしたら、アラふしぎ。中浜とおなじニヒリズムだ。なむあみだぶつ、好、兄弟!

もうひとりの田中ってのは、このとき一八歳。山口県出身で、ちょうど東京にでてきたばかりだった。東京都逓信局で事務員をやっていたのだが、そこで社会主義者の本をよんでいたら、それがバレてクビになる。ひどい。で、いくあてもなく、深川富川町で立ちんぼうをしていたときに、河合にであったのだ。仕事もなくて、あてもなく街をさまよっていた田中に、河合がやさしく声をかけてくれた。アニィ! シャテイ! もう実の兄のようにしたってしまう。そのアニィが命がけでこの腐りきった世界をぶっこわしてやるっていっているのだ。オレもやる。こうして田中も仲間になった。好、兄弟!

*

そのかん、中浜はおおいそがしだ。この年の八月、もともとしりあいで、おなじく立ちんぼうをしていた朝鮮人活動家の朴烈《パクヨル》ってやつから、新潟県の信濃川に朝鮮人労働者の死体が何体もながされてくるんだってはなしをきいた。どうも、この川沿いで、信濃電力が水力発電所をつくっていたのだが、そこの人足に日本人の立ちんぼうだけじゃなく、朝鮮からだまくらされてつれてこられた労働者が六〇〇人ほどいたんだという。

かれらは大倉組っていう土木会社につかわれていたのだが、またこの会社ってのが暴力団みたいなもんだったわけだ。ボロッボロの掘立小屋にほうりこまれて、不衛生なうえに給料もでず、ろくにメシもあたえられていなくて、しかも外にでることもゆるされない。監獄部屋だ。で、逃げだそうとしたり、はむかおうとした朝鮮人労働者、十数人が血祭りにあげられて、川にほうりこまれたのだ。こういう日本人ってのは、ほんとうに朝鮮人のことを人間とはおもっちゃいない。つかえなくなったら、壊して捨てりゃあいいのである。このはなしをきいて、中浜は涙をながし、こうおもった。死ね、日本人！

中浜は朴烈たちといっしょに現地調査をして、九月七日、神田青年会館で「新潟県朝鮮人労働者虐殺問題講演会」をひらくことになった。中浜も、自由労働者同盟からってことで、登壇者としてまねかれた。でも、会場にはいろうとしたところあえなくタイホ。なにもできずにおわっちまった。中浜にとって、このときのこの経験はでかかったんじゃないかとおもう。チキショー！

で、やっとひと段落ついたかとおもったら、なんか大杉が右翼の刺客にねらわれているってのをききつけたりするわけだ。それを大杉につたえたのだが、「イッヒッヒ、やれるもんならやってみやがれ」といって、ぜんぜん警戒しない。ちっ、しょうがねえな。中浜は忍びのもののように、大杉にはりついて護衛をした。ただじゃ、大杉のタマはとらせねえ。まずはオレっちと勝負だァと。

そういったことがあって、空気がはいったんだろう。ようしっ、そろそろはじめますかいということで、一九二二年一〇月、中浜と古田は戸塚町源兵衛、いまでいう高田馬場に借家をかりた。二階建てのひろい家だったので、ここもすぐに兄弟たちのたまり場になった。もうひとつの鵠沼の家のほうも、もとの借主、江口が好きにつかっていいよといってくれたので、中浜たちはこのふたつを好きにいききした。

でだ。ある日、東京の家で、いつものように酒をくらい、ああ、こんなクソみたいな世のなか、ぶっ壊してやるぜっていって、みんなで気炎をあげていたとき、中浜がニヤニヤしながらこうきりだした。

オレと大さんはな。どデカいことをやって命を散らすってきめてんだよ。いいか、てめえらよくきけよ。それはだな、摂政宮ヒロヒトをぶっ殺すことだ。どうだい、てめえらものるかい?

おおっ、全員、大興奮だ。そうだ、それだよ。ヤレ、ヤレ、ヤレ、ヤッチマエ。一瞬できまった。オレたちの手で、ヒロヒトをギロチンにかけてやろう。菊の御紋をギロチンにかけてやれ。ギロチン、ギロチン、ギロチンだ。この日から、中浜たちはギロチン社を名のるようになった。あっ、ギロチン社っていっても、ガッチガチの組織じゃないよ。宣言文もなけりゃ、綱領もない。とちゅうでやめたくなったら、いつやめたっていい。いざやるときにやりたいやつらでやっちまおう。そういうあつまりだ。大正のあとに昭和はねえ、昭和のあとに平成はねえ、平成のあとはって？　クソくらえだァ！　いくぜ、兄弟！　菊とギロチン。

とはいえ、当面はということで、中浜にはやりたいことがあった。リャクである。どデカいことをやるにはカネが必要だ、そのための資金集めってことでもある。でもそれだけじゃない。中浜には、立ちんぼうたちを、自由労働者たちを解放してやりたい、真の意味で自由にしてやりたいっていうおもいがつよかった。さっきもちょっとふれたが、この世界じゃ、まっとうにカネをかせいで、それでモノを買えるようになるのがまっとうだっていわれていて、なんか労働運動まで、労働者がそういう生活をしなきゃいけないっていうようになっちまっている。でも、それってカネに支配されているだけなんじゃないですか、大杉がいっていた奴隷なんじゃないですか、ほんとうは、そんなものにはとらわれずに、ひとは生きられるんだって、そういう力をみせつけることがだいじなんじゃないですか、カネのながれの外にながれていく、そんな力をつくりだしていくことがだいじなんじゃないですかと、そうおもっていたのだ。中浜にこんな詩がある。

流れの外の流れ――
テロリストの涙にこそ
化膿せる巨塊の底を打ち破り
無臭に燃ゆる赤き血の
憤れる焔の泉
今ぞ、見る、沸き沸ぎる力

血みどろの泥濘に迷ふ
赤き足跡の群よ！　労つきの人々よ！
流れの外の流れへ　ニヒルの清流に棹させ！
迅く、ともに
進め！　今ぞ――

よく考えてみりゃあ、立ちんぼうは可能性の塊みたいなもんだ。だって、はじめから力ネのながれの外におかれているんだから、くそったれなんだから。あとは、ケツに火をつければいいだけだ。マジで、でていっていいんだぞって煽ってやればいいだけだ。カネをかせいでモノを買う、それだけが生きるってことじゃねえぞ。米騒動が見本をしめしてくれている。コメがなければうばいとれ。カネがなければ、うばいとれ。そして、めいっぱいたすけあえ。それで生きていけるってことを、身を賭してしめしてやれ。そうだ、あくどいカネもちから、大金をぶんどってやるんだ。たとえ少人数でも、それができるってことをオレたちがしめしてやるんだ。吊るされたってかまいやしない。おもいはヒロヒトをうつのとおなじことだ。請願するものにはあたえられず、強願するものには少しくあたえられ、強奪するものにはすべてをあたえられる。うばえ、うばえ、うばっちまえ。ギロチン社は、これをやることにきめた。流れの外の流れをしめせ。掠奪のリャクだ、くそったれだァ！

＊

こうして、ギロチン社はリャクをはじめた。中浜が「とりあえず、名のある会社はぜんぶまわろうぜ」っていって、よし、それじゃということで「会社まわり」がはじまった。まずは財閥からっていって、三井、三菱、安田、古河、大倉、渋沢、その本宅や別邸をたずねて、数人で恐喝して、カネをぶんどる。それから、その系列銀行や子会社をまわっていった。あとはだれもがしっているような会社の社長さんとか、銀行家のお宅訪問をしたり、大丸、白木屋、三越みたいなデパート、そして日本郵船とか、日本ビールとか、鐘紡の東京支社とか、おっきな会社をまわっていった。おおいときは、いちどに三〇〇円くらい、すくないときは五〇円くらいだったんだという。けっこうな額だ。

なので総計すると、じつは二〇〇〇万とか三〇〇〇万とかうばいとっているのだが、しかしギロチン社はまんぞくしない。てゆうか、懐には一銭ものこらないのだ。なぜかって？　そりゃ、つかっちまうからだよ。中浜や河合は、カネをぶんどったらみんなでわけて、「よーしっ、きょうはバーでうまい酒を飲みまくって、そのあとは女郎屋だい」ってなっちまうわけさ。いま死ぬつもりで生きてるんだから、カネなんて残しといたってしかたがねえ。いまをたのしめ。つかえ、つかえ、つかえってね。

おいおい、バクダンでも買うために、ちゃんとカネためとけよって、ツッコミたくもなってしまうが、そんなの関係ねえ。てゆうか、それじゃダメなんだ。そういう目的のために、カネをかせぎはじめてしまうと、もっと効率的にカネをかせぐためには、こういうリャクをしなきゃダメなんだ、ああいうリャクをしなきゃダメなんだ、もっともっととってなっちまう。それができないやつは、おちこぼれと。労働かよ。てなわけで、盗ったカネはツカッチマイナ。刹那を生きろ。いいよ！

ちなみに、古田はリャクをやらない。ケンカはよわいし、なにより興味がないからだ。ひとり図書館にいって、もくもくと爆弾づくりの勉強をした。中浜から「大さん、カネやるから女郎屋にいこうぜ」ってさそわれても、「ボクはちょっと」といってことわってしまう。なんか、そういうのめんどくせえんだ。鵠沼にいるときなんかは、みんなが「これから女だ、女を抱きにいくぞ」っていっていると、ひとりスタスタッと藤沢まであるいていって、遊行寺におまいりにいった。そこでボーッとしてかえってくる。

この遊行寺ってのは時宗のお寺で、鎌倉時代のお坊さん、一遍上人が開祖なんだが、このひとの口ぐせが「捨ててこそ」だった。自分のなにもかもを捨てて、ときに仏への信仰すらかなぐり捨てて、この世の支配から万人をときはなとうとする。古田は、一遍のそういうところに自分をかさねていたんだろう。で、満足したらかえってきて、みんなの夕ご飯をつくる。いつもリャクのカネなんかのこっちゃいないから、古田はよく実家にいって、お父さんにあたまをさげて、お小遣いをもらって、それを食費にまわしていた。ありがとう、お父さん、なむあみだぶつ!

まあ、そんなことをやりながら、日夜、鵠沼の家にあつまっては、酒をかわして気炎をあげていたのだが、それがそうとうさわがしかったんだろう。一九二三年一月、このゴロツキどもが、カネもはらわねえでぇと、ついに大家がほんきをだしておいだしにかかってきた。でてけ、でてけ。おうよっ、そっちがその気ならやってやろうじゃねえか。ムカついた中浜が、大声でこうさけびはじめた。

バカのひとつおぼえみたいに、でてけ、でてけって、うるせえんだよ。こんな家、たたきこわしてやらあ！　オレは火事が好きだァ！　オレは狂人が好きだァ！　オレは狂人だァ！

なにをいっているのかわからない。しかし、あまりのいきおいにおされて、大家はやばいとおもったんだろう、警察に通報した。だけど警察がくると、アナキストってのはまたテンションをあげちまう。ゴロツキたちの本領発揮だ。とにかく警察をやじりまくる。ファックザポリス！　ファックザポリス！　あきらかにおしもんどうをたのしんでいる。めんどくせえとおもった警察は、むしろ大家のほうを説得し、それまで江口が不払いをつづけてきた家賃を半分にしてやれといった。大家はしぶしぶうなずいた。よしっ、きまった。これで中浜たちは、鵠沼の家をたちさった。圧勝だ！

意気揚々と東京にひきかえしてきたギロチン社だったが、鵠沼でめだったことで、こいつらなんかあやしいぞってのが官憲にバレたんだろう。家にいるところをおそわれて、古田と中浜以外、のきなみ検束されちまった。すぐにでてきたものの、こりゃやばいっておもいはじめる。住居を北千住にうつしたものの、そこにも特高警察がやってきて、中浜と河合はいるかってきいてくるわけだ。官憲の魔の手がせまっている。もう東京じゃムリだ。中浜たちは、とにかくリャクをやれるだけやって、大阪にうつることにきめた。古田と小川をのこして、六月までにみんな大阪にいってアジトをつくる。

ちょっとさびしくなったなあと、古田がおもっていると、中浜から連絡がきて、大さん、ピンチだ、はやく大阪にきてくれという。どうも内田源太郎っていって、仲喜一の弟分がなかまになったのだが、これがまだ一八歳。わかくてとにかく威勢がいい。でもこれにまた、小西が酒を飲んで水をさすことばっかいうわけだ。どうせリャクなんかやっても、なんにもならねんだようってね。これにわかい内田と田中がマジギレだ。おいおい、年配者の倉地さん、なんとかしてくれよっておもっていたら、また倉地が小西とケンカしはじめるわけだ。マジかよ・・・。しかも、リャクと女郎屋通いがマンネリ化していたってこともあって、小西の軽口がきいてきちゃったりするわけだ。どうせオレたちなんかなんにもできねえよ、どうせオレたちなんかはとね。ギロチン社、チンピラに泣く。

なにやってんだよ、しょうがないな。古田は、小川をのこして大阪にいった。古田がいって、ギロチン社はもちなおした。なんだかんだいって、こういう義のひとってなんだろうか、肝がすわっていてブレないひとがいると、しまるもんだ。そうして、中浜たちはまたリャクにつぐリャク、そしてさらなるリャクをくりかえしていった。ほとんど毎日、リャクをやっていたんじゃないかっていわれている。で、さきほどの九月二〇日をむかえるわけだ。中浜たちは、実業同志会の森本からリャクをやって、三〇〇円ほどまきあげてきた。やったぜ、そんじゃ、いつものようにまいりましょうか。古田をのぞく、みんなで女郎屋にいった。さて、こっから物語は急展開だ。いくぞ、いくぞ、往くぞ、往くぞ！

＊

ア、アアー。ねえ、まだ、まだ、ぃかへんのー？

うるせー！ ちょっと待てー！ は、は、は・・・。

中浜は、女郎を組みしいて、必死に腰をつきうごかしていた。でも、もうちょぃで往くぜっていうそのときのことだ。ドッドッドと、足音がちかづいてきた。

てつー！ てっつぁんーっ！ いるかー！

古田の声だ。あきらかにあわてている。

ちっ、なんだよー！

ここかっ！　古田がガラッと戸をあけた。

いやぁー！　ちょっとー、なにすんの！

びっくらこいた女郎がさけぶ。でも、そのことばは古田の耳にはいらない。どこから走ってきたのか、ハー、ハーハーとはげしく息をきらしていた。

せっかくいいとこなんだぜ。それともあれか、大さん、女とやらない主義やめたのけ？

うるせえよ。とにかく、古田は息をきらしながら、こういった。

お、大杉さんが殺された・・・。

・・・なにぃっ！

中浜はとっさに古田がにぎっていた新聞をうばいとり、そのまま外にとびだした。どうした、どうしたと、ほかの部屋からも、素っ裸のまんま、ギロチン社の面々が外にとびだしてくる。中浜がもっている号外記事には、こうかかれていた。

九月一六日、大杉栄夫妻、少年と憲兵隊に殺される。

あの大杉栄が、関東大震災の混乱のさなか、甘粕正彦大尉ひきいる憲兵隊に拘束され、つれあいの伊藤野枝と、六歳のおいっこ、橘宗一といっしょに虐殺されたのだ。どうも大杉の弟さんが、地震の震源地、神奈川にすんでいたということもあって、その見舞いにいったところ、つかまってぶっ殺されたらしい。大杉のことが大好きだった中浜は、もう怒りでふるえがとまらない。

ア、アアー！　ア、アアー！　チキショー！　チキショー！　チキショー！

その夜、ギロチン社のメンバーは、大阪のアジトにあつまった。とうぜん、みんなカッカきている。まず、河合が口火をきった。

敵のやりかたはわかってる。復興という希望をチラつかせ、社会を保持する。ちゃんとはたらけ、国家のいうことをきけ、そうやって動員だ！

つづいて、倉地もこういった。

絶対的な恐怖で、国民は無力感に打ちひしがれるんや！

国家ってのはそういうもんで、大災害でみんながうちひしがれていると、これみよがしに恐怖をあおりはじめる。いまは未曽有の危機なんだよ、緊急事態なんだよ、だからいまはなにも考えずに、わたしたちのいうことをきかなくてはいけないんですよ、きいてくれなければ復興できませんよ、大混乱になりますよ、生きていけませんよ、みんな死んじゃいますよっていうわけだ。

ただでさえ、どうしたらいいかわからないときに、そんなことをいわれたら、みんなガーンッてなっちまう。なんでもしたがいましょう、ああご主人さま。で、みんなそろっていいはじめる。そのジャマをするやつらは、いや、そのジャマをしそうなやつらはぶち殺せ、だって、そいつらのせいでみんな死にかねないんだからと。社会主義者はいつ秩序をみだすかわからないし、アブナイでしょう、ぶち殺せ。あの朝鮮人どもも、ふだんコキつかっているし、いつ反乱をおこしてもおかしくないからアブナイでしょう、ぶち殺せと。まず、官憲が見本をしめして、ああ、ご主人さまにならわなきゃといって、民衆もおなじことをやりはじめる。大虐殺だ。そういうことが東京近郊ではバンバンおこっていて、大阪にも、だんだんとその情報がつたわってきた。なんかやらなきゃいけない。とうぜん、ギロチン社の面々に、異様な緊張感がはしる。

なら暴動でも一揆でも暗殺でも、なんでもきやがれ！　ほらどいてくれ。やけどするぞ。

そんなことをいいながら、仲が土鍋をはこんできた。これをきいて、小西が口をはさむ。

だけど、テロで社会そのものを変えられますか？

それをきいて、またかよ、てめえと、イラだった田中や内田、茂野がキッとにらむ。まあまあと、倉地が小西の肩をたたいてこういった。

損得勘定じゃないやろ。わるいやつらに鉄槌をくだしたれや。

若干、自暴自棄になった内田がこうさけぶ。

毎日毎日、リャクリャクリャクリャク。こんなんで革命に直結するのかァ!

やばい。場の空気がわるくなったのをみて、鍋に手をだしながら、中浜が口をはさんだ。

まあ、いい。食おうや。

それをきいて、めずらしく河合がイライラして声をあらげた。

なんで、こんな暑い日に鍋なんだようっ!

へへヘッとわらいながら、仲がいう。

豆腐がやすかったんだよ。

これをきいた倉地があざわらうように、こういった。

おまえ、またみまちがえて、毒キノコでもいれてんじゃねえか。

仲の顔色が真っ赤になる。じつはこの数日まえ、仲はむかし解雇された大阪合同紡績の重役、飯尾一二にうらみをもって、リャクがてら銃でおどかそうとおもったのだが、みまちがえて、べつの重役、庄司乙吉をうっちまったのだ。アッチョンブリケ。それをみて、見張り役についていた倉地は、こりゃやべえと一目散に逃げだした。仲もなんとか逃げきったものの、しばらくは外にでられねえってことで、アジトにひそみ、みんなのメシをつくったり、ちょうど中浜が梅毒で「いてえ、いてえ」とのたうちまわっていたので、そのめんどうをみたりしていた。でも、ひとってのはそういうもんで、自分でも「なにをやっているんだオレは」ってヘコんでいることを、他人にからかわれるとマジでムカついてしまうものだ。仲は、倉地にむかってこうさけんだ。

てめえこそ、逃げだしたくせしやがって！

それをきいて、中浜はもう大笑いだ。と、そのときのこと。とつぜんアジトの扉がひらいた。やべえ、官憲かとおもい、みんなおどろくと、

東京は地獄だァ・・・

小川だ、小川義雄が東京からやってきたのだ。飲まず食わずでやってきたんだろう。玄関先で小川がぶったおれた。古田がかけより、水を飲ませる。すると、息をふきかえした小川がつぶやいた。

ナンマイダー！　オレはきめたぞ。これからは世のため人のため、身を捨てておのずからうごくぞ・・・。

そのことばに反応して、河合がちょっときどってこういった。

幸徳秋水もいってたな。水到りて渠なる。なんの見返りももとめず、決起！

革命ってのは、損得勘定でやるもんじゃない。雨がふれば、水たまりの水はかならず四方八方にあふれだし、それらがまたあたらしいくぼみをつくっていく。それはおのずとかならず、そしてやむにやまれずおきるものだ。成功か、失敗かを考えてやるもんじゃない。

気づいたら、やっちまっているものなんだ。やめられない、とまらない、革命決起。身を捨ててやれ。河合がいわんとしていたのは、そういうことだ。そのことばに反応して、茂野もことばをかさねた。

ようはよー、民衆をいじめるわるい政治家やカネもちをぶっ殺しゃいいんだろ。

ああ、またかよ。みんないつも口だけで、だれもほんきでやろうとはしない。けっきょく、仕事みたいにリャクでカネをかせいで、女と酒につかうだけだ。そうおもった内田がおもわずさけぶ。

もうなんどはなしたよ！　いっつもおなじじゃねえか。

そうだ、まったくおなじことを考えていた田中もいう。

だいたいよ、おまえらなにもやりゃしねえ。てめえらも敵だ！

そういって、年上のやつらを指さした。ちっ、めんどくせえな。河合も倉地も仲もしらけてしまった。空気をよんだ古田が、みんなをいさめる。

もういいだろ、勇之進。

でも、田中のことばをきいて、中浜がやる気をだしちまう。めっちゃくちゃ笑顔で、田中をみながら、こういった。

やるか!

とつぜんそういわれて、田中がおどろく。

な、なにを。

間髪いれずに、中浜がこういった。

だからあのギョロ目のかたきをうつんだよ。ぶっ殺すんだ。

いやいやと、倉地がわってはいる。

甘粕は捕まってるがな。

あっ、といって茂野がきりだす。

弟がいた、たしか三重の松阪に。

いやいや、まてまてと、小西がとめにはいる。

弟は関係ないでしょう。

それをきいて、ムッとした中浜が口をだした。

関係なくはねえ。

そりゃそうだ、大杉のほうは六歳のおいっこまでぶっ殺されてんだから。田中はこうきりかえす。

どうしてもやるんなら、おまえがいけよ。

中浜は、ニタニタわらいながらこういった。

オレはもっとエライやつをやるからよ！

えらそうに。でもたたみかけるかのように、中浜はこういった。

どっちみちオレたちがやるしかねえ。ほらっ、だれかやるやつはいねえか！

しばらく、したをむいて考えこんでいた田中だったが、ついに決断をくだした。ヤレ、ヤレ、ヤッチマエ。アジトには、中浜のかわいた笑い声がひびきわたった。

チャッハハ！

＊

一九二三年一〇月四日、田中勇之進は、三重県松阪にやってきた。大杉栄を虐殺した甘粕正彦の弟、五郎をやっつけるためだ。当時、五郎は一六歳。津第一中学校にかよう中学生だった。わかいね。田中が通学路でまちぶせしていると、学生服をきた五郎がノコノコとやってきた。よしっ、田中が五郎めがけてダッシュする。

うおおおおおおっ！

田中が短刀をふりあげると、おどろいた五郎が目をおおきくみひらき、アァッといって腰をぬかした。でも、そのすがたをみて、逆に、田中のほうがひるんでしまう。マジかよ、こんなにおさないのか、こんなによわっちいのか。しかし、その一瞬のことだ。不穏なうごきを察知していたんだろう、五郎の警護についていた私服警官ふたりが、ドーンッとおもいっきり田中に突進し、ぶったおれたところをまたたくまにとりおさえてしまった。たすけられた五郎が、田中をさげすんだ目でみている。アアアッ、アアアアアアアッ!!! 田中はくやしさのあまり、おたけびをあげた。でも、もがいてももがいても、逃げられない。甘粕五郎暗殺、失敗だ。チキショー！

田中勇之進、逮捕。そのしらせをきいて、アジトにいた中浜は、内心、ホッとしていた。たとえ殺せなかったとしても、これで世間に、大杉虐殺への怒りはしめせただろう。それになにより、これから自分たちがなにをやったとしても、殺人未遂なら、わかい田中が処刑されることはない。よかった。でも、まわりのみんなはちがう。だれも口にださないが、おまえがそそのかしたから田中はつかまったんだろうがと、中浜につめたい視線をおくった。しかし中浜以上に、みんなに疎まれたのが小西だ。なんでかというと、じつは小西、見張り役として、田中といっしょに松阪までいっていたのだ。でも、ちかくにいるとつかまるかもしれんといって、決行をみとどけずに、かえってきてしまった。能なし、根性なし、ふぬけなチンピラ野郎。ふだんから余計なことばっかしいって、なんにもしていなかっただけに、みんなの不信感がいっきにたかまる。それをかんじてか、小西はさらに酒をあおった。ダメだ、ダメだ、オレはダメなんだ！

これをみて、古田がうごいた。こっからはもう、いつ官憲にふみこまれるかわからないし、仲間の雰囲気もわるくなっている。でも、かんじんかなめの中浜は、梅毒でみうごきがとれやしない。だったら、オレがやるしかない。いっきにリャクで大金をせしめ、それでかたき討ちでも、ヒロヒト暗殺でもやってやるんだと。じゃあじゃあ、カネ、カネ、カネっていえば銀行だ。ちょうど小西が元銀行員でくわしいってこともあって、古田はかれと相談しながら、どこをやるのかをきめていった。めざすは、第一五銀行玉造支店小阪出張所。毎日、カバンをもった銀行員たちが現金を運搬しているので、そいつらをおそう。小西によれば、そのカバンのなかには、一万円以上はいっているんだという。ようしっ、これに成功すれば、小西の株もあがるだろう。はなしているうちに、小川と内田も「オレたちもやるぞ」っていうので、四人でやることにした。

一〇月一六日晴れ、決行だ。住宅地にひそんでいる古田、小川、小西、内田。そのまえを近所の女子高生たちが下校していく。赤ん坊をだきかかえたお母さん、そして警官もとおっていった。おおっ、びっくらこいたぜ。

オレ、もう逃げませんから・・・。

小西がボソッとつぶやいた。なんだかちいさくみえちまうよ。がんばれ! みんなの手には、タマゴの殻に灰やトウガラシをつめた目つぶしと、ステッキがにぎられている。これが人民の武器だ。でも、古田だけは脅しにつかおうにということで、おじいさんの形見にもらった短刀をもっていた。しばらくまっていると、銀行出張所から、銀行員の男ふたりがでてきた。それぞれ、黒と茶色のカバンをもっている。

いくぞ!

古田がさけぶと、全員で銀行員をとりかこんだ。

な、なんだー！

か、革命のためだ。カ、カネをだしてもらおう！

古田がそういうと、内田、小川、小西が武器をギュッとかまえる。そして、銀行員がウッとひるんだスキに、ふたりをとりおさえにかかった。必死に抵抗する銀行員。目つぶしの茶色い粉がまう。でも、あせって投げたためか、あいての目にはあたらない。銀行員たちは、二手にわかれて逃げていった。黒いカバンのほうを古田がおう。とびついて、相手といっしょにぶったおれ、ふたりでからまりながらゴロッゴロころがった。もみあいながら、カバンをうばいあう。こっちもあっちも無我夢中だ。

ギャァァー!!!

ふたりのうごきがとまる。

……

古田は絶句しながら、自分の手をみた。もう血まみれ、ドロッドロだ。短刀が銀行員の腰につきささっている。

ウアァッ!!!

そうさけび声をあげると、古田はもうなにも考えられず、カバンをとるのもわすれて逃げだした。その後、銀行員は死亡。これが世にいう小阪事件だ。

＊

さて、アジトだ。四人ともぶじに逃げかえってきたが、ムダにひとを殺しちまったということもあって、アジトは異様な空気につつまれていた。でもそんななか、中浜だけは「いてえっ、いてえっ」といって、ひたすらチンコをさすっている。あまりのいたさに、たまらず、飲み水用の桶にチンコをつっこんだ。「あぁー、たまんねえな」。うるせえよ。

そんな中浜はさておいて、激昂した河合がたちあがった。

ばかやろー！　四人もでていって、たったこれだけかよ！　小西――！　一万円はあるはずじゃなかったのかー！

茶色いカバンをひっくりかえすと、小銭がバラバラとおちてくる。

あったんだよ、それは、たしかに・・・。

小西がそういうと、それをかばうかのように内田もこういった。

たぶん、古田さんがおったカバンに・・・。

・・・・・わるかった。

それだけいって、古田がグッタリとうなだれている。微妙な空気がながれるなか、中浜だけがチンコをさすっている。

カネもとれずに、ひとだけ殺すなんて・・・。

茂野がそうつぶやくと、一同だまりこみ、やがて古田がガタガタとふるえはじめた。ひと呼吸おこうとおもったのか、さっきまで中浜がチンコをつっこんでいたのもわすれて、河合が桶の水を飲みはじめた。うっ！

くせえよーっ、てつっ！

そういって水をはいた。そんなことはどうでもいいといわんばかりに、中浜がこうきりだした。

まあ、しかたねえさ。オレが寝ついたから・・・、わるかったなっ！

話題をかえようと、河合が口をはさんだ。

それより、倉地のやつは？ あいつ、また逃げ癖がでたか。

それをきいて、中浜がニタニタとわらう。すると外から、すげえいきおいで、小川が駆けこんできた。

官憲だぁ！　バレた！

うおおお、マジヤベエ！逃げるギロチン。いっせいに、水路沿いの土手にはしっていった。それを官憲がおっていく。中浜と古田は川をバシャバシャとわたり、土手の死角にとびこんだ。中浜がチンコをおさえて、たおれこむ。

イタタタタ・・・。

だいじょうぶか、てつさん！

すると、むかいの土手で、内田と小西が官憲につかまりそうになっている。たすけにとびだす古田。でも、その手を中浜がギュッとつかんだ。

だけど、てつさんっ!

そういって、古田が手をひきはなそうとするが、中浜ははなさない。

ハァッハァッ、ハァッハァッ・・・、きめた。オレはきめたぞ。

なにを・・・。

中浜は古田の袖をガッシリとつかみ、いたみにたえながら、必死にことばをはきだした。

大さんっ、初心にもどろう。幸徳秋水や管野スガ子がやれなかったことを、オレたちがやってやるんだ。

それをきいて、古田の血がたぎった。そう、もともと古田はリャクなんて興味がない。命がけで権力者をうちたかったんだ。

ヒロヒト・・・!

中浜がうなずいた。

そうさ、天皇なんて問題じゃねえ。摂政の皇太子だ。あいつを討ちゃあ、親父なんかびっくり仰天で、二度とおきあがれやしねえ。

中浜がそういっているあいだに、むかいの土手じゃ、河合、仲、内田、小西、茂野、小川が続々とつかまっていく。クソッ、古田がくやしそうにみつめる。でも、そんな古田を中浜がひっぱっていく。

敵は東京だァ！　いくぞ、大さんっ！

全力ではしりだすふたり。東京へ、東京へ。やるべきことは、ただひとつ。大正のあとに昭和はねえ、昭和のあとに平成はねえ、そのあとはって？　クソくらえだァ！　いくぜ、兄弟。死なばもろとも。菊とギロチン。なにをやってもうまくはいかねえ。チキショウ、チキショウ、チキショウ、チキショウ、チキショウ、チキショウ、チキショー！　みんな鬼に喰われちまえだァ！

不逞じゃねえよ、太えだよ

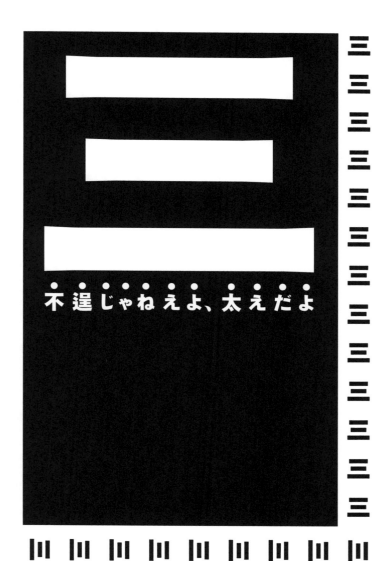

朝鮮人あまた殺され
その血百里の間に連なれり
われ怒りて視る、何の惨虐ぞ
(萩原朔太郎「近日所感」)

一九二三年一一月一一日、早朝。千葉の船橋だ。とある神社の境内に、玉岩興行のテントがたっていた。そう、あの相撲小屋だ。

うわァ——ッ！

なかから、全力でとびだしてくる花菊。勧進元の坂田勘太郎とすれちがったが、おおあわての花菊はまったく気づかない。うん？　どうした、どうした？　勘太郎は、不審におもいながら、テントのなかにはいっていく。あっ、勧進元ってのは、地方巡業をやるときの主催者ってんだろうか、世話人になってくれるひとのことだ。そこで相撲をとれるように、テントの設営から土俵づくり、宿泊、食事、宣伝にいたるまで、いっさいがっさいのめんどうをみてくれるひとだ。そんなだいじなひとが眼中にはいらなかったくらいだから、まあ花菊のあわてようはすごいもんだ。

花菊が駆けていくと、プシューッとちゃんこ鍋が煮たっていた。いそいでフタをあけたものの、なかはおもいっきり焦げている。「アチャアッ！・・あーあ！」。やっちまったなあ。ちゃんこ鍋をつくっている最中に、どうしてもケイコをしたくなってしまって、一〇分だけとおもってやりにいったら、かんぜんに鍋のことをわすれてしまったのだ。花菊がガックリしていると、うしろから声がきこえてきた。

水、いれとけ。わかりゃしないよ。

花菊がふりかえると、おなじく新入りの十勝川が、かがみこむようにして、プハーッとタバコをすっていた。それをみて、ちょっとムッとしながら、

十勝川関、横いたならどうしてみてくれなかったですか!

というと、十勝川は鼻でせせらわらうように、こういった。

メンドー!

いやまあ、そうなんだろうけどさ・・・。まったくわるびれるようすのない十勝川をみて、こまっていた花菊だったが、なんだか急にきもちわるくなってきて、そのましげみ

のなかにとびこんだ。ウヴェエッ！　吐いちまったよ、ゲロゲロだ。
　さて、朝メシの時刻。女力士たちが、「ようしっ、メシだ、メシだ」とハイテンション
で、神社のお堂にはいっていく。そこに、鍋をかかえた花菊があがっていった。みんなが
なかにはいっていったのを確認すると、まだ相撲小屋にのこっていた勧進元の勘太郎が、
親方の岩木にこうきりだした。

この非常時で、お上の監視も手薄だ。どうだい、とびいりで客の男衆とたたかわせて
みちゃあ。あとは、乳見せ役の太夫をつくるって手もあるが。へへッ。

はあ・・・。

　岩木が乗り気じゃないのをみて、勘太郎がプレッシャーをかける。乳をみせろ、女の乳
をみせやがれと。

ムリしておまえさんらをよんだんだ。うちとしても稼がせてもらいてえんだがなぁ。

なにいってんだ、このやろう。そんなことをさせたら、毎日毎日、まじめにケイコをつ

んでいる力士たちにもうしわけがたたねえじゃねえか。とはいえ、だいじな勧進元だ。岩木はあたまをさげながら、こういった。

玉岩女相撲としましては、勧進元さまのお力になれるよう精進しますんで。そこはわたしらにまかせてもらえませんか。

それをきいて、あきらかに不機嫌になった勘太郎は、キッと岩木をにらみつけるが、岩木はまったく動じない。そう、ここはひるんじゃダメなんだ。

ちっ。そうかい、そうかい。じゃあそうするかい!

そういうと、勘太郎はプリップリしながらかえっていった。親方の補佐役、三治がそれをみおくっていく。みおくりからもどってくると、三治が岩木にむかってこういった。

親方、坂田の三代目のいうのも一理ありまっせ。

なにをっ! この軽口に、岩木はブチキレてしまう。

てめえは、だまってなっ！

そういうと、親方はプリップリしながら、みんなのいるお堂のなかにはいっていった。ちゃんこをまえにしながら、つれあいの玉椿が心配そうにながめている。でも、そんなのおかまいなしといわんばかりに、大関、梅の里がしゃべりはじめた。

花菊、味がぅすぃな。

すっ、すいません！

あきらかにビクビクしたようすの花菊をみて、となりにいた最上川がこっそりとこうつぶやいた。

おめえ、焦がして水ぃれたなぁ。

ありゃあ、バレたか！　この最上川、ふだんあたまがにぶいのに、こういうことには勘がはたらく。

そったらことしたら、すぐバレるぞぅ。

そのとなりにいた羽黒桜が、そういっておどかしてくる。どうしよう、はなしがちがうじゃないか、たすけてけろと、花菊は十勝川に視線をおくったが、むこうはそっぽをむいて、しらんぷり。ファックだぜ。とはいえ、たしかにこのちゃんこ、クソマズイ。食ってもくっても、味がうすくて食った気がしねえんだ。腹がへったよう、腹へったよう。ついに、小天龍がブチキレてしまう。かの女は大声でこうさけんだ。

はなぎくーっ！　いまからつくりなおしてけろ！

すると、さっきまでだまっていた十勝川が、ボソッとこうつぶやいた。

てめえ、さっきからガバガバ食ってたろ。

それをきいて、ただでさえキレていた小天龍がさらに怒りを爆発させてしまう。

だれだい、いまいったの！

ああ、めんどうくせえな。十勝川は、鼻でわらってあいてにしない。なにやってんだよと、みるにみかねた玉椿が口をはさんだ。

まあ、きょうは勘弁してやりな！　花菊も明日からは気をつけるさ。このご時世だしね。みんな、いろいろガマンして生きてんだよ。

そういわれたら、グーの音もでない小天龍。でも、そんなクソみたいなキレイごとをいわれたら、わらっちまうのが十勝川だ。ケッ、ヘドがでるぜ！　これをみて、小天龍がふたたび声をあらげてしまう。

十勝川、いまわらったろ。てめえ、新入りのくせしてぇ！

ああ、マジウゼエ。きこえるか、きこえないかくらいの声で、十勝川がつぶやいた。

シーバ。

これ、韓国語でチクショウ、クソやろうって意味だ。

こいつ、こまっしゃくれやがって!

小天龍が十勝川のむなぐらをつかみ、おもいきりホホをぶったたいた。

いたぁー! なにすんだよ!

もうこっからはとっくみあいのケンカだ。みんなで、やめろ、やめろとわってはいるが、ふたりはケンカをやめやしない。玉椿が岩木にむかって、「あんた、やめさせてよ」というのだが、岩木は「そうだな」といったきり、のんきにちゃんこを食べている。味オンチだ。なんだいこいつ、しっかりしろよとおもいながら、玉椿がこういった。

それにさっきのはなしだけど、ポロリはもうなしだからね。

玉椿には、さっきの勧進元とのはなしがきこえていたのだ。まえにも、試合中にいきおいあまって襦袢がハチきれてしまい、乳をさらしたことはあった。それで男の客が歓声をあげていたのだってしっている。エロ目線でやってくる客がおおいことだって、重々承知だ。でもそんなやつらでさえ、グーの音もでないくらい相撲のとりこにしてやりたい。力で、技で、観客を魅了したいんだ。男のエロにすがるんじゃない、そんなエロさえびっくら仰天、ひっくりかえしてやるくらいのつよさをもちたいんだ。女力士たちのおもいはひとつ。おら、つよぐなりでえ。おもわず、ちかくにいた日照山もこうさけんだ。

親方！　相撲だけで勝負がしたいんです！

わかってるって！　三治ィー！　ケンカをやめさせろよォ！

しかたねえな、コラ、コラと、三治がわけいるが、十勝川と小天龍はなんどひきはなしても、またとっくみあいをはじめてしまう。空気をよめないのか、ここで沖縄出身の与那国がはじめて口をひらいた。

キクゥー、あふぁさぬ。まーこーねん。くれ食えんやっさぁ。

えっ、なにいってんのって？　花菊、味がうすいぜ、まずいぜ、食えねぜってことだ。しってるよ。また怒られた花菊。でも、なんかとっくみあいのケンカをみていたら、猛烈に相撲がとりたくてたまんなくなってきた。ああっ、もうたまんねぇ。花菊はスッとたちあがり、ドシッドシッと、お堂の柱にツッパリをはじめた。ドスコイ、ドスコイ。そして、おおきな声でこうさけんだ。

梅の里関、ちゃんこつくりなおしてきます。だから、おしえてください。どうしたらつよくなれるかおしえてください。もっとケイコつけてください。よろしくおねげぇします っ！

そういうと、ひとり鍋をかかえてはしっていった。がんばれ、花菊。負けるな、花菊。ちゃんこ、食べたい！

まあ、そんなこともあって、昼すぎのことだ。ズシッ、ズシッ。ドシッ、ドシッ。玉岩女相撲の力士たちがのぼりをかかげ、街をねりあるいている。きょう、これから相撲をやるってんで、その宣伝である。巨体の梅の里を先頭にして、玉椿、クールな若錦、ケンカっぱやい小天龍、そして勝虎、与那国、小桜、最上川、羽黒桜、日照山、新入りの花菊と十勝川、総勢一二名があるいている。ド迫力だ。そのわきには洋装の三治、そしてどうみても、みためヤクザの岩木がくっついている。コワイぜ、岩木さんッ！

東西、とざーい、日本帝国女相撲、玉岩興行の一行でございます。春夏秋冬、四季に草木が変われども、松の緑が変わりなく、千代、八千代、末広までたまわるごひいき、おん願いたてまつりま――す！

そう岩木が声をあげると、なんだなんだと町の人たちがあつまってくる。東京を焼けだされ、路上生活をしていた避難民たちも、「おおっ、なんかやっとるぞ」と興奮ぎみにあつまってきた。

女の相撲は裸で、乳をブルンブルンだしとんじゃと。

ひゃあー、相撲をとるのにお乳がジャマにならんかのう。

こきたねえかっこうをしたガキどもが、そんなことをいってはしゃいでいる。となりにいた魚屋の音弥も、与那国をじろじろみながら、

ありゃ――、お化けみたいな。見世物小屋から売られてきたんかいの。

というのだが、つづいてあるいてきた十勝川をみてドギマギしてしまう。やっべえ、エロいよ、エロすぎだよと。そんな観衆たちの声には微動だにせずに、どうどうと先頭をあるいていく梅の里。これにつづく若錦が、相撲甚句をうたいはじめた。

富士の白雪ゃ、朝日でとける、娘島田アリャ寝てとける。ドッコイ、ドッコイ!

*

おなじころ、船橋のとある集会所では、軍服を着た在郷軍人会分会長、飯岡大五郎が数人をまえにして勅書をしめし、なにかいおうとしていた。あっ、在郷軍人っていってわかるだろうか。予備役ともいわれていて、いちど徴兵され、軍事訓練をうけたり、戦地におもむいたりしているのだが、一定期間がすぎて現役をはなれる、でもいざ戦争のときには兵隊がたりなくなるから、いつでもたたかいにいけるように準備しておきましょうと、そういう人たちのことだ。で、そういう人たちのあつまりとして、帝国在郷軍人会ってのがつくられていて、市町村ごとにその分会がもうけられていた。
この船橋じゃ、おおくはシベリア出兵の帰還兵。身分は農民、気分は軍人だ。ちょくちょくあつまっては、ニッポン国民はいつでも天皇陛下のために死ねなきゃダメなんだよとか、もっと愛国心をもてよとか、風紀紊乱をおこすやつがいたら、オレたちがとりしまるんだとか、非常時には警察にかわって秩序をまもるんだ、不逞な輩はぶっ殺してもいいんだとか、そういうことをいっていた。とんだブタヤロウどもである。まあまあ、そんな在郷軍人会の分会長、飯岡さんがブヒィ、ブヒィとさけんでいた。

きのう、天皇陛下より国民精神作興勅書が発せられた。浮華放縦、軽佻詭激な風俗は敵であって、陛下はお怒りである。社会主義者が醸成した自由、都会の風俗、これらに天譴が下され、大震災がおこった。強兵は農村から育まれるしかない。帝国日本は西洋に比肩する強国となり、かくなるは中国、朝鮮、台湾、南洋群島らアジアの蛮国の民を天皇の臣民として教化すべき時がきている。

ちょっと漢字がむずかしいので通訳しておこうか。昨今、社会風俗がみだれております、日本が弱体化しております。それはぜんぶ社会主義者のせいであります。あいつらが、ひとを支配するのはおかしいだとか、自由がだいじだとかいうから、世のなかはおかしくなったんだ。陛下は怒っているぞ。このたびの関東大震災は、その罰として陛下がくだされたものだ、天誅でござるぞ。その怒りをしずめるためには、日本を西洋と肩をならべる強国にするしかない。この農村から臣民をふやせ。そして中国、朝鮮、台湾、南洋諸島をかんぜんに征服し、命令されたことにはなんでもしたがう奴隷どもをふやしていくんだと、そういっているのだ。ブヒィ、ブヒィ！

でも、飯岡がそうしゃべっていると、なんか外がさわがしい。みんなが窓から外をみると、女相撲の一座がドッコイッ、ドッコイッと相撲甚句をうたいながらあるいてくる。うわあぁ、みてえな、みてえな、女力士ってどんななんだろう。みんなソワソワしておちつかない。なかでも、佐吉、栄太、キチジはそういう見世物が大好きだ。そんな在郷軍人たちのようすをみて、きさまら、たるんどるぞといわんばかりに、飯岡がまたさけんだ。

きたるべき戦争は総力戦であり、現役兵だけではぜったいに勝てない。われわれ、後備師団である在郷軍人が主体にならなければならない日が必ずやくる！

と、そこに警察署長の丸万がやってきた。

このあつまりはなんだ！

ふりかえった飯岡に丸万が気づく。ああ、またおまえらかといわんばかりに、丸万はこういった。

自警団は解散、在郷軍人会は災害救援、寄付義損金募集にあたる。分会長、通達は知ってるな。

なんだこのやろう、いくら官憲だからってイバりやがって、オレさまは帝国軍人だぞと、飯岡がギャクギレをする。

鮮人や社会主義者どもの暴動は根も葉もないウワサで、流言だったと⁉ だれがそんなことみとめたんだ！

上からの方針だ。外国からの批判もでたんだ。

そんなポリ公のことばに、また飯岡が怒ってしまう。

わが国体もなめられたもんだなッ！

あっ、ちなみに、国体ってのは、その国の政治のしくみのことだよ。このころだったら、天皇を中心とした政治体制のことだ、天皇制のことである。飯岡がそんなたいそうなはなしをしているのに、ほかの在郷軍人たちは女相撲が気になってしかたがない。むしろ、うざい飯岡がポリ公とやりあっているのをみて、スキありといわんばかりに、窓ぎわのほうによっていってしまった。

おいッ！

飯岡がどなりつけるが、だれもききやしない。在郷軍人のなかから、ボソボソッとこんな声がきこえてきた。

ありゃあ、服着とるぞッ！

相撲とるときは裸だろう。

それをきいて、なにが在郷軍人だ、このドン百姓どもめとおもったんだろう。丸万がこうさけんだ。

ない！　断じてない！　風紀紊乱、この丸万の目の黒いうちはいっさい禁止だ！

あきらかに、カッカきている丸万。いわれたことにグーの音もでない飯岡。くやしそうだ。さてはて、このふたりのあいだになにがあったのか、チョビッとほりさげてまいりましょう。つづく。

＊

まえにもちょっといったが、一九一八年、日本はシベリア出兵ってのをやった。ロシア革命がおこったのをいいことに、西洋列強といっしょにロシアに攻めこんだんだ。名目はホリョになっていたチェコ兵の救出。でも、そんなのウソッパチだってことは、だれにでもわかっていた。一九一八年八月、日本軍はウラジオストクに上陸。そのま、北樺太、イルクーツクのほうまで占領している。しかも、ほかの国が数千人の出兵だったのにたいして、日本だけは七万二〇〇〇人。侵略やる気満々だ。

とうぜん、ときの革命政権、ソ連だって反撃をしてくる。トロツキーってのが赤軍を組織して、これにたちむかってくるのだが、さいしょは正規兵なんて、そんなにおおくなかったから、農民のパルチザンでこれにおうじていた。いちおう説明しておくと、共産党のやつらが赤旗をかかげていたから、赤軍ってのはいいだろうか。で、パルチザンってのは非正規兵のことで、ふだん農民をやっているようなやつらが、とつぜん武器を手にとって闇討ちをしかけてきたりするわけだ。敵兵はゆだんしていて、気づいたらやられてしまう。そんで朝になると、みんな農作業をやっているから、だれが敵だかわかんない、雲隠れサイゾーだぞっていう、そんなたたかいかたをしていた連中だ。

日本軍はこれに大苦戦。たたかってやっと村を占領したとおもったら、深夜、パルチザンに襲撃されて、みな殺しにされたっていうことがちょくちょくあった。しかもロシア人のだれが敵だかわかんないから、いつもキンチョー状態。精神的にイカレてくる。とまあ、そこまでは身からでたサビだからいいのだが、ここで日本軍がやらかしはじめるわけだ。ロシアでふつうにくらしていた農民たち、男も女も子どもも老人も、だれが敵だかわからないし、こんご、いつだれが敵になるかもわからない。だったら、みんなやっちまえ、村ごとみな殺しだといって、占領するたびに大虐殺をはじめたのだ。

しかも、こういうときってのは、侵略しているはずの日本軍が、とつぜん被害者づらしはじめるから、タチがわるい。いまオレたちは未曽有の危機にさらされている、みんなの命が、みんなの安全が危機にさらされているんだ。それをまもるためだったら、なにをやってもゆるされる。それが合法か、非合法かなんて関係ない。キケンな敵にはなにをやってもかまわないんだ、殺っちまいなと、そういいはじめたのだ。

そんでもって、そういったヒデエことをやればやるほど、天皇制ってのが効いてくる。天皇陛下は、みんなを赤子のようにおもってくれている、みんなの命を、安全をまもろうとしてくれている、みんなのために、みんなのために。それが陛下の意志なんだ。だから、みんなにメイワクをかけてきやがる、キケンな共産主義者どもを、アカどもを、オレたちは退治しにやってきたんだ。だのに、この村人たちはまもってやっているオレたちをおそってくる。ああ、こいつらもキケンなんだ、アカなんだ。やっぱり、アカは超キケン、ぶっ殺せと。ここまでくると、侵略していることもわすれて、みんなの安全のためにっていって、村人をみな殺しにすることが誇らしいことにおもえてくる。そうだ、オレたちがやっていることは、陛下の意志そのものなんだ、みんなをまもっているんだ、みんなのために、みんなのために、これが帝国軍人のあるべきすがただァと。

そして、こっからさらに暴走がはじまっていて、シベリア出兵のときってのは、もう軍紀だのなんだのはどうでもよくなっちまっていたわけだ。兵士たちは近隣の村々におしいっていって、食えそうなもんをうばいとったり、反抗的な態度をとった村人をリンチにかけて銃殺したり、女とみればレイプをしたりと、むちゃくちゃなことをやりまくっていたのだが、これも陛下の名のもとにポジティブにうけとめられた。あいつら、アカのパルチザンかもしれないんだから、みんなの安全をおびやかすかもしれないんだから、みんなのメイワクになるんだから、そりゃいくら懲らしめてもいいでしょう、なにをやってもかまいやしないでしょう、そうさ、オレさまは帝国軍人だァと、そうなっていたのだ。ご立派なことでございます。この被害者づらしたブタヤロウども!

*

はなしをもどすと、飯岡や佐吉たちも、そんなブタヤロウどもだったってわけだ。みんな、一九二二年一〇月には帰国している。でも、戦地じゃあんなにイバっていたのに、日本にもどると、ふつうにビンボーなドン百姓にもどっちまう、零細農民や小作人にもどっちまうわけだ。地主、カネ貸し、ご主人さま。ああ、なんでもいうことききましょう。そんでもって、カネをかえせなかったり、小作料をはらえなかったりしたら、このやくたたずめ、恩しらずめ、ろくでなしめとののしられてしまうのだ。おのれー、ちがうぞ、ちがうぞう。オレたちはつかえないやつなんかじゃないんだ、やくたたずなんかじゃないんだ、だってオレたちは陛下の御心がわかっているんだから、りっぱな帝国軍人なんだから、ニッポン国の模範なんだからと、そういってプライドが暴走しはじめる。

じゃあ、どうなったのかというと、自分よりもつかえないやつらを、ニッポン国にとってメイワクなやつらをぶったたいて、自分がつかえるってことを証明しようとするわけさ。社会主義者をとりしまれ。不逞鮮人をとりしまれと。あっ、この不逞鮮人ってのは、不逞《ふてい》の輩の「不逞」に、朝鮮人の「鮮人」をつけたもので、ゴロツキみたいな朝鮮人って意味だ。戦前に、よく差別用語としてつかわれていたやつである。

ひどいもんで、かってに朝鮮を侵略しておきながら、おおくの日本人はこうおもっていた。朝鮮人は、われわれが統治してやっているから生きていられるんだ、生計をたてられているんだ、ホレみろ、日本に仕事をもとめてウジャウジャと朝鮮人どもがやってきているぞと。ほんとは、日本のカネもちどもがさらにカネもうけをしたくて、経済のためには、あたらしいインフラ整備が必要だ、もっと炭鉱だの、ダムだの、発電所だのをじゃんじゃんつくっていかなくちゃいけないんだ、そのためには、もっともっと安い労働力が必要だ、体をこわしたら、いくらでもポイ捨てできる労働力が必要なんだといって、朝鮮からムリヤリひとをつれてきていたのだが、そういうのは日本のブタどもの脳天からは、つごうよく消去される。ただ一九一〇年の韓国併合後、日本国内にドッと朝鮮人の数がふえたことだけは認識されていた。じっさい人数だけみてみても、一九一一年の時点で、日本にいた朝鮮人の数は二五〇〇人だったのに、一九二三年になると八〇〇〇〇人をこえている。そりゃ街をあるいていても、パッとみ、ちがいがでてくるだろう。

で、そういうのがブタの目には、日本に寄生している、オレたちにメイワクをかけているってうつったわけだ。あいつらのせいで、オレたちは仕事をうしなうかもしれないんだぞってね。しかもそんだけメイワクをかけているのに、労働条件がわるいっていってさわいでいるやつらだっている。しかも朝鮮のほうじゃ、三・一独立運動っていって、日本の統治に反対するやつらが続々とあらわれていた。数万人規模のデモがさらに未曾有の大暴動へと発展していく。そういうのがガンガンまきおこっていた。ああ、悪質だ、恩知らずだ、ひとでなし。あいつらいくらぶっ殺してもかまいやしない、不逞鮮人どもをとりしまれと。ほんとは自分がクズなだけなのに、それをみとめたくないクズヤロウどもが、自分が他人にみとめられたいがために、そういうことをいいはじめる。さっき、中浜哲のところでもチョビッとふれたが、そうおもっているやつらがふえていたからこそ、一九二二年八月、信濃川周辺で、朝鮮人労働者の虐殺事件なんかがおきていたんだろう。

この船橋にも、北総鉄道、いまの東武野田線を建設するために、たくさんの朝鮮人労働者がすんでいた。日ごろから、飯岡たち在郷軍人は、いつかあの不逞の輩をとりしまってやるとおもっていたのだが、そうこうしているうちに一九二三年九月一日、関東大震災だ。千葉の被害はまだマシだったものの、首都圏の機能はかんぜんにマヒしている。いまいち、なにがおこっているのか、情報がつたわってこない。民衆のあいだに不安がひろがっていく。で、日ごろの差別意識が暴走していくのだ。その日のうちに、朝鮮人が井戸に毒をなげこんだとか、朝鮮人が街に火をはなって大暴動をおこしているだとか、ヨコハマじゃ朝鮮人が日本人を殺戮しまくっているとか、そんなデマがとびかった。マズイぞッ！

＊

ようしっ、飯岡たちは、在郷軍人会を中心として、すぐに街の男衆に声をかけ、自警団を組織した。オレたちの命はオレたちがまもるんだ、みんなの安全はみんなでまもるんだ、オレたちがニッポン国の秩序をまもるんだ、不逞の輩をとりしまれと。そりゃ、戦闘経験のある元軍人たちだ。街の人たちは在郷軍人を信頼してしまう。よかったよ、飯岡さん、あんたがいれば百人力だよとかいわれるわけだ。ヒャッハッハ、ついにオレたちの時代がきたぞ。飯岡は、そうおもったことだろう。でも、不逞鮮人があばれているっていわれているわりに、身近なところじゃ、なにもおこっていない。さすがに、うわさにすぎないのか。そうおもっていたら、翌日から、メガホンをもった警官が自転車にのってやってきて、それこそ、あの丸万署長もやってきて、不逞鮮人どもがあやしい、警戒せよとかいってきた。しかも四日になると、それをものがたるかのように、兵隊たちがトラックに大量の朝鮮人をのせて、ちかくの習志野収容所にはこんでくるのだ。ああ、やっぱり、あのうわさはほんとうだったんだ。だって軍が、警察が警戒しろっていってんだもの。

こうなりゃオレたちもやるしかねえ。しかし朝鮮人のだれが敵だかわからない。いつどこでどいつにおそわれるかもわからない。飯岡たちの脳裏に、シベリア出兵の記憶がよみがえった。いまは緊急事態だ、みんなの安全をまもるために、ニッポンのために、合法・非合法なんて関係ない、なにをやってもしかたがないんだ。朝鮮人をみな殺しにせよ。そうしなきゃ、みんなが殺されかねないんだから、危機なんだから。それに、あいつらはオレたちの恩に、ニッポンのご恩に、天皇陛下のご恩にそむいたんだ、不逞の輩どもなんだ、ひとでなしなんだよ。なにをやったってかまいやしない、殺せ、殺せ、殺しちまえ。そうだ、これは陛下の御心だ。アァ、陛下、ヘイカ、ヘイカァッ、みな殺しだ！

九月四日夜、飯岡たちは、船橋駅北口付近に、朝鮮人がたむろしているときき つけて、自警団五〇人ほどをひきいてかけつけた。飯岡は日本刀をたずさえ、まわりの者たちはこん棒だの、木刀だの、竹やりだの、まき割り用のオノだのをもっている。コワイ！　駅までいくと、そこには、グッタリとした朝鮮人三八人ほどが地べたにすわっていた。

鮮人だ！　鮮人だ！　おまえら、鮮人だろッ！

もちろん、みためだけじゃ、日本人と朝鮮人の区別なんてつきやしない。だれかがとっさにこうさけんだ。

コラッ、ハクジョウしろ!

ウソをぬかすと、たたき殺すぞ!

日本語をいってみろ、アイウエオだ!

教育勅語を暗唱しろ、できないのかッ!

あまりの恐怖に、朝鮮人の男がたちあがって逃げだした。おいかける飯岡。スパッと刀をぬいて、うしろから背中をキリつけた。プシューッ!血しぶきがまう。ギャアアッ!!!朝鮮人が悲鳴をあげると、逆にパニックにおちいった自警団がウワァーッといって、つっこんでいった。逃げまどうわかい女性の腹に、竹やりをつきさした佐吉。怒りの声をあげるおっさんのあたまを、こん棒でふっとばしたキチジ。「アイゴー!アイゴー!」となきさけぶ子どもの脳天に、オノをぶちこんだ栄太。あたりはもう血の海だ、地獄絵図だ、大虐殺だ。無抵抗のひとたちを血祭りにあげて、飯岡たち、自警団がおたけびをあげる。ウヒョオッ、大勝利でございます。陛下、ヘイカッ、ヘイカァッ!

天皇陛下、バンザーイ！　天皇陛下、バンザーイ！　天皇陛下、バンザーイ！
天皇陛下、バンザーイ！　バンザーイ！　バンザーイ！　バンザーイ！　バンザーイ！

飯岡たちの虐殺はさらにつづく。街で朝鮮人をみつけては、なぐる、ける、たたく、さす、ぶったぎる。集団リンチ、殺戮だ。夜、缶カラをもっている朝鮮人をみつけて、あいつ爆弾をもっているぞと、みんなでたたき殺したこともあった。よくみたら、酒のつまみに購入された缶詰だったのだが、だれもわるいことをしたとはおもっちゃいない。だって、みんなの安全をまもろうとしただけのことなんだから、緊急事態だったんだから、やらなきゃみんなが危なかったんだからねと。さらにさらにだ。自警団のみんなで、習志野の朝鮮人収容所までつめかけたこともあった。

オレたちのかたきをだせ！　いますぐ、オレたちの親兄弟を殺したかたきをだすんだよッ！

だれかがそうさけぶと、騎兵隊が収容所から縄にしばられたふたりの朝鮮人をつれてきた。こいつらをくれてやるというのだ。おおっ、さすが帝国軍人だァと、飯岡が狂喜する。

で、戦利品とでもいわんばかりに、ふたりを地元につれてもどり、みんながみているまえでヒザをつかせ、飯岡が日本刀をふりぬいて首をきりおとした。すると、それをみていた自警団の兄ちゃんが、

いちどでいいから、オレも家の日本刀をつかってみたかったんです！

といってきたので、飯岡は「おお、いいぞ」といってやらせてみると、兄ちゃんはうまく切れずに、骨に刀がひっかかっちまった。ウゥッ、ウゥッと朝鮮人がもがきくるしんでいる。それをみて、街のみんなはヒャッハハとあざわらった。マジ鬼畜。飯岡は、じゃあ、もういちどといって、兄ちゃんに刀をとらせ、とどめをささせた。りっぱな帝国軍人の、いっちょあがりだ。バンザーイ、バンザーイ、バンザーイ。日本、死ね！

まあまあ、そんなことがおこっていたのだが、五日もすぎるころになると、さすがに政府もやばいとおもいはじめる。そりゃ井戸に毒をなげこんだとか、そんなのデマだってわかってくるし、外国にも情報がもれて、批判にさらされはじめた。こりゃマズいぞってことで、七日には「てめえらデマをながすな、殺すな、パクるぞ」っていう緊急勅令をだしている。しかしざんねんながら、それでもしばらく各地の虐殺はおさまらなかった。役にたたねえ。ようするに、こういう不測の事態のときってのは、国家はなにもしちゃくれな

い、できないんだ。できることといえば、おエラいさんの身の安全と、国家の体面をまもることくらいだ。国体は護持されたぞ、朕はたらふく喰ってるぞ、汝、人民、飢えて死ね、ギョメイギョジ。日本、死ね!

*

しかもだ。ほんとに役にたたないだけだったらいいのだが、こんかいの場合、あきらかに警察が虐殺をあおっている。なにがおこっていたのかって? 単純さ、九月一日の大震災で、警視庁の電信・電話網がいかれちまったのだ。そんななか指揮をとったのは、当時、警視庁官房主事だった正力松太郎。警視総監につづくナンバーツーで、特高警察のボスだったひとだ。いまでいうと、公安のトップだっていってわかるだろうか、極悪人だ。左翼弾圧のエキスパートでもあって、それこそ大杉栄とはおない年、なんどもなんどもやりあっていた。ふだんは政界の裏事情にもつうじている正力だったが、こんかいばかりは情報がはいってこない。東京は火の海、すさまじい人数が死んでいて、首都機能がマヒしていることくらいしかわかっちゃいなかった。

じゃあじゃあってことで力を発揮したのが、現場のおまわりさんたちだ。なにがおこっていたのか、正力が情報をあつめると、おまわりさんたちから、朝鮮人が井戸に毒をまいているとか、朝鮮人が爆弾計画をたてているとか、まことしやかに、そんな情報がはいってくる。そりゃそうで、現場の警官たちもチマタのうわさにのみこまれて、ほんとうに、うわさばなしを信じこんじまったのだ。さいしょ、バカいってんじゃねえよとおもっていた正力だったが、翌二日になっても、おなじ情報しかはいってこない。あれっ、これホントなのか、やばいんじゃないのか・・・。正力がうごきはじめる。警視庁にやってきた新聞記者たちに、力づよい口調でこう訴えかけた。

不逞鮮人どもが謀反をおこしている。至急、ふれまわってくれ!

そして、わざわざ首都防衛にあたっていた第一師団司令部まででむき、もう警察だけじゃどうにもならん、軍に協力をもとむといって、こうアジったんだという。

こうなったらやってやりましょう!

こうなりゃ、いくさだ、容赦はするな、アブナイやつらを、不逞鮮人どもをとりしまれ、さからうやつはブチ殺せと、そういったのだ。それから正力は、各警察署あてに不逞鮮人のとりしまりを強化せよ、さらに警戒をたかめよ、と号令をだした。そういうわけで、警官たちが自警団をまわって、朝鮮人に気をつけろとふれまわっていったのだ。これがチマタのデマに信憑性をあたえていく。どの新聞をみても、「朝鮮人暴動」ってかいてあるし、なにより警察のおすみつきもえているわけだ。これでさいしょは半信半疑だった自警団も、オレたちはただしい、不逞鮮人どもをぶっ殺せってなっていった。東京から神奈川へ、千葉、埼玉、群馬、栃木へと、虐殺はどんどんすすんでいく。

えっ、いったいどのくらい殺られたのかって？ わかんねえ。いちおう上海に拠点をおいていた、韓国独立派の『独立新聞』特派員のしらべでは、六六六一人が犠牲になっていて、東京帝国大学教授、吉野作造のしらべでは、二六一三人。右翼団体「黒龍会」のボスだった内田良平のしらべでは、東京だけでも七二二人はいたという。どの数値をとってもヤバイのだが、とはいえ、正確な人数はわかっちゃいない。なんでかっていうと、政府と警察がほんきで隠蔽工作をやったからだ。さすがに虐殺の実態がわかってくると、お偉いさんがたも、このままじゃ国家の体面がたもてない、オレたち、野蛮な国だっていわれちまうっておもったわけだ。で、指示をだした。朝鮮人の遺体をすぐに燃やせ、そしてとにかく土に埋めちまえと。船橋にいた飯岡たちのところにも、警官からそういうお達しがきて、みんなでいっしょに火葬して、粉々になった骨と灰を畑にバラまいた。セッセセッセと土をかける。これでもう、だれがどこで死んだのかなんてわかんねえ。みんな、畑の肥やしになったのだ。ひどい、マジでひどいことをする。

でも、それでも飯岡は不満だった。なんで、コソコソとこんな証拠隠滅みたいなことをやらなくちゃならないのか。オレたちはいいことをやったのに、みんなにホメてもらうことなのに・・・。くやしさのあまり、飯岡は佐吉とキチジ、栄太をひきつれて、警察署につめかけた。なかにはいるなり、丸万署長にむかって、こうさけんだ。

これでは、われらが悪事をしているようではないか！

これをきいて、丸万が逆ギレしてしまう。

きさまら自警団の無法行為のせいで、われわれがしりぬぐいをさせられているのがわからんのか！　この人殺しめ、恥をしれッ！

ガーンッ!!!　これで飯岡はすべてをさとってしまった。トカゲのしっぽきりだ。あんだけ煽っておいて、警察はすべての責任を自警団になすりつけたのだ。キタネえよ、キタネえよ。あいつら、こっぱ役人どもには、なんにもわかっちゃいねえ。オレたちはみんなの安全をまもったんだ、陛下の御心にしたがったんだ、そうだ、陛下だけはわかってくださる、陛下、ヘイカ、ヘイカァッー！

でも、陛下もポリ公も街のみんなも、飯岡のことなんかしったこっちゃない。お上からの意志がつたわるやいなや、自警団にあつまった連中は、ああ、オレたち、飯岡のホラにたぶらかされちまったんだ、あのクソ百姓のせいで、オレたちまで悪事にまきこまれちまった、そういって、飯岡に責任転嫁しはじめた。一一月にもなると、あの在郷軍人どもはいきすぎだぞ、あたまがおかしいぞっていって、また煙たがりはじめる。とんだ街の厄介者だ。しかしまあ、どうなんでしょうかね。みんな、さんざん、オレが、オレがと朝鮮人虐殺をやりまくっておいて、だれもわるいことをしたただなんて、おもっちゃいないのだ。はっきりといっておこう。これが日本人っていうもんだ、これが臣民っていうもんだ、これが天皇制っていうもんだ。被害者づらしたブタヤロウども!

*

ようしっ、ブタヤロウのはなしはこのくらいにしておいて、そろそろ女相撲のはなしにもどりましょう。一座の宣伝はまだまだつづく。女力士たちは、漁師町のほうまでやってきた。ノッシ、ノッシとねりあるく。なんだこいつらはと、街のみんなが好奇の目でながめている。そんななかだ、とつぜん花菊のお腹がグウッとなってしまう。

・・・・・・

ちょっぴり恥ずかしい花菊。顔を真っ赤にしていると、スッと小桜がよってきた。

あんた、朝はさわぎで食べられなかったんだろ。

そういって、つつみをわたしてくれた。なかをみると、おにぎりだ。やばい、食べたい！　でも、いまはだいじな仕事中だし・・・、花菊がそんな顔をしていると、それを察したのか、小桜はこういった。

すぐにもどれば、だいじょうぶだよ。

ありがとう。花菊はあたまをさげた。すると、小桜がこうたずねてきた。

あんた、月のものはちゃんときてる？

い、いや・・・、けど・・・。

小桜は花菊のお腹をみながら、こういった。

子どもなんか、おろしちまいな。

花菊が、えっというような目でみると、小桜は

めんどうなんか捨てちまえばいいのさ・・・。

と、すこし悲しげな顔をしてそういうと、「ホラッ、はやくいきなよ」と、目で合図してくれた。ありがとうごぜえます！　花菊はおじぎをして、はしっていった。しかし、やった、メシが食えるとおもったその瞬間のことだ。きゅうにオシッコがしたくなってきた。ウゥッ、もれる、もれる。花菊は、舟屋のものかげにとびこんだ。ガマンできずに、着物をまくりあげてかがみこむ。シャー、シャー。ああ、たまんねえ！

花菊がホッと息をつくと、目のまえにはドーンッと海がひろがっている。あまりの景色にみとれていると、その拍子に、手からだいじなおにぎりがころげおちた。そのまま、コロッコロ、コロッコロ、浜辺にむかってころがっていく。

ああっ！

その声で、浜辺にいたひとがたちあがる。本をよみながら釣りをしていた古田だ、古田大次郎である。コロッコロ、コロッコロ、古田のもとに、おにぎりがころがってくる。それをひろいあげ、あたりをみまわすと舟屋のものかげで、花菊がオシッコをしているのに気がついた。

……!?

大銀杏を結っているし、お相撲さんだよね、あれっ、でも女のコだよね、あれっ…とおもって、古田はキョトンとしてしまった。古田をみると、花菊はあわててたちあがり、なにもいわずにダッシュで逃げた。はしる花菊。でも、ふりかえると古田がおってくる。おどろく花菊。全力ではしる。まって、まってといいながら、古田がおう。花菊は路地へと逃げこむが、なおも古田はおってくる。いきどまりだ。古田がおいつく。

ウワアーーッ！

万事休すといわんばかりに、花菊がもうれつないきおいで、突進してくる。デーンッ、ぶちかましだ。古田の体がふっとんだ、圧勝だ。

な、なに、するんだ!

お、おめえ、オラのことさがせってたのまれて?

えっ?

そりゃ、古田はなにをいわれているのかわからない。そこに十勝川がやってきた。路地をのぞきこんで、

花菊、どこだ! 親方が怒っているよ!

古田は、十勝川をチラッとみたあとに、スッとおにぎりをさしだして、

泥だらけになっちまったけど、まだ食べられるから・・・。

・・・・・・！

これをきいて、ようやく花菊は古田の真意をさっした。でもなんかはずかしい。パッとおにぎりをうばいとると、礼もいわずにはしりさった。そんなふたりのようすをみて、十勝川がフッとわらう。エロいぜ。古田の顔が真っ赤になる。そんな古田をみもしないで、おにぎりを頬ばりながら、はしっていく花菊。さあて、これからどうなっていくことか。これから、ちょいと古田たちのはなしをしてまいりましょう。いくぜ！

＊

ここは船橋、舟屋の二階だ。中浜哲が、半紙に筆をはしらせている。おとくいの詩をかいているのだ。

『杉よ！

目の男よ！』と俺は今、骸骨の前に起つて呼びかける。

彼は黙つている。

彼は俺を見て、ニヤリ、ニタリと苦笑してゐる。

太い白眼の底一ぱいに、黒い熱涙を漂はして時々、海光のキラメキを放つて俺の顔を射る。

『何んだか長生きの出来さうにない輪郭の顔だなあ』

『それは——君——君だつて——さう見えるぜ』

『それで結構、三十までは生き度くないんだから』

『そんなら——僕は——僕は君より、もう長生きしてるぢやないか、ヒツ、ヒツ、ヒツ』

ニヤリ、ニタリ、ニヤリと、白眼が睨む。

『しまった！　やられた！』

逃げようと考へて俯向いたが
『何糞ッ』と、
今一度、見上ぐれば
これは又、食ひつき度い程
あはれをしぼばせ
微笑まねど
惹き付けて離さぬ
彼の眼の底の力。

慈愛の眼、情熱の眼、
沈毅の眼、果断の眼、
全てが闘争の大器に盛られた
信念の眼。

眼だ！　光明だ！
固い信念の結晶だ、
強い放射状の輝きだ。
無論、烈しい熱が伴ひ湧く。
俺は眼光を畏れ、敬ひ尊ぶ。

なにをかいているのかって？　そりゃ、大杉栄だよ。たのまれて、大杉追悼の詩をかいていたんだ。中浜の脳裏に、大杉のギョロ目がうかんでいた。そしてあの眼光とともに、あのときのあの演説会もらいをおもいだす。ごったがえした会場に、黒旗があらわれ、壇上からはビラがまきちらされる。大杉がさけび、やってきた官憲たちと大乱闘。貧者のさけび、労働者の狂喜、民衆の団結。ああ、愉快なり！

瞬間の自由！
刹那の歓喜！
それこそ黒い微笑、
二足の獣の誇り、
生の賜。

『杉よ！
眼の男！
更生の霊よ！』
大地は黒く汝のために香る。

おおっ、われながら、こりゃあいい詩じゃねえか。ムムムーだ、好し、好し、好しーだ、ハッハッハーだ。中浜がそうおもっていると、テコテコと釣り具をかかえた古田がもどってきた。窓の外から、中浜にこうはなしかける。

わるい、朝飯はとれなかったよ。

ふとわれにかえった中浜。やっと、古田がかえってきたことに気づいた。そんでもって、自分が空腹だったことにも気づいちまった。

そうかい・・・、しかたねえな。

そういいながら、中浜があたりをみまわすと、きのうの酒宴で部屋はちらかりほうだい。そんなかで、座布団を敷布団がわりにして、ボロ布をかぶったおっさんがふたり、グーグーとイビキをたてて爆睡していた。労働運動社の村木源次郎と和田久太郎だ。大杉といっしょに雑誌の『労働運動』をだしていた人たちである。中浜も、信濃電力の朝鮮人虐殺問題について文章を寄稿したりしていた。で、その『労働運動』で、これから大杉追悼号をだすので、中浜にも原稿をたのみにやってきたのだ。さっき村木については、かるくふれたので、ここでは和田について紹介しておきましょう。

＊

和田は一八九三年、兵庫県の明石うまれ。ちょうどいま三〇歳だ。家はド貧乏で、ちいさいころは学校がえりにゴミをあさり、生活用品を獲ってくるのが日課だった。拙者、現代都市の狩猟採集民でござる。そんで一二歳のとき、おまえくちべらしのために、丁稚奉公にいけよっていわれて、大阪にでて株屋の小僧になった。株屋ってのは、いまとおなじ。株取引をやるひとのことで、そのひとの内弟子になったってことだ。一四歳で、株屋デビュー。ボロもうけだ。やべえ、カネってこんなにかんたんにかせげたのか。ウッヒョウ、カネ、カネ、カネだァ。さあて、なににつかおうか。ちょうどお年ごろだったってこともあって、そっこうで女郎屋にいった。そして、そっこうで性病をもらった、梅毒だ。和田久太郎、一四歳で梅毒にかかる、オーレイ！

でも、まだだ。まだオレには株がある。カネ、カネ、カネと、カネに翻弄されて、取引の成功失敗に、一喜一憂する毎日だ。ずっと緊張状態。リスクにつぐリスク、そしてさらなるリスクだ。たとえもうかったとしても、やってもやってもキリがない。もっともうけなきゃ、もっともうけなきゃ、さあもっとリスクをおかして、もっともうけなきゃ。だけど、そんなことをくりかえしていたら、だれだって心を病んじまう。そしてついに二〇歳のとき、株取引で大失敗。むっちゃくちゃな借金をかかえて大阪をとびだした、トンズラだ。しかし、和田の心はもうズタボロ。いっそこのまま死んじまおうか。

和田は放浪の旅にでて、高知県南端の宇佐ってとこにいってみた。いいぐあいに断崖絶壁がある。よしっ、投身自殺だとおもって崖までいってみたら、これが高くてこわいんだ、やめよう。こうなりゃもう、餓死しかない。四国をフラフラしているうちに、死ねるとおもっていたのだが、気づいたら腹ペコで、草をむしって食っていたり、ノドがかわいたら、湧水があってガブガブと飲んじまったりするもんだ。

やばい、ぜんぜん死ねない。だったらもうこれしかねえ。和田は愛媛の別子銅山にいった。よし、鉱夫になろう。ここの労働環境はとてつもなくヒデエってきいている。一年もすりゃあ、しぜんと死んじまうことだろう。そうおもってはたらきはじめたら、一週間もしないうちに、てめえみたいなヒョロヒョロしたやつはつかえねえんだよっていって、クビにされちまった。なんでだよぅ、死ぬ気ではたらきますっていったのに・・・!

そんで山をおりてきて、街にでたら、子どもに石をなげつけられた。「この乞食め! コジキーッ、コジキーッ!」。真っ黒で、しかもガリッガリの和田のすがたをみて、子どもたちがバカにしはじめたのだ。チキショー、チキショー、チキショー! アア、アァ、アァッ、アァッ、オレはなんてダメなんだ、ダメだ、ダメだ、ダメだ、ダメだァ!!! アァッ、アァッ、アァッ!!! こうして、和田は魔界転生をとげた。どうせ、こんだけダメならば、ダメの底をぬいちまえ。ひらきなおるんだ。

だいたい、カネ、カネ、カネっていって、カネでひとを翻弄し、こころをむしばむこの世界のほうがおかしいじゃねえか。カネがなけりゃ生きていけないだとか、クソなんだとか、ダメなんだとかいっているけれども、なくてもそうそうひとは死ねやしない。いや、むしろこの大地と山川草木、それさえありゃあ、死なねえんだ。ダメで上等だよ、オレはもうこんな世界にふりまわされねえぞ。なにが世界だ、なにが秩序だ、なにがこの世のルールはカネですだ、ぜんぶぶっこわしちまえ。さけべ、アナーキー! そうおもって東京にでてきたら、大杉栄にであったのだ。ご愁傷さまでございます。

大杉といっしょにうごきはじめてからは、もうストライキに無我夢中。そうだ、資本家をぶんなぐれ、カネもちとその犬どもをぶんなぐってやれ。カネもちから、カネをもらわなきゃ生きていけない、ああご主人さまとか、そんな奴隷根性をたたきこわしてやるんだ。えっ、クビになるって？　かまいやしねえ。労働者としての、奴隷としての、自分の底をぬいちまえば、カネだのなんだのと、この世界のなんにもしばられなくなる。たいていのことはなんとでもなるぞ、なんだってやれる。いくぜ、クビになったダメヤロウども。ぼくといっしょにストライキにいこう。このへんは中浜といっしょだ。

で、どっかでストライキをやっているってわかったら、そのダメヤロウどもで群れをなして駆けつけた。もう一回、もう一回でいいから、あのクソみたいな資本家どもをぶちのめしたい。当時、そういうやつらのことを野武士団っていっていたのだが、和田は、大杉のやっていた労働運動社の記者として、そんななかにはいっていって、どこでどんなストライキがやっているのかを記事にして、もっとやれ、もっとやれって煽っていったのだ。あっ、記者としてっていっても、ただ指をくわえてみていただけじゃないよ。オレ、記者ですっていって、工場のなかにはいっていって、いきなり資本家にゲンコツをくらわしたりしていたわけさ。ちょくちょく返り討ちにあったりするんだけどね。まあまあ、そんなかんじでやっていて、そんでもって和田は関西出身だってこともあって、よく大阪のストライキ支援にもかけつけていた。そんとき中浜もふくめて、ギロチン社の面々にもであっていた。妙に気があうぜ。ダメはダメをひきつけるってんだろうか、好兄弟！

ちなみに、いま紹介したかんじだと、ちょっとできるアナキストっぽくきこえるかもしれないが、ぜんぜんそうじゃない。大杉から、いまこのストライキはだいじだから、いい記事をかいてくれよとかっていわれると、すげえキンチョーしてかけなくなる。締め切りがきても、ぜんぜんかけねえ。どうしよう。こういうとき、和田はまよわずバックレる。マジでゆくえをくらませるのだ。で、ほかのやつがカバーして、けっきょくなんとかするのだが、編集作業がおわったころになると、あたまをボリボリかきながら、わりいねえとかいって、ヘラヘラしながらかえってくるのだ。このやろう！でもなんか憎めない。

しかも、締め切りのときだけじゃないんだ。大杉が、いざ権力とやりあうぞっていって、本気モードになってみたら、そのやさきに、なんかめんどくさそうっていってトンズラしちゃったりするわけさ。たいていの場合、大杉にいわれて村木がさがしにくる。あるときなんかは、村木が街をあるいていて、フッとみたら呉服屋で店番をやっていたんだそうだ。このやろう！とうぜん、あたまをはたかれ、首ねっこをつかまれてつれもどされる。まあまあ、そんなかんじの性格だったので、ズボラの久さんってことで、仲間うちからはズボ久ってよばれていた。

そうそう。大杉が殺られる直前ってのもそうで、一九二三年にはいって、和田に生れてはじめてかの女ができた。一四歳のころから梅毒で、それがコンプレックスで、かの女をつくれなかったのだ。でも、あまりにチンコがいたくなってきて、熱もさがんねえし、こりゃやばいってんで、湯治のために栃木県那須の温泉にいってみたら、おなじく梅毒で湯治にきていた堀口直江って女性にであった。「浅草十二階下の女」だ、娼婦である。あっ、当時はね、浅草のシンボルで、一二階だての高層ビル、凌雲閣ってとこがあったのだが、その下にダダアーっと売春宿がならんでいたんだ。それがスゲエ有名で、「浅草十二階下」っていうと、売春宿のことを意味するようになっていた。

一九二三年八月、大杉がこれからアナキストのわかい衆をあつめて、どでかいことをやってやるんだっていっていたのだが、和田がかえってこない。そうさ、もう色狂いになっていて、堀口と同居し、セックスばっかしていたわけさ。大杉はまあしょうがねえさといっていたのだが、村木がちょっと心配になっていってみると、堀口は仕事にでていて、和田は高熱をだしてウンウンとうなっている。熱をはかってみたら、四〇度をこえていた。やばい、このままじゃこいつ死んじまう。オレたちが看病するしかねえ。そうおもった村木は、和田をかついで労働運動社にもどってきた。いいひとだ、源兄ィ!

で、そうこうしているうちに、九月一日、関東大震災。凌雲閣は倒壊、売春宿ものきなみ焼けちまった。堀口とは連絡がとれない。一六日には、大杉がぶっ殺された。しばらくして、堀口のゆくえがわかって、埼玉の妻沼にある実家にもどっているとのことだった。いってみると、ひどいもんで、おまえみたいなキタナイ女は家にあげらんねえっていわれて、納屋にほうりこまれていた。おっかないぜ、ダサイタマの世間体は平気でひとを殺ス。性病が悪化して、いたみと熱でウンウンうなっている。和田は、堀口をつれてかえりたかったが、堀口にこばまれる。かの女はこういった。

いいよ、どこにもいかないよ。ほうっておいておくれ。わたしはここでこうして死んでやるんだ!

こんなあわれなすがたを恋人にみられたくないとか、そういうきれいごとじゃない。意地である。こんなクソみたいな世界は、もうどうでもいいね。ただここでこうやって死んで、この怨みだけは、この憎しみだけは、この世界にきざみこんでやるんだっていっているのだ。肝がすわってるね。わかったたっていって、和田は東京にかえり、まもなくして堀口は死んじまった。そのしらせをきいて、和田はこんな詩をつくったという。

意地に生き意地に死したるかの女の強きこころをわれ悲しまじ

この世界は、オレをだいじにしてくれた人たちを、みんなクソみたいにぶっ殺しやがった。アア、アァ、アァッ! 復讐だ、復讐だ、復讐だァ! この腐った世界に怒りの火の玉をなげつけてやれ。ダメ人間の意地をみせつけてやるんだ。もともと、テロリズムになんて関心のなかった和田が、それこそまだまだ労働運動に可能性をかんじていた和田が、復讐計画をねりはじめた。いまは緊急事態だから、アブナイやつらは血祭りにあげてもかまいやしない⁉　国民道徳をおびやかすようなキタナイやつらは、ぶっ殺されたってかまいやしない⁉　ふざけんじゃねえぞ。そんなクソみたいなことばっかしいってきた白豚どもを、オレがぶっ殺してやる。そうおもって、村木に相談したら、オレも死を賭してやるつもりだという。よっしゃ、きまりだ。ふたりが中浜たちの舟屋をたずねたのは、ちょうどそんなころだった。

*

グーグーとねている和田をみながら、中浜がこうつぶやいた。

久さん、大杉さんの復讐のことだけどよ・・・。

それをきいて、和田がハッとなにかにおびえたようにとびおきた。キョロキョロと部屋をみまわして、ようやくここがどこかに気がついた。中浜の声で、となりにいた村木もムクッとおきる。

相手は戒厳令司令官の福田雅太郎、陸軍大臣の田中義一。それか警視庁官房主事だった正力松太郎、そこらへんかい？

ズケズケとふみこんでくる中浜。はなしをさえぎるかのように、和田がこういった。

昨夜もいったが、そんなの考えちゃいないさ。

ゴホ、ゴホ、ゴホッ。咳こみながら、村木もこういった。

きみたちのように、短絡的にはイカんさ。

そう、和田と村木はふたりでやるつもりでいたのだ。きのうの夜、中浜からヒロヒトをやっつけようとおもっているとか、大杉の復讐戦をやるんだったら、オレたちも協力するぜってもうしでがあったのだが、まだ中浜と古田がどのくらいほんきなのか、しょうじきはかりかねていた。そりゃ人数がふえるのはいいことだけど、おもしろはんぶんではなしをきかれてしまって、そっから計画がもれちまうのがいちばんこわいのだ。でも、そんな和田と村木のようすをみて、中浜は、こいつら、おれっちのことを信用してねえなとおもってむくれてしまう。

ご隠居が・・・とぼけんじゃねえよ！

ドッドッドッ。古田が階段をのぼってきた。それをみて、和田が声をかける。

おう、古田くん。おはよう！

久さん、源兄ィ、よくねむれましたか？

うん。

ああ。

村木は座布団をかたづけると、すっとぼけたような口調でこうしゃべりはじめた。

やっぱり大杉くんは、大阪の米騒動がイカんかったかなー。新聞社を煽動して、煽ったのがにらまれた。

それをきいて、ちょっとテンションのあがった和田が、吃音だった大杉のモノマネをやりはじめた。

壊せ、さわげ、燃やせ、あばれろ。大勢でそれをやるのが暴動じゃないか。ボル派の連中は指を、く、くわえてみてたろう。オレたちはとびこんだぞ、火をつけたぞ。こ、こ、国家はそれにおびえたんだ！・・・これだ。

でも、これで中浜がキレてしまう。ちっ、こいつらいつまでノスタルジーにふけってんだよ、このふぬけどもがと。皮肉たっぷりにこういってやった。

ボル派もなんもかんも一斉検挙。大衆運動の時代はもうおわったんだよ！はい、終了ー！

哲さん、そういういいかたはやめろよ！

古田がいさめるが、中浜はききやしない。

いいか。オレたちの最終目標は摂政暗殺だ。

まだいうかと、村木の顔つきがかわってくる。和田はあいかわらず、ヘラヘラとわらっている。そして、こうたずねた。

きみたち、ほんきか？

そういって、古田と中浜の顔をみると、古田が真顔でこうこたえた。

震災でぶっこわれた東京をみてわかったんです。自然はときおりものすごい、ひどいしうちをするけど、人間社会それまではくつがえせなかった。ひとしか、ひとの社会はくつがえせない。

いやあ、大さん、いいことをいう。そうおもいながら、中浜がたたみかける。

久さん、ご隠居、あんたらふたりが大杉さんの復讐を考えていないわけがない。どうだ、いっしょに協力して実現しようや！

だんだん、村木がするどい目つきになってくる。ただならぬオーラをただよわせながら、真剣にこうたずねた。

きみらふたり、覚悟はできているのか？

なんだよ、覚悟って？

中浜がかったるそうにいうと、和田がまじめにこういった。

テロってひとを殺すんだぞ。

ズボ久がうるせー！　そんなのとうにできてるさ。

ああ、もうめんどうくせえ。中浜はおもむろに酒ビンをとりだし、そのままグビグビと飲みはじめた。それをみて、村木が声をあらげてしまう。

まてっ、はなしはまだおわっていないぞ！

オメエらが煮えきらねえから、しらけちまうんだよ。だったら、女相撲がきているみたいだからよー。みにいくかい？

中浜がそういうと、よこから古田がくちをはさんだ。

ダメだッ、女相撲は！

なぜかとつぜん大声になった古田に、みんな、どうした、どうしたと不思議におもってしまう。古田は、顔を真っ赤にしながらこうつづけた。

す、相撲って、は、裸だろう。

裸ということばにおもわず反応してしまった村木と和田。ウヒョオ！　もういく気満々だ。中浜もハイテンションになってこういった。

だからみにいくんじゃねえかよ。バッカじゃねーの。

よっしゃ、きまりだ。中浜を先頭に、みんなで舟屋をとびだしていく。乳だ、乳だ、乳だ、乳がみてえよぅ、女相撲をみてみたい。ドスコイ！

＊

いざ、相撲小屋へ。大銀杏の髪で、白い襦袢のうえにまわしをしめた女力士たちが、土俵をまわりながら手踊りをしている。玉椿が三味線をひき、それにあわせて、若錦がつやっぽい声で、歌をうたっている。相撲甚句、イッチャナ節だ。

イッチャナ、イッチャナ、イッチャナアー　花か蝶々かまた
蝶々が花かエー来てはチラチラ、オットサト　迷わせる　イッ
チャナア、イッチャナアー！

与那国の踊りは、どこか沖縄のエイサーをおもわせる。そうそう、女相撲の興行は、おおきくいって三つにわかれている。「角力」と「余興」、そして「大力」だ。角力ってのは、もじどおり相撲をとるってことだ。もちろん、これがメインなのだが、客をあきさせないために、余興として、歌や踊り芸をみせていた。いまやっていたみたいに、三味線にあわせて相撲甚句をうたうこともあれば、八木節っていってわかるだろうか、有名な民謡で、よく盆踊りでうたわれるやつなのだが、そいつを太鼓にあわせてうたい、みんなで手踊りをするわけだ。客はもうノリノリ、お祭り気分だ。これにつづいて、すかさず大力の技をみせつけて、客のど肝をぬいちまう。なんですか、それって？　ちょいと、玉岩興行の大力をみてまいりましょう。

ドンドンドン、ドンドンドンッと、太鼓がたたかれたかとおもうと、そこに女力士がひとりで米俵をかついでやってきた。おおっ、すごい。だって、米俵って一俵六〇キロあるんだから。力士はそれを土俵のまんなかにおろすと、ペッこと客席にむかって一礼をした。骨太で筋肉質のからだつき、小結の小天龍である。観客がなんだなんだとみていると、とつぜん小天龍が歯で、米俵をくわえはじめた。ええっ⁉　客がびっくりしていると、小天龍はそのままうえにもちあげた。うおおおっ!!!　相撲小屋がどよめく。これを「歯力」っていう。これすげえもんで、歯のわるい力士がやると歯がボロッボロにぬけちまうんだ。

いやあ、命がけだね。よっ、小天龍！
すげえよ、すげえようっ。観客の熱気がおさまらない。すると、そこに巨漢の梅の里がはいってきて、土俵のまんなかにデーンッと横になった。うん？ なにをやっているんだろう。みんながそうおもっていると、女力士たちがセッセセッセと米俵をはこんでくる。そして、これみよがしに、その米俵を梅の里の腹のうえにならべはじめたのだ。まず、ふたつほど米俵をのっけると、そのうえにさらにふたつの米俵をおいていった。これを土台にして、はしごを横にわたし、そのはしごのうえに四つの米俵をのっけていく。これでうえが安定した。じゃあじゃあってことで、そこに花菊と十勝川がのぼっていく。そして、ふたりは下からモチのはいった木臼と杵をうけとった。観客はみんな、なにがおこっているのかわからない。でも、そんなことはおかまいなしに、花菊がさけびはじめた。

ハァッ、セイッ、セイッ！

そういって、花菊がデシッ、デシッと杵をつく。それにあわせて、十勝川がモチをひっくりかえした。そう、モチつきだ。梅の里の腹のうえで、モチつきをはじめたのだ。マジヤベエ！ だって、米俵のおもさだけだって、合計したら四八〇キロはあるんだからね。そのうえ、さらにモチをついてんだよ、超ヤベエ！ 奥義、「腹やぐら」である。この技、マジでハンパなくて、どんなにベテランの力士でも体調しだいじゃおしつぶされて、死んじまうことがあるんだそうだ。命がけ。しかもこれ、あきらかに梅の里のつよさをものがたっているのだが、というか、あきらかになにかに圧勝しているのだが、それがなんのつよさなのか、なにとたたかっているのか、まったくわからない。意味不明だ。しかしきっとそういう敵のない、得体のしれないつよさのことを、無敵っていうんだとおもう。敵がなければ、すなわち無敵。圧勝だァ！

うおおお、うおおおおおおっ!!! 観客の怒号のような歓声がなりひびく。ちょうど、そこに中浜たちがはいってくる。

……！

古田、仰天。だってはいってくるなり、とんでもないことをやっているんだから。なんだ、なんだこれはと。しかも、うえにはさっきであった花菊と十勝川がのっている。ああ、キレイだな。古田は十勝川に目をうばわれてしまった。

ほおー、たいしたもんだ！

和田がそういいながら客席にすわる。そのとき、風紀紊乱の監視役、ポリ公がいることも見逃さなかった。むろん、中浜も気づいた。でも、だからこそファックザポリスだぜっていいわんばかりに、中浜がこうさけんだ。

もっとエロみせろー！

ポリ公がそのクソみたいな顔をピクピクさせている。ヘッヘッヘ、ざまあみやがれ。みんな警察がきらい。

＊

そろそろ、角力の時間だ。親方の岩木が土俵にたった。

さては、これより天下御免の日本帝国女相撲、よろしくお願いたてまつりまーす！

岩木が土俵からおりてくると、かわりに行司の三治があがっていった。

にぃしー、最上川ぁー。ヒガあーし、小桜。

三治がそう声をあげると、小桜と最上川が土俵にあがってきた。さっきとおなじで、白いシャツに白い短パン、そのうえにマワシをしめたすがたである。それをみて、おもわず中浜がおもったことを口にしてしまう。

ちっ、なんだ、裸じゃねえのかよ。

古田はホッとひといき。よかったぁと。じゃあ、和田はっていうと、もう裸なんてどうでもよくなっていた。小桜の美しい四肢、そして影のある色気に夢中になっていたんだ。おもわずたちあがって、こうさけぶ。

いけー、小桜!

おいおいテンションたけえなと、村木がちょっとウザそうに和田をみる。このとき、客席にいた在郷軍人の佐吉、キチジ、栄太も和田のほうをみていた。でももうまわりがどうこうなんて関係ねえ、和田は興奮していて、われをうしなっている。

敵をぉー、センメツ！

その声と同時に、三治が行司軍配をパッとかえした。ダーンッ、小桜と最上川がぶつかった。カラダとカラダがぶつかっている。和田の応援のおかげだろうか、小桜のうごきがいつもよりもいい。やたらと、しなやかで機敏なうごきをしているのだ。とっくみあいながら、最上川が寄りきろうとするが、小桜がねばる。土俵ぎわまできて、いよいよやばいかとおもったら、スッと腰をおとし、体をひねって最上川を外にぶんなげた。うっちゃりだ、逆転勝ちである。いよーしっ！

いいぞー、小桜ーッ。

おおよろこびの和田、ガッツポーズだ。と、すぐにつぎのとりくみがはじまった。十勝川と小天龍が土俵にあがってくる。

十勝川ぁ――!!

観客席から、男たちのバカでかい歓声があがる。体中からはっせられているフェロモンってんだろうか、十勝川のエロさに男たちはもうメロメロだ。

ハッケヨーイッ。

おもいっきりぶつかってきた小天龍。それを十勝川がいなす、いなす。こしゃくなぁと、小天龍がさらにはげしくぶつかっていき、すかさず、するどい突き押し、さらにのど輪をくらわせた。ウゥッ、必死にたえる十勝川。なんとか下にもぐりこみ、下手投げをうとうとするが、小天龍もこれをこらえる。やがて、上手をつかんだ小天龍が、そのまま土俵ぎわまでおしこんでいく。

ガンバレ、十勝川！

おもわず古田がたちあがり、声をはりあげる。出番をまっていた花菊が、チラッと古田をみる。ちょっと不機嫌だ。なんだい、オラの応援じゃねえのかよってね。さて、ねばる十勝川だったが、さいごは小天龍の上手投げがきまり、デーンッと土俵におっこちた。

あああー。

ざんねんそうに、古田がすわりこむ。でも、そこに鯛が一本、ポーンッと土俵になげこまれた。ピクピク、ピクピク。うまそうだ。魚屋の音弥である。

十勝川、こっちむいてくれー。

十勝川が鯛をひろいあげ、音弥のほうに手をふった。その十勝川と古田を、花菊がキョロキョロとみくらべた。なんだか気になる。ああ、チクショウ、なにかをふりはらうかのように、花菊は自分の顔をパンパンとはたいた。

サイコーだよー、十勝川ちゃん！

スケベオヤジ全開ではしゃいでいる音弥に、舌うちをする佐吉。となりのキチジと栄太もくらい顔をしている。だってカネもなけりゃ、シケたツラしたこいつらにゃ、十勝川もだれもふりむいちゃくれないんだから。でも、そんな空気をぜんぶぶっこわすくらいの大声で、中浜がさけんだ。

おおおーっ、気性のあらそうなかんじがたまりませんなぁ。

中浜もすっかり十勝川がお気にいりのようすだ。となりにすわっていた村木は内心、きょうみぶかいのだが、むっつりしている。

こーら、もっとたのしめよ。

といって、中浜がかるく村木にヘッドロックをかける。

はなせ、はなさんか！

マジギレする村木。でも、おかげで感情をさらけだすことに抵抗がなくなった。つづいて土俵にあがってきた若錦に、いままでガマンしていた村木もついに声をかけた。

若錦！　がんばれー！

あいては日照山だ。たがいにゆずらぬ熱戦になる。またもや興奮した和田が、ついつ
いかけ声をかける。

日照山もいいぞおおおー！

さいごは、若錦が堂々たる上手投げ。きまったぁぁー！　村木はおおよろこびで、さ
けび声をあげた。

若錦、ニッポンイチ！

負けじと、和田もエールをおくる。

負けたけど、よくがんばった、日照山！

と、そのときのことだ。テントのなかにノッシ、ノッシと、飯岡と丸万がはいってき
た。制服と軍服がやけにものものしい。観客席にいやがおうでも緊張がはしる。栄太が
飯岡のすがたに気づき、やばいとおもう。そりゃそうだ、さっきあんだけ飯岡が「裸は

いかん」、「風紀紊乱はゆるさんぞ」って声をあらげていたのに、三人ともそれがめあてできちまったんだから。なんだか後ろめたくて、どうしようもねえ。栄太がキチジをヒジでこづくと、

いまいいとこだろ・・・、あっ！

といって、キチジも飯岡に気づく。

かくれろ。

と佐吉がいうと、三人とも気づかれないように下をむいて、体をかがめてちいさくなった。中浜たちの顔色もかわる。

源にい、ズボ久、尾行つれてきたんじゃねえだろうな。

中浜がそういうと、村木が真剣な表情でこういった。

尾行はあったが、たしかにまいてきたはずだ。

飯岡と丸万がテント内にキビシイ目をはしらせている。マジウゼエ！　そんななか、女相撲のとりくみがすすめられていく。行司の三治が、

ヨナグニィー。

というと、そこに与那国があらわれる。そのすがたをみて、会場がどよめいた。

うわー！

お化けじゃー！

まったく、失礼なことをいう。そんな観客の声をききながら、古田が和田にはなしかけた。

たしか和田さん、琉球にも？

ああ、大杉にいわれてね。宣伝がてら旅行でいったんだよ。たのしかったなぁ。

これをきいた中浜。うれしそうに口をはさんでくる。

そういや、原敬暗殺をはかったご隠居が、久さんを琉球に、大杉さんを岐阜の昆虫研究所にわざといかせて、同志に累がおよばないようにしたって、そんなうわさもあったな。

村木はそしらぬ顔して、すっとぼけた。

どっちみち、やったのは中岡くんだ。

えーと、原敬っていってわかるだろうか。総理大臣だったひとで、一九一八年九月、米騒動がおさまったあとに政権をとったのだが、シベリア出兵はやめねえし、なにより財閥や政商にコビうった政策ばっかしやっていて、金権政治の象徴みたいになっていた。そのため、左派からも右派からも死ねやみたいなことをいわれていたのだ。じゃあ、オレがやってやるしかねえっておもいたち、村木が短刀とピストルをふところにいれて、原敬をつけねらったのだが、うまくいかず、右翼青年、中岡艮一にさきをこされちまった。まあ、中浜からしたら、のちにそのピストルをもらって、自分もイギリス皇太子をつけねらい、そんでもって、とんだ失敗をしたわけだから、なんか源兄ィに親近感をおぼえていたのもムリはない。アニイッ、シャテイッ、アニイッ、オーレイ！

さて、相撲はつづく。アアァァっ!!!と、与那国にむかって、勝虎が一心につっこんでいく。でも、与那国はそれをぶちかまし、おもいきりのど輪をくらわせた。ふっとぶ勝虎。クソッ、負けてたまるか。なんとかふんばって体勢をもちなおす勝虎。内掛けっていって、自分の足をあいての内股にかけ、そっから下手投げでぶんなげようとした。グラッグラとよろける与那国。逆に小手投げっていって、あいての差し手を上手からかかえこみ、そのまま重心をかけてぶんなげようとした。必死にこらえる勝虎。しかしさいごはガブリ寄り。寄りきりで、与那国が勝利した。

……。

すげえくやしそうな勝虎。礼をすることもなく、土俵からおりようとしたので、下にいた岩木がどなり声をあげた。

おい！

チッ、勝虎はしかたなく与那国とむかいあい、一礼をした。よくやったと、与那国に大歓声があがる。

ちびらーさん！

和田がおぼえたての琉球ことばをさけぶ。カッコイイぜとか、すばらしいっていう意味だ。でも、このことばをきいて、ついに在郷軍人の飯岡がキレてしまう。

リキジンは琉球にかえれ！

飯岡の怒声がひびきわたり、一瞬で場内がしずまりかえった。みんな、軍服をきた飯岡のほうにふりかえる。

帝都が震災でおおきな痛手をうけているこのご時世に、女相撲にうつつをぬかすは

国民の恥。どうだッ！

飯岡のこのことばに、場内はさらにしずまる。スッと中浜がたちあがり、おもむろに飯岡のほうをみた。するどい目つきだ。あきらかに、ガンをつけている。ぶっ殺すぞ、こいつ。飯岡のとなりにいた丸万が、不審そうに中浜のことをみる。それに気づいて、村木が中浜の腕をひっぱった。

在郷軍人だ。めだたんほうがいい。

クソッ、せめてツバくらいはきかけてやりたかったが、いまはダメだ。中浜がおとなしくすわった。古田もくちびるをかむ。会場の空気をさっして、岩木が土俵にあがり、飯岡にむかってこういった。

震災で気のよわっている皆々様への慰問の意味もありまして。こんかい勧進元の坂田勘太郎さまのおはからいで、しごくまっとうな興行をやらせていただいておりま す。・・・・・・・、ねえっ、勧進元。

岩木にうながされて、客席にじんどっていた坂田がたちあがる。すると、ダメおしでもするかのように、岩木はこういった。

わたくしども、その心意気に胸をうたれまして、ご当地での晴天一〇日の相撲興行をおこなわせていただいているものにございます。

坂田もこれにつづく。

分会長、そういうことだ。

んんっ・・・・・・。

分会長は、怒ったようにでていった。ようしっ、ジャマなやつはでていった。こっからしきりなおしだ。

ほらっ、三治ィー！

と岩木が声をはると、われにかえった三治が、

は、はい。にぃしぃー、前頭、花菊ぅ。

キンチョーしながら、花菊が土俵のうえにあがってくる。すると、中浜がまた上機嫌になって、

おお、あの子もなかなかカワイイ。なあ、大さん。

……。

古田は無言のまま花菊を目でおった。

ひがーぁし！　大関、たまぁ椿ぃ！　ハッケヨイ！

あいては大関、玉椿。相撲の技量におおきな差があった。花菊は玉椿のひくい姿勢からの押しに、一瞬で土俵ぎわまでもっていかれた。なんとかこらえ、やっとこさでマワ

シをつかみ、うっちゃりをうとうとするが、ぜんぜんきかない。そのまま、のど輪で土俵のしたまでふっとばされてしまう。泥だらけの野犬のようになった花菊が、土俵下からはいあがってくる。古田がかなしげな目で花菊をみていた。すかさず、三治が、

にしぃ！　大関、梅のーさとぉ！

花菊といれかわりに、大関、梅の里がはいってきた。羽黒桜との一戦だ。そのとき、警察署長の丸万が大声をあげた。

もし、風紀紊乱の一糸でもみえた場合は、即刻、女相撲は中止！　覚悟しておくように！

そういいのこして、会場からでていった。土俵では梅の里と羽黒桜のたたかいがはじまっている。みんなもうポリ公どころじゃねえ。手に汗にぎって、土俵をみつめていた。いけ、いけ、往け、往けぇ！

＊

夕方、相撲小屋からの帰り道、和田、村木、古田、中浜の四人で、浜辺をあるいていた。和田がこうつぶやいた。

いやあ、女相撲がみれて感謝だな。

中浜がこうつづけた。

裸がみれなかったのはざんねんだったけど・・・。

ハハハッとわらいながら、村木がこういった。

どこかでみしらぬ友がおおきな敵とたたかっている。それをしれただけでよかった。

そう、大杉虐殺以来、和田も村木もちょっとピリピリしていて、どこか殻にとじこもっちまったところがあった。いつどこに敵がいるかもしんねえから、よういに自分たちがやろうとしていることをもらしちゃなんねえと。でも、それじゃ権力といっしょだ、軍隊の論理といっしょである。いつどこに友がいるかもしれない、いつだれが兄弟になるかもしれない。むしろ、それを煽ってやるくらいじゃなきゃダメなんだ、その心に火をはなってやるくらいじゃなきゃダメなんだと。でも、そんな源兄ィのおもいはつゆしらず、中浜はあきれ顔でこういった。

しゃらくせー！

しかし、村木はもう真剣モードだ。和田と目くばせをすると、中浜と古田にむかって、こういった。

われわれの報復のあいては、関東戒厳令司令官、福田雅太郎大将だ。

和田も村木につづいた。

きみたちと手をくもう。

中浜がニヤリとわらう。

よしっ、はなしがはええ。だったら。

といって、片手をさしだした。

なんだ？

と村木がいうと、

軍資金だよーッ。

といって、中浜が舌をだしているので、和田がまたひとを食ったようにニヤニヤしながら、こういった。

中浜くん、われわれあいてにリャクかい？

ひとぎきがわりいなー。

そういって、中浜がまたニヤリとわらう。和田が村木をみると、村木はフッとわらって、ふところからカネをだした。やったぜ。中浜がうけとった。

いやー、さすがご隠居。だけど・・・、これっぽっちかい？

つっても、ゆうに三〇〇円はあるんだけどね。村木が、

すまんが、いまはこれしかない。

というと、和田が中浜をいなすようにこういった。

とにかく情勢をみつつ、ときをねらおう。

中浜はカネを数えながら、

ちっ、駅までは送んねえからなー。

と悪態をついた。とつぜん、村木がゲホッ、ゲホッとせきこむ。もうそうとうに、肺がわるいんだ。心配した古田が、

源にぃ。からだには気をつけてください。

と声をかけると、村木はいやいや、という。

ぼくはおもったより丈夫でいるから。それより古田くんは・・・、くれぐれも命を粗末にするな。

二日間いっしょにいて、古田が死に急いでいるのをかんじとっていたのだ。村木も和田も死を覚悟してはいたけれども、古田のそれは度をこしているというか、ほんとにいまにも死んでしまいそうだった。すでにひとを殺しちまったってのもあるんだろうが、村木からしたら、わかい古田には、すこしでもながく生きてほしい、すこしでも生きるよろこびをあじわってほしい。

……。

古田にはかえすことばがなかった。だってさ、だってさ……。村木と和田がさっていく。古田はふたりがみえなくなるまで、手をふってみおくった。ありがとう、源兄ぃ。ありがとう、久さん。生まれたときもところもちがうけれど、死ぬときはみんないっしょだ。ちぎりをむすべ、好、兄弟！ヤレ、ヤレ、ヤッチマエ。いっしょに往こうぜ、好兄弟！身を益なきものにおもいなす。

＊

夕闇せまる時刻のことだ。相撲小屋の裏手では、花菊と最上川、羽黒桜が白シャツや短パンをあらっていた。ぶじに興行をおえ、若手三人で、先輩たちのぶんもいっしょに洗濯していたのである。そこに十勝川がとおりかかった。羽黒桜が、

おおい、手伝ってけろ。

というのだが、十勝川はみむきもせずにすどおりしていく。

どこさ、いくんだー?

最上川がたずねるが、返事はない。

なんだ、あいつ?

羽黒桜が不満そうだ。花菊は、洗濯物を干している。そこに小桜があらわれた。花菊のうしろすがたをじっとみつめている。その気配に気づいて、花菊がふりむくと、小桜がフッとわらいながら、こういった。

昼間はわるかったね。親方に怒られたかい?

だいじょうぶです。おにぎり、おいしかった。

花菊が笑顔でかえすと、ちかづいてくる小桜。なぜか緊張してしまって、花菊が体をこわばらせると、小桜は、花菊のみじかい髪をかきあげてこういった。

花菊は、大銀杏、にあうよ。

は、はい・・・。ありがとうございます。

花菊はそういうと、あたまをさげてスタスタッと洗濯場のほうに駆けもどった。すると、もどってきた花菊に、羽黒桜が声をかけた。

小桜関には気をつけねえと・・・。

うん？　花菊がキョトンとしていると、最上川が

あのひと、オナゴのことが好きなんだ。

といった。

えっ？

おどろいた花菊は、小桜のほうをみるが、もうたちさったあとだった。せっかくなんで、ちょっとこの小桜についてもふれておこうか。本名は、ハル。一九〇三年、埼玉うまれ。いまちょうど二〇歳だ。親はクソみたいな零細農民で、小学校をでると、すぐにくちべらしのため、東京の紡織工場にいれられた。寄宿舎にほうりこまれ、給料から衣食住まで、生きるも死ぬも会社しだい。そのうえで、一日、一二時間労働をやらされた。工場は昼夜交代制だったので、一枚のふとんをふたりでつかい、しかもすげえせまい部屋に何人もほうりこまれた。そりゃ、結核がはやるわけさ。マジ地獄。でも、おない年くらいの女の子がいっぱいいたので、それはそれでワイワイやってたのしかった。

一七歳のとき、親戚のすすめで、東京本所の大石さんのとこにとつぐことになった。あいては警察官をやっていたので、まあ食いっぱぐれないし、いいだろうと。でもこれで結婚したのが、おおまちがい。しばらくして、子どもができたのだが、なんか家にカネがはいってこない。しかも、ダンナがちょくちょくかえってこないので、どうしたのかときいてみると、けっこうまえに仕事をやめたんだという。オレにゃ、ポリ公なんてむいていなかったんだよと。で、たまに日雇いの仕事にいっては、そのカネであびるように酒をのんでかえってきた。そのくりかえしだ。マジかよ。

ハルは姑に赤ん坊をあずけて、紡織工場にもどることにした。毎日、朝から晩まではたらいて、ヘロヘロになってかえってくる。でもカネがはいってくることがわかったら、ますますダンナははたらかない。そのカネで酒をのみにいき、女郎屋にいってしまう。ごめんなすって！　これじゃ寄宿時代のほうがらくだった。姑にグチをこぼすと、男のやることにガタガタぬかすんじゃないよ、家事も子どものめんどうもろくすっぽやりゃしないでとお説教だ。てめえがガタガタうるせえんだよ、クソババア。そうおもってい たら夜中、ダンナが酔っぱらってかえってきて、セックスのご奉仕をさせられる。これ以上、子どもが生まれたらやっていけないのに・・・。でもいやがりゃ、しこたまぶんなぐられる。レイプだ。けっきょく、女ってのは男の奴隷にすぎないんだろうか。

そんなとき、親身になってはなしをきいてくれて、なぐさめてくれたのが、同僚の女工さんだった。かの女もまったくおなじような境遇で、東北出身の女の子。どんくさくてブキヨウなところがまたカワイかった。ちょっと花菊に似ていたんだ。すぐに仲よしになった。ただ仲よくしていたんじゃないよ。気づけば恋仲、ネンゴロだ。みょうに肌があった。でも、ちょいとかえりがおそくなったり、なんか雰囲気がかわったからだろうか、ダンナにあやしまれて、すぐにバレちまう。おまえなにやってんだと詰問されて、なにやってんだじゃねえよ、好きなんだよっていってやると、これでダンナがキレちまう。

この畜生め！　このバイタめ！　ちええっ、ちええっ！

ハルは外にほうりなげられ、ゲタであたまをぶったたかれて、たおれたところをなんどもなんどもけりとばされた。めっちゃくちゃ血まみれ、泥まみれ。翌日、工場にいくと、まわりからすげえ白い目でみられている。好きなあの子はもういない。ダンナがあいての家にのりこんでいったみたいで、それで家族に説得されてやめることになったんだそうだ、クソったれ。だれかたすけてください、だれかたすけてください。

ハルは工場をとびだし、街をフラフラとさまよった。村でも家でも工場でも、奴隷みたいにあつかわれるのはもうイヤだ、くさくてきたないおっさんに抱かれるのももうイヤだ。女が好きだ、女を抱きたい。子どもはかわいいけれど、この子のせいで家から逃げらんねえっておもうとたまんない。でも、こんだけ他人にやいのやいのいわれるくらいだし、これって、わたしがおかしいんだろうか。わたしは不道徳なんだろうか、非人間的なんだろうか。家庭のある女がひとを好きになっちゃいけないのか、女が女とセックスするのは異常なんだろうか、ヘンタイなんだろうか。えっ、ダンナの性欲がなくなるまでガマンすりゃいい？ えっ、子どもがおおきくなるまでガマンすりゃいい？ えっ、姑が死ぬまでガマンすりゃいい？ えっ、それでも女同士はダメだって？ ああ、めまいがする。いっそこのまま死んじまおうか。

そうおもってあるいていたら、ふと「玉岩女相撲」っていうのぼり旗が目にはいってきた。テントのなかから、ウオオオオオッ!!! と、すさまじい歓声がきこえてくる。なんだ、なんだとつられてはいってみると、デーンッとすごいもんが目にとびこんできた。ごぞんじ、梅の里の腹やぐらだ。なぜか、女力士の腹のうえでモチつきをやっている。アア、アアッ、アァッ!!! パンパーンッ!!! ハルの脳天、ふっとんだ。ガマンもクソもふっとんだ。なんだ、この力士たちは・・・、つよい、つよすぎる。だけどつよいっていっても、男たちはこんなことしやしない。女が、女でありながらも、得体のしれないなにかになっちまっている、そういうつよさだ。バケモノである、ヘンタイである。でも、そのヘンタイが観衆を魅了し、こんなにも拍手喝采をあびているのだ。

ハルはおもった。ああ、わたしがなりたかったのは、こういうことだったんだ。おかしくたっていい、異常だっていい、他人にどうみられたってかまいやしない。そうだ、ヘンタイにひらきなおれ、男でも女でもない、なにか得体のしれないものになっちまえ、なっていいんだ、いますぐに。女相撲の興行がおわっても、ハルはそのまま相撲小屋にのこっていた。親方の岩木が「どうした、どうした」と声をかけると、こがらな女の子が目を真っ赤にして、しかもすんげえ、するどい目つきでこっちをみている。ちょっとビクッとしてしまった岩木。そんな岩木にむかって、ハルがこうさけんだ。

どうかわたしをここにおいてください。おねがいしますっ!

うん、しかたがねえな。これをことわったら、この子はきっと自殺しちまうだろう。
そうおもった岩木は、ハルを一座にむかえることにした。小桜ハルの誕生だ。

*

よし、じゃあはなしをもとにもどしましょうか。みんなが洗濯をするなか、十勝川はどこにいったのか。そりゃねえ、あれだよ。

十勝川、よかったらオレといっしょになってくれ。

ちかくの森のしげみで、魚屋のエロおやじ、音弥が十勝川にだきついている。十勝川は、そのまんま身をまかせている。

ほら、これ。

といって、音弥が十勝川にカネをにぎらせると、ありがと・・・・・・。

十勝川はそういって音弥のせなかに手をまわし、胸をひらいて乳をさらけだした。ウヒョオ、たまんねえな。音弥がすっぱだかの乳にしゃぶりつく。アンアン、ノンノン、カンノンサン。まあまあ、そんな情事をくりひろげていたのだが、それをたまたま、勝虎が目撃してしまう。きょう与那国に負けたことがあんまりくやしかったので、ひとり大木をあいてにドスコイッ、ドスコイッとケイコにきていたのだ。そしたら、なんか物音がしたんでみにきてみりゃあ、十勝川がエロでカネをかせいでいる。クソッ、ふざけやがって。勝虎はもといたところにもどっていった。そしてべつの方角からは、ふたりのようすを三人の男がのぞいていた。佐吉、キチジ、栄太である。

さて、夕暮れどきのかえりみち。ああ、きもちよかったぜ。音弥がニタニタしながら家路をいそいでいた。そこに、手ぬぐいで顔をかくした男たちがパッとおどりでる。佐吉たちだ。ウラーッ！　こん棒で音弥をボッコボコにして、サイフをうばいとっていく。逃げていく三人。サイフからカネをぬきとり、わけあいながらはしっていった。いちおういっておくと、シベリア帰還兵には、金鵄勲章と年金があたえられていたんだ。にもかかわらず、帰還一年以内に犯罪をおかし、勲章を剥奪されたものはおおかったんだという。クセがついちまったか、被害者づらしたブタヤロウども！

まあまあ、そんなことをやってから、佐吉が家にかえってくる。土間では、父親がわらじをあんでいた。

どこ、ほっつきあるいてた！　すこしは仕事やれ！

うるせえなぁ。佐吉は無言でカメにくんであった水をガブガブとのんだ。色の真っ黒な女房、ハツが子どもをせおいながら煮炊きをしている。部屋では、ねたきりの母親がウゲェエ、ウゲェェとおもたい咳をしている。

ハツーっ！　ちょっときておくれよー。

死にそうな姑の声に、顔をあげたハツ。顔には生気がまったくかんじられない。佐吉がかえってきたことに気がついたが、いままでなにをやっていたんだとも、手伝えともいいやしない。怒りもかなしみもかんじないんだ。どうせ、こいつはなんにもしちゃくれないんだからと。侮蔑した表情で佐吉をながめると、そのまま奥の部屋へとあるいていった。

＊

その日の夜のこと、中浜と古田がとある旅館にやってきた。

女相撲の一行はどこだー？

中浜がバカでかい声でいう。うるせえよ。旅館の仲居さんがでてきて、「ちょっとお客さま」ととめるが、中浜はきかない。

だから女相撲はどこだよう！

そういって仲居さんをおしのけて、ふすまをひらいた。なんか丸万警察署長がすげえヘリくだりながら、背広をきた坊主頭のおっさんに杯をかたむけている。昼間、イバリくさっていたポリ公が、こんだけヘコヘコしているんだから、よっぽどえらいやつなんだろう。その坊主頭がジロリと中浜をにらんだ。いっしゅん、中浜はキンチョーでかたまってしまったが、すぐにわれにかえって、

いや、こりゃ失礼。部屋、まちがえた・・・。

といって、ふすまをしめる。すると、むこうから三治が声をかけてきた。

なんのようだ。女相撲ならこっちだけど。

よし、きたっ。中浜は、

いやいや、それはそれは。で、どこかな・・・。

といいながら、三治がやってきたほうにスタスタとむかっていった。

おい、ちょっとまてって。

三治が制止するが、中浜はきかない。中浜がふすまをあけると、上座に軍服姿の飯岡と、勧進元の勘太郎がすわっているのがみえた。その両脇に、大関の玉椿と梅の里がすわっている。そして、下座のほうに女力士たちがズラーッとならんでいた。みんなうまそうに白米を食らっている。みしらぬ中浜のすがたをみて、岩木がたちあがり、

なんだい、あんた。

というと、三治が

いや、こいつらかってにあがって。

とこたえた。すると、ニヤニヤしながら、中浜がこんなふうに自己紹介をしはじめた。

わたくし、文士の鈴木龍之介っていいます。いま海楽園の別荘で、長編物の小説をかいているんですよ。

飯岡と勘太郎がうさんくさそうにみている。そりゃだって、デタラメなんだもん。しかし、中浜は中浜で、こういうデタラメの達人だ。リャクでつちかってきたこの技術、いまここでひろうしてやらあと、さらにデタラメをつづけた。

で、かれはぼくの弟子です。

そういって、古田を紹介した。古田はあたまをさげるが、なんだかキゲンがわるい。花菊と目があった。中浜はつづける。

本日、相撲をみせてもらい、ひじょうに感銘をうけました。女相撲、こりゃ近代女性のかがみだ。ぜひに小説にかきたくなった。それで、太夫たちにいろいろ取材したいんだけど。

そうですか。

と岩木があいづちをうつと、

とくに十勝川関と花菊関をモデルにと。

そういって、中浜は十勝川にエロい目線をむけた。こういうのに敏感な十勝川。したをむいてなにもしゃべらなかったが、中浜のきもちに気づいた。

ってことで、ひとつここに参加させてくれねえか。

そういって、中浜はむりやりすわりこもうとするが、そのまえに岩木がたちふさがる。

もうしわけないんですが、女相撲、男のひいきとは宴席も禁止してるようなしだいで。

中浜もひきさがらない。飯岡や坂田をゆびさして、

だって、あいつらいるじゃねえか。

といってみたのだが、岩木にこうかえされる。

あちらは勧進元でして。

水くさいこというな。ここでいいからよ。

中浜はそういって、入り口付近にドカッとすわった。

ならぬものは、なりませぬ！

それでもオレは、テコでもうごかねえぜ！

そんな押し問答をやっていると、うるせえっておもったんだろう。奥から、飯岡がスッとたちあがった。こりゃマズイ！

おーとっ、わかったよ。

中浜はあとずさりして、障子をしめた。岩木は客席にもどり、勘太郎と飯岡のあいだにはいって、

分会長殿、キゲンなおしてもらえますか。さあさあっ。

そういって、お酌をする。まだ不機嫌そうな飯岡の横で、勘太郎がわらいながら、こういった。

在郷軍人会とうちの会はいっしょに自警団でまもった仲よ。なー、それがよう。うちの者は、バカだからさ、かたっぱしからゼッペキ頭、ノッペリ頭にパピプペポいえとかおどしちまって。東北やら九州やら、朝鮮人とまちがえちまって、ま、なかにはホンモノもいたとおもうんだけどよ。これまたかたっぱしからぶった切っちまって、お縄。ハハハッハ、分会長、おまえんとこはたすかったんだよなー。

これをきいた飯岡は顔を真っ赤にしてしまう。

帝国軍人に、そんなおろかなものはおりません！

うん、白豚軍人はウソがヘタクソだ。廊下では、中浜と古田がこれをのぞきみしていた。

哲さん、いまのきいたか？

ん・・・・・・、ああ。

中浜は、十勝川に夢中ではなしなんかきいちゃいない。と、プリップリした飯岡がふすまをあけてでてきた。その瞬間、中浜と目があってしまう。でももうそんなのどうでもいいと、飯岡はドシドシとあるきさっていく。

おい、分会長、ちょっとまてよ！　怒ることねえだろ。キゲンなおしてのみなおそうぜ。

そういって、勘太郎がおいかけていく。岩木に目で合図されて、三治もふたりのあとをおっていった。めんどうなやつらがいなくなって、女力士たちがしゃべりはじめる。小天龍がこういった。

だけどきょうもしけた興行だったね。十勝川、あんためあてのエロばっかだよ。

そう、相撲だけで客をわかせられないのが、くやしいのだ。でも、そんなのなんのそ

のと、十勝川は、

へえ〜、そう。

といってとりあわない。その態度がまた小天龍をいらだたせた。

おまえ、相撲のかわりにあそこで勝負してんだろ。

もういっぺん、いってみな！

これで十勝川もブチきれた。でも、その横から、勝虎がくちをはさむ。

淫売みたいなまね、すんなってことだよ。

なんだってー！

怒りのあまり、十勝川がたちあがる。

もうやめな！

そういって、玉椿がいさめるが、勝虎はやめない。

みんなしってんだよ。あんたがいく先々でからだ売ってるってことをね！

ふん。あんたたちのしったことかい！

十勝川も負けちゃいない。そういいはなって、ふすまをあけてでていくが、無言のまま勝虎がおいかけていく。階段の踊り場で、十勝川をつかまえてもみあいになった。それをみて、玉椿が声をあらげる。

こら！　もういいかげんにおし！

それでもふたりのもみあいはおさまらない。廊下でみていた中浜はなんかうれしそうだ。

おう、いいね。

中浜は、十勝川の怒り狂った顔にぞっこんである。しばらくもみあっていたふたりだったが、やがて勝虎が十勝川のふところからサイフをうばいとり、それをもって座敷にもどってきた。

ふざけんな――！　かえせよー！

十勝川の目からは涙があふれている。

あたしが、自分のからだでかせいで、なにがわるいってんだよ。相撲だっておんなじことだろうよ！

このことばにブチキレた小天龍が、パッととびだして、十勝川のからだをおさえる。それをみながら、勝虎がこうさけんだ。

おまえひとりだけ！　・・・・・・こんなもん！

そういって、勝虎はサイフのなかみを座敷にばらまいた。パンパーン!!!

ほーら！　みんな、ひろいな！　相撲とおなじだ。かせいだもんはみんなのもんだー！

クソッ、なんてことしやがんだッ。中浜がかけていって、勝虎の腕をつかんだ。

おい、もういいだろ！

とっさにさけぶ中浜。そこにヌクっとたちあがり、すさまじい気迫で岩木があるいてきた。中浜をおしやると、とつぜん勝虎のホホをぶったたいた。

バシッ！

おもたい平手打ちの音がなりひびく。

かつ！　オレの姪っ子だからって、かってはゆるさねえぞ！

これにブルっとふるえた勝虎。おっかねえ。

みんな、生きにくい道をいきてんだ。調子わるかろうが腐んねえで、すこしはみんなのきもち考えたらどうだ！

・・・・・・。

十勝川は、地面におちたお札やコゼニをかきあつめている。

こりゃ、あたしのもんだ。あたしのもんだ。だれにもわたさねえ、わたさねえ！

きさせまる十勝川。勝虎はキッと岩木をにらみつけ、

おめえ、オレの親でもなんでもねえからな！

そう捨てぜりふをのこし、部屋をでていってしまった。そこに勘太郎になだめられ、キゲンをなおした飯岡がもどってきた。中浜が十勝川のカネをひろってあげる。それをパッとうばいとる十勝川。ふたりの目線がはじめてあった。でも、そんときのことだ。とつぜん、最上川がこんなことをいいはじめた。

十勝川は朝鮮人だよ。オラの田舎のちかくの炭鉱にきていた朝鮮人がはなしていたのとおなじことばをはなしていた。

くっ、十勝川がくやしそうにみあげる。最上川はおしゃべりをやめない。

なあ、小桜関もきいたよなぁ。

でも、小桜はとりあわない。

しらないね。・・・・・・朝鮮人だろうが、なんだろうが。

なんでぇ?

と不思議そうな顔をする最上川。いま自分でなにをいっているのか、わかっていないのだ、タチがわるい。中浜、古田、そして花菊が心配そうにみている。そして、この朝鮮人ってことばに、在郷軍人の飯岡が反応していた。やばいぞッ!

＊

その日の夜おそくのことだ。舟屋の二階じゃ、中浜と古田があおむけになって天井をながめていた。

テツさん・・・・・・。

ん?・・・・・・。

古田がよびかけるが、中浜はなんかボーッとしている。

やっぱ爆弾だ。爆裂弾をかかえてとびこめば、ぜったいに失敗はしない。

・・・・・そうだな。

ハアァ――。

中浜の気のない返事に、古田がおきあがり、中浜の顔をのぞきこむ。

と、ため息をはく中浜。目の焦点があっていない。それをみた古田があきれ顔で、

女相撲にいかれて・・・。

といいかけると、とつぜんパッと中浜がたちあがって、キョロッキョロしはじめた。

なにやってんだよと、古田が、

あたまもやられちまったか。

というと、

シーッ、尾行だ。

といって、中浜がソッとあかりをけした。たしかに、下から階段をのぼってくる音がする。やばいよ、やばいよ。中浜と古田に、キンチョーがはしる。

てめえ、ふざけんなー！

そういって、中浜がとびかかっていくが、的がはずれたらしく、デーンッとなにかにぶつかった物音がした。

いてええ！

ありゃりゃ、古田があかりをつけると、そこには十勝川と花菊がいた。中浜は地面にゴロゴロころがっている。

なんだよ、せっかくきてやったのに、ぶっそうなおでむかえだね。

十勝川がそういうと、

オー、十勝川!

と、中浜はもう満面の笑顔だ。うひゃあ、うれしい、うれしすぎ。

へー、これが文士さんの別荘ねえ。

部屋をみまわす十勝川。だまっている花菊にむかって、こういった。

花菊は田舎もんだから、世間をひろげたほうがいいんだよ。

中浜はそうかいそうかいと、うなずいた。

ちょうど弟子のデクノボウあいてに退屈していたとこだ。

中浜がそういうと、十勝川がスッと窓から夜空をみあげた。

きょうは月がきれいだから、先生、どう。月見酒。

おう、いいねいいね。粋でいいね。大賛成だ！

中浜は一升瓶をかかえながら、十勝川とハシゴをおりていく。外にでると、

うーっ、ちょっとさむいね。

といって、十勝川が中浜の腕をにぎって、体をよせつけた。やるねっ！

お、おう！

中浜はちょっと狼狽しながらもうれしそうだ。股ぐらのあたりをボリボリとかきながら、十勝川と海のほうにあるいていく。そのとき、古田と花菊もおりてくるが、中浜は

クルッとふりかえり、口だけうごかしてこういった。

ベッコウドウ、ナ。

そういって、ふたりで浜辺をあるいていってしまった。のこされた花菊と古田。とつぜん、花菊がこうくちにだした。

男はみんな、十勝川のことが好きだ。

それをきいて、古田は怒ったようにスタスタとあるいていった。心境はちょっぴり複雑だ。だって、古田も十勝川いいなっておもっていたこともあったし、それよりなにより、やっと和田や村木とはなしをつけて、これから死を賭して、大杉のかたきうちをするってときである。なんだか緊張感のない中浜に、ちょっとばかりイラついてしまった。はやあるきで、どんどんすすんでいく古田。それを小走りで、花菊がおっていく。

＊

中浜と十勝川が浜辺でたき火をかこんで、酒をのんでいる。ふと、なにかをおもったのか、中浜がみょうなことをいいはじめた。

ムズムズするな・・・。

ムズムズ？

そうききかえす十勝川に、

オレの生れたところも、ちっぽけな漁村だったから、海みると・・・、こう。

とかえすと、十勝川がおもむろに中浜の股間をのぞきこんで、わらった。中浜はそれをさけるようにして、こういった。

玄界灘。九州、しってるか？

すると、十勝川がボソッと

二度と渡りたくないさ。

と吐き捨てるようにいったので、中浜はいけねとおもい、真顔になって、あやまった。

そうか・・・、すまん。

いっておくけど、自分できたんだ。日本人からひどい目あわされてこんなくらいなら、いっそ日本にいってやろうってね。

十勝川はそういってたちあがり、中浜の横にすわった。腕をつかみ、顔をよせてくる。ドキドキしている中浜。十勝川の肩をだこうとしたが、おもわず目があってしまってひっこめた。ちょっと、はずかしくなっちまったんだ。

浅草、十二階下にいた。

・・・・・・。

さっきもいったかもしれないが、十二階下ってのは、浅草、凌雲閣下にひろがってい た私娼窟のことだ。当時、日本は公娼制度ってのをとっていて、政府公認の遊郭があったのだが、その許可をとらずに、うちは酒をだしているだけですよっていって、なかじゃ売春をやらせているお店ってのがたくさんあった。この十二階下には、九〇〇件ちかくもの売春宿がたちならんでいて、あまりに活気があったので、官憲もみてみぬふりをするというか、なかば公認されるかたちになっていたんだ。とうぜん、中浜も十二階下がなんなのかはしっている。無言の中浜をみて、十勝川はスッとはなれて、こうたずねた。

イヤになった？

なわけねえだろ！

中浜はちょっとドギマギしながらそういうと、ちかくにあった棒切れをひろいにいった。そのようすをみていた十勝川は、一瞬わらう。

わらうなよ。

そういって中浜もわらいながら、棒切れをたき火のなかにほうった。そのたき火をみながら、ボーッとものおもいにふけっている十勝川。かの女の身にいったいなにがあったのか。ちょいとみてまいりましょう。十勝川は、いま二一歳。朝鮮の忠清北道ってとこでうまれた。お父さんは、元農民。もともと、まずしいながらも自分の土地をもっていたのだが、日本の植民地支配でそれができなくなっちまった。朝鮮総督府が税収をカッチリさせるために、土地調査事業ってのをやったからだ。ここはだれの土地なのか、その所有権をはっきりさせたのである。じつはこれ、貧農にとっちゃめちゃくちゃきつい。

なんでかっていうと、それまで農民たちは、年貢をとられていたけれども、おかみに申告していた田畑はちっぽけだったわけだ。で、いやあ、まずしいってタイヘンですねっていいながら、みんなシレっと隠し田畑をもっていた。だれもつかっていない土地がいっぱいあったので、そこを耕作して、とれたものを自分たちで食べたり、うっぱらってカネにしていたのである。みんなこれで食いつないできたのだが、土地の所有権をはっきりさせたら、そんなことはできなくなっちまう。たいていは総督府に没収され、日本のカネもちや朝鮮の地主にやすくゆずりわたされた。

これじゃもう農業だけではやっていけない。おおくの貧農たちが借金をこさせて、自分の土地を手ばなして、小作人になったり、日雇いの仕事をするようになった。さっきもちょっとふれたけど、一九一〇年から、日本にやってくる朝鮮人労働者がグッとふえるわけだが、これは日本企業がやすい労働力をほっしていたってことでもあったし、植民地支配のせいで土地をうしなった元農民たちが、仕事をもとめて日本にやってきたってことでもあった。いろいろいりくんでおりますが、ようは日本の権力者がわるいってことでございます。はなしをさきにすすめてまいりましょう。

そんでもって、十勝川のお父さんも例にもれず、土地をうしなって線路工夫なんかをやっていた。雇い主は日本人で、こいつがまたひどかった。すんげえやすい給料で、休みなく、すんげえ長時間しこたまはたらかされるんだ。とうぜんケガをしたり、病気になったら、つかい捨てにされる。それで、ふざけんなといって、ちょっとでもさからったやつがいたら、即、憲兵隊にしょっぴかれ、身ぐるみはがされて、素っ裸でケツにムチをうたれる。日本人はアンポンタン。それでもお父さんはがんばってはたらいていたのだが、子どもができると、もう首がまわらなくなってくる。

カネがない。そりゃ米なんてないから、麦飯を食らっていたのだが、それでも腹いっぱい食えやしないし、しかも防寒具なんてないから、おさないころの十勝川は、もう麻袋なんかにくるまって、寒さをしのいでいた。これじゃ死ぬぞってことで、お母さんは日本人入植者の家に下女としてはたらきにいって、鬼みたいなクソババアに、犬畜生みたいなあつかいをうけながらも、なんとかあたまをさげて、給料のまえがりをして食いつないだ。これが借金になって、利子もかえせず火の車。長女だった十勝川は、ちっちゃいころから弟たちのめんどうをみていたのだが、一六歳のときにくちべらしのためにってことで、売りにだされた。遊郭だ。さいしょは京城、いまのソウルにいくのかとおもっていたら、日本にわたって長崎の遊郭にいくんだという。どうせ日本人にヒデエ目にあわされるなら、どっちだってかまいやしない。いざ、日本へ。

それでいってみたら、地獄だったわけさ。遊郭ってのは、政府公認の売春宿なわけだが、じゃあじゃあ政府の目がいきとどいていて、ちょっとは労働環境がマシなのかっていうと、そうじゃない。江戸時代から遊郭はあったわけだが、いま政府が人身売買をみとめているっていうと、近代国家の体面をたもてないから、これは貸座敷なんです、娼婦は自由意志で売春をやっているんです、政府はそこにゴーサインをだしているだけなんですよっていっていただけのことだ。しかも、政府は定期的に娼婦たちの性病検査をさせていたのだが、これがわるいほうにだけ作用していて、遊郭ってのは塀でかこまれていて、そもそも娼婦が逃げられないようにしていたのだが、これにくわえて、性病をもっているキタナイやつらが外にでるのはイカンぞといって、官憲もグルになって、娼婦が逃げないように監視するようになったんだ。国家ぐるみの奴隷制である。マジ地獄！

だから、日本にきたものの、十勝川は外にでることもできやしない。毎日、クソみたいに客をとらされて、しかも、もうけがすくないと、飯がチョビッとしかでなかったりするわけさ。ただでさえ、ものすんごい肉体労働でマズイ飯を食わされてきたのに・・・、こいつらわたしたちを殺すつもりなんだろうか。いちど、おなじ朝鮮人の娼婦といっしょに、楼主に文句をいいにいったこともあったが、そしたらもんどうむようで、おもいっきしぶんなぐられて、その日から、しばらく腐った飯がでるようになった。しかもだ。給料のまえがりぶんが親にしはらわれていて、それが借金になっていたわけだが、はたらいても、はたらいてもそれがへりやしない。なんか食費だの、雑費だの、生活費だの、ぜんぶおまえらの自腹だぞっていわれて、給料からやたらとひかれているのだ。それでいて、借金の利子だけはちゃっかり増えていく。超地獄！

このままじゃ、一生ここで飼い殺しだ。犬畜生みたいに死ぬことになる。イヤだ、イヤだ。そうおもっていたら、しりあいの娼婦から自由廃業っていう手があることをきいた。いちおう、たてまえだけど、娼婦は自由意志で仕事をしていることになっているから、自分の意思でやめたいっていえば、できることになっているんだ。ようしっ、それだ。みんなでいこう。朝鮮人娼婦一四人で、警察署にかけこむことにした。そりゃもうドキンチョウ。ヤクザみたいな兄ちゃんたちがみはっているから、深夜、その目をかいくぐって警察署にいった。でも、いってみたら、おまえら借金をこさえているんだろう、それをかえさないのはひととしてどうなんだとか、郷里の親兄弟がこまるんじゃないかとか、警察署長がクソみたいな能書きをたれはじめた。で、オレが待遇改善をおねがいしてやるからっていって、遊郭につれもどされたんだ。もちろん、もどったって待遇はかわりゃしない。だましやがって、白豚野郎。みんな警察がキライだァ！

　あれっ、もううつ手はないんだろうか。ほかの朝鮮人娼婦とはなすが、みんなお父さん、お母さんのことを考えたらムリだよっていって、グッタリしている。十勝川も考えた。逃げたい、でもお父さんが・・・、逃げたい、でもお母さんが・・・、逃げたい、でもおさない弟が・・・。アア、アアッ、アァ!!! パンパーンッ!!! 捨てちまいな。しょうじき、もう努力してどうこうとかそういうレベルじゃない。どうせどこいったって、なにをしたって、自分にも家族にも、このさき地獄しかないのである。だったら、地獄のはてまで好きなことをやってやらぁ。この世のいいもわるいも、ぜんぶあじわいつくしてやる。日本じゃゴロツキみたいな朝鮮人のことを、不逞鮮人《ふていせんじん》っていっているが、だったら不逞《ふてい》上等だ。ず太え鮮人になってやる。十勝川はひとり逃げることにきめた。

　とにかく、ひとがおおいところにまぎれこめ。そうだ、東京だ、東京にいこう。客のサイフからカネをかすめとり、深夜、ひとりで夜逃げした。つかまりゃ、なにされるかわからない、命がけだ。逃げて、逃げて、逃げまくれ。ようやく東京にたどりつく。花の都、大東京。でも逃げおおせたものの、カネはつきたし、どうやって生きていけばいいのかわからない。道はひとつだ。体をうってカネをかせげ。気づけば、浅草十二階下。けっきょく、おなじことをやっている。どこにいっても地獄しかねえ。なにをやっても地獄しかねえ。クソみたいな日本人から、クソみたいにカネをまきあげて、クソみたいにつかいまくってやれ。不逞じゃねえよ、太えだよ。チキショー！

＊

たき火をながめている十勝川を、中浜がジッとみつめていた。フッとわれにかえった十勝川がせきをきったようにしゃべりはじめた。

地震でやっと逃げだしたとおもったら、捕まって、いきなり君が代うたわされたり、『十円五十銭』っていってみろって・・・。

そう、あの関東大震災だ。お昼どき、すさまじい揺れがあって、家も塀もくずれる。おどろいた十勝川が外にでてみると、いきなりデーンッ、デーンッといって、十二階だての凌雲閣がぶったおれた。ギャア!!! 下敷きになった人たちの悲鳴がきこえてくる。

ナニ、コレ・・・。あっけにとられていると、だれかが「火事だ、火事だー」とさけんでいた。ちょうど食事どき、しかも歓楽街だ。四方八方から煙がのぼった。炎がどんどんどんどん燃えうつっていく。浅草、炎上だ。ギャアアアッ、ギャアアアッ!!! 必死にもがきながら、逃げまどう群衆たち。あついよ、あついよう。十勝川もとにかく逃げた。さいしょ、浅草寺のほうにはしっていったのだが、もう炎につつまれている。どうしたものかとおもっていたら、いっしゅん、ピュウッとつむじ風がふいた。すると、炎とともにすさまじい数のニンゲンたちが宙にまっていった。しばらくすると、その体がドーンッ、ドーンッと空からおっこちてきて、ヒキガエルみたいになって大地にたたきつけられている、即死だ。あたりには、焼け死んだ人たちがゴロッゴロころがっていた。地獄絵図だ。まだ死にたくない、まだ死にたくないよ。

十勝川は死にものぐるいではしって逃げた。で、なんとか命びろいして、やっと一息ついたとおもったら、まわりの日本人どもが「不逞鮮人が井戸に毒をほうりこんだぞ」とかいってさわぎはじめた。えっ、なにいってんの? そんなこと考えたこともないし、だいたいこっちだってノドが渇いてんだよ。でも、デマはどんどんひろまっていって、ついに十勝川もとっつかまった。はなしをきいていて、中浜がこうつぶやいた。

どっかのバカがウソのウワサをながしたんだよ。

でも、やられたことは、もうどっかのバカがとかいっているレベルじゃない。十勝川はことばをしぼりだすように、こういった。

あやしい人間は、荒川わたったとこにあつめられて。夜の十時ころ・・・・・、急にさわがしくなって、消防団、青年団、中学生まできて身体検査。そのうち縄もってアタシたち数珠つなぎにして、「すこしでもうごいたら殺すぞ。このまま待ってろ」って。雨がふりだして、夜の十二時ころになって、橋のむこうで銃声がきこえた。夜があけはじめたら自警団が、かたっぱしから、とび口や日本刀で殺しはじめて。ここにいたらあぶないとおもって、縄はずして逃げだした。橋のたもとにくると、死体で足のふみ場もないくらいで、橋の両側も・・・・・・。ぜんぶ、殺された朝鮮人の死体さ。

十勝川の目から、なみだがこぼれおちた。それをみて、中浜はあわててしまう。ヌクッとたちあがり、あたまをかきむしりながら、ウロウロとあるきまわった。そして、とつぜんバカでかいうなり声をあげた。

チキショ―――!!!

そういうと、中浜は服をぬぎながら、海にむかってあるきだした。

なんでぇ?

と、十勝川がきくと、

オレがやったわけじゃねえけど、あやまるよ! わるかった! ホントにわるかった!

中浜はそうさけんで素っ裸になり、海にとびこんだ。波にさらわれそうになるが、必死にたえてつったっている。このくやしさをどうしたらいいのかわからない。中浜は海にむかって猛烈なおたけびをあげた。

くっそおおおおおおおお―――ッ!!!

*

舟屋のまえの砂浜では、古田と花菊が両手をひざについてみあっていた。ハッキョーイッ！ ぶつかりあって、がっぷり四つになる。おしあい、へしあい、いい勝負だ。でもそこはさすがに女力士。ついに古田がなげとばされた。古田がくやしがる。

くっそー！ もういっちょう。

古田がかまえた。突進していく花菊。また古田がなげとばされた。

もういっちょう！

しゃにむにぶつかっていく古田。でもふたたびなげとばされた。なんだか、ちがう敵とたたかっているようだ。

負けたー！

力つきた古田が大の字になってねそべった。そのかたわらに花菊がすわる。視線があったので、ふたりはおもわず目をそらした。ドキドキだ。気をそらすかのように、花菊がしゃべりだした。

はじめて女相撲をみたとき、あれで女のひとなんだっておもった。あんなにつよくなれるかいなーって。ひょっとしたら、がんばったらつよくなれるかもって。

どうしてつよくなりたい？

古田がたずねると、すこし考えてから花菊がこたえた。

百姓なんて娘がうまれたって、だれもよろこばねえ。けっきょくが、紡績工場で一〇〇円女。あげくのはてが工場で結核にかかって死ぬか、渡り鳥さなって末は酌婦になるか・・・、うちの姉ちゃん、生まれたばかりの子どものこして、嫁ぎさきで死んで、かわりに嫁がされた。それもいいかなっておもったけど、まちがいだった・・・。

そっから逃げてきたのか。

そう古田がいうと、花菊はうなずいて、こういった。

つよくなったらかえられるべ。貧乏なやつはカネもちになれるかもしらねえ。体のよわいやつは丈夫になれるかもしらねえ。死ぬ必要のねえ人間がたすかるかもしらねえ。いままであきらめてきたことがあきらめねえですむかもしらねえ。女が男とおなじくらい、いやそれ以上につよくなるってことはそういうことだべ。よわいやつはなんにもかえられねえ。

ああ、そうだ、そういうことなんだよ。オレたちがやろうやろうっていって、やれてないことを、この子は素でやっている。よーしっ、古田はスクッとたちあがって、またヒザに手をあてた。

もう一回！

うりゃああ！　子どもみたいに花菊にいどんでいく古田。はげしいぶつかりあいだ。がっぷり四つにくむ。またも花菊にさしこまれた。くそっ、負けてたまるか。ねばる古田。

と、そのときだ。古田の右上手が花菊の左ひざを内側からテーンッとはらいのけるようになげた。花菊、あっというまにスッテンコロリ。おどろいた花菊。古田にむかって、

おしえてくれ！ オイラにいまの技、おしえてくれ！

オレはいま、とっさで・・・。

古田もどうやったのかわからないんだ。でも、そのうしろから中浜の声がとんできた。

内無双だよ、いまのは。ヘッ、ヘッ、ヘックション、チキショウ！

ビッショビショにぬれて、素っ裸の中浜があるきながら、花菊にちかづいてくる。

そんなんじゃ、横綱になれねえな。

中浜がそういうと、花菊はうるせえよといわんばかりに、こういった。

女相撲の最高位は大関だぁ。

えっ、中浜がキョトンとしていると、そのうしろにいた十勝川が、

女だから男相撲に遠慮してんだってさ。

というと、それをきいた中浜は大笑いだ。とっさに、さけんだ。

神近市子にいってやれよ。あのババア、すっとんできて、カイホウー！　とかさけんでくれるぞ。チャッハッハ！

つられて古田もわらいだす。十勝川と花菊には、なにをいってんのか、さっぱりだ。いちおう説明しておきますと、この神近ってのは、かつて大杉栄の恋人だったひとだ。もともと、大杉にはいっしょにすんでいた古女房がいたのだが、勉強会で仲良くなってネンゴロに。で、オレたち、わたしたちはフリーラブでいくんだっていって、セックスをしまくった。だけど、そのあとにもっとわかくて情熱的な伊藤野枝さんってのがでてきちまって、大杉がこの子にイカレちまう。神近は大激怒。嫉妬にくるって、大杉の喉元を刺しち

まった。ギャア!!! 一九一六年、葉山日蔭茶屋事件だ。まあまあ、そんなことがあって、神近はムショにいれられたのだが、二年ほどででてきて、そのあとは、フリーラブなんていわずに、クソマジメになって、女性の人権をまもれとか、政治的権利を獲得しましょうとかいうようになった。戦後は社会党の議員さんとかになっている。いってみりゃ、クソつまんねえ、クソババアさ。クソしてねやがれ。チャッハハ！

とまあ、そんなことはどうでもいいと、中浜が花菊にハッパをかける。

おーら！ こうだ、かかってこいやー！

そういって、いきなりはしっていって花菊あいてに、技をかける。そのようすをみていた十勝川は、あきれ顔でこういった。

もう、風邪ひいちゃうよ。

心配する十勝川、なぜかちょっとうれしそうだ。そんな十勝川を古田がチラッとみていた。いやあ、恋ってのは複雑でございますね。よいしょっ！

翌日、玉岩興行の一行が農村をねりあるいていた。みんなどこかキゲンがわるい。そりゃそうだ。きのうの一件があったんだからね。とはいえ、宣伝はちゃんとやらなきゃいけません。若錦がまたつやっぽい声で相撲甚句をうたった。

富士の白雪ゃ、朝日でとける、娘島田アリャ寝てとける。ドッコイ、ドッコイ！

ふとみれば、一行といっしょに古田がチラシをもってあるいている。そう、文士なんだから、宣伝用のチラシがかけるだろうってことで、手伝うことになったんだ。畑仕事の手をやすめ、百姓たちが女力士たちをながめている。そのなかに、佐吉、キチジ、栄太もいた。古田は、かれらにチラシを手わたししながら、こうつぶやいた。

女相撲、よろしくおねがいします。

でも、そのちっぽけな声をきいて、親方、岩木がどなり声をあげる。

*

こらぁ、もっとデカい声だせぇ！

くそうっ、古田がほんきをだした。

プロレタリアートのための女相撲っ！

うん、いいぞ！

岩木のその声をきいて、古田が調子づいた。

連日満員札止め、ぜひぜひお見逃しのないようにいいぃっ！

古田のそんなふるまいをみて、女力士たちがクスクスとわらった。海辺がちかづいてくると、舟屋の二階から、チラシをかいていた中浜が、

ほらよっ！

といって、古田に追加のチラシをわたした。それをうけとると、古田はおっきな声でまたさけんだ。

無産階級とともにたたかう女相撲です！　よろしくおねがいしまーす！

女相撲の一行が、浜辺をズンズンねりあるいていく。すると、酒と魚をもった漁師たちがやってきて、どうですかいここいらでといってくれた。ありがたい。岩木は浜辺で休憩をとることにした。昼食、交流、宴会だ。魚や貝を浜焼きにして、みんなでワイワイやりながら食べた。岩木は漁師たちといっしょに酒をのんで、もう上機嫌だ。ならばと、玉椿が三味線をかきならし、与那国が櫓太鼓をうちならす。ズンチャカズンチャカ、ドントコドントコ。ズンチャカズンチャカ、ドントコドントコ。

みんなしぜんと踊りだす。女力士が踊ってる。古田も中浜も踊ってる。漁師たちも踊ってる。気づけば輪になり、踊ってる。まんなかにはいった日照山。狂ったようにはげしく踊る。つられてみんなもはげしく踊る。体をブルブルふるわせてケモノのように野蛮に踊る。足をバタバタばたつかせ、子どもみたいに夢中で踊る。おどれ、おどれ、おどれ。われをわすれて踊っちまいな。カネもクソも権力も、なんもかんもどうでもいいね。十勝川も小天龍も、ちっちゃなイザコザどうでもいいいね。ぜんぶほうりなげて踊っちまいな。そりゃ、おどれ、おどれ、おどれ。花菊がわらってら。ああ、これが極楽解放区。あばよ、アーメン、なんまいだ。掘る穴、ふたつ！

あまりに気分がよくなっちまって、ノリノリになった中浜がとつぜん流行歌をうたいはじめた。「アパッシュの歌」だ。

♪花のパリのどん底の　闇に咲いたる血の花は　罪と罰との泥
　みずのなかに生まれた悪の花　暗い冷たい下水道　ぬれて育っ
　たアパッシュは　光を閉ざす地の底の　闇で生まれたならずもの

この歌、しっているだろうか。添田知道っていって、よくアナキストたちとつるんでいた演歌師がいたんだが、そいつが作曲したものだ。「アパッシュ」ってのはフランス語で、ならずものとか、ゴロツキとか、チンピラ、不逞の輩って意味だ。一九世紀のパリじゃ、街でひたすら窃盗や強盗をくりかえして、それで生きぬいていた若者たちがいたのだが、そのならずものたちのことをアパッシュってよんでいた。

ちなみに、このことば、インディアンのアパッチ族からきているわけだ。白人入植者どもを残忍なやりかたで血祭りにあげ、物品をうばいとっていく。その雄姿がちょっとパリの若者たちに似ていますねってことで、アパッシュってことばがつかわれるようになった。

中浜はこのアパッシュを自分たちにかさねていたんだろう。リャクにつぐリャク、そしてさらなるリャクだと。オレもおまえもアパッシュだ。チンピラ、ゴロツキ、なんでもきやがれ。不逞じゃねえよ、太えだよ。

中浜がきもちよさそうにうたっているのをみて、古田もなんだかうれしそうだ。ちょっとつかれて、砂浜にすわる。そのちかくに、ムスッとした勝虎もすわっていたが、そこに三治がやってきて、いっしょに踊ろうとさそってくる。さいしょ、イヤイヤだった勝虎も踊りだしたらたのしくて、気づけば、わらいながら踊っている。十勝川が腰をゆらしながら、中浜のまわりをまわりはじめた。ウヒョオ、エロいね！　気分上々の中浜は、十勝川にむかって自分の夢をかたりはじめた。

オレの夢はな、満州にいって自分たちだけの国をつくる。そこじゃなにもかも平等で。食うのも平等、はたらくのも平等、貧乏人もカネもちもいない。共存共栄の理想郷だ。

それをきいた十勝川は、わらいながらこういった。

ホントにできるのかい、そんな国。

そんなふたりを古田がジッとみつめている。おどっている花菊は、そんな古田のことが気になって、気になってしかたがない。花菊の視線に気づいた小桜が、そっと花菊に耳うちをした。

好きな人をすきになっちゃいけないなんてないんだよ。

えっと、おどろいた花菊。小桜は自分にいいきかせるように、こうつづけた。

わがままいったらいい。むちゃくちゃやったらいい。

すると、中浜がまたうたいだした。

♪今宵極楽　明日地獄　運はその日の風まかせ　飲めや兄弟
さあ姉御　アパッシュダンスだ　そら踊れ　生きていくのが
命がけ　明日に未練はないからだ　恋とケンカに血塗られて
笑っていつでも　死んでいく

よおーし。花菊が海にむかってはしっていった。なかにはいり、足をバシャバシャとうごかしている。ふとうしろの気配に気づいてふりかえると、古田が声をかけてきた。

もしかして海にはいったのって・・・？

・・・・・・はじめてだ。

花菊はちょっとうれしはずかしそうに、そうこたえた。と、そのときのことだ。とつぜん、数人の警官がはしってきた。おおっ、やべえ。古田と中浜の顔色がかわる。やってくるなり、水島巡査部長がこうさけんだ。

小桜こと、大石ハル！　いるか！

小桜がスクッとまえにでた。なんだか、覚悟をきめているかのような表情だ。

住所、東京本所。大石ハル、まちがいないな！

うなずいた小桜に、警官たちが縄の手錠をかけた。それをみていた女力士たちがおもわずさけぶ。

なんだよう！

どういうことだよ！

パッと、まえにでてきた岩木が警官にたずねる。

いったい、どういうことで！

水島巡査部長がこたえた。

亭主から家出人の捜索願がでている。代表者にもいろいろききたいから、きてほしい。

力士たちがぼうぜんとしている。岩木もしゃくぜんとしなかったが、

三治、午後の興行はまかせるから、いいな。

といって、警官についていくことにした。中浜と古田は指名手配中なので、顔をあげられない。そうだよ、いちおう古田は殺人犯だからね。まあまあ、そんなふたりのことは誰も気にしちゃいない。梅の里がボソッとこうつぶやいた。

そういや、一年まえだっけ？　小桜がはいりたいってきたの・・・。

それをきいて、花菊がいっしゅん青ざめた。ほかの力士たちもおしだまって見送っている。連行される小桜。水島巡査部長がしかりつけるようにこういった。

家にもどったら、亭主にわびいれろ！

・・・・・

小桜はだまってふりかえり、みおくる力士たちをみつめている。その態度に水島が腹をたてて声をあらげた。

おい！　きいているのか！

すると、小桜はドスのきいた低い声でこういうのだ。

わたしはぜったい、あたまをさげない。

水島がなにをいっているんだと、おどろいていると、小桜はさらにつづけた。

家なんか、火、つけてくればよかった。

なんだと！　この非国民が！

火ということばに反応して、激昂した警官たちがおもいきり小桜をおさえつける。力士たちがやめろ、やめろと駆けよろうとするが、めんどくさくなったのか、それとも、こんな不逞の輩、あいてにしていてもしかたがないっておもったのか、水島が

もういい、たたせろ!

といぅと、まだいいたりないと、小桜がたちあがってこぅさけんだ。

上等だよ、非国民! どうせ希望なんてないんなら・・・、なんでも好きかってやってやれえええッ!!!

そぅいいながら、小桜は必死になってみんなに手をふった。とりおさえられ、そのままつれていかれてしまう。それを見送る女力士たち。花菊がギュッとこぶしをにぎりしめた。やれやれいったかと、中浜がそーっと顔をあげた。なにもできずに、くやしがる古田。小桜のことばがみょうに耳にのこっていて、あたまなのなかで、なんどもなんどもリフレーンしていた。

そうだ、お国のために生きろだの、家庭のために生きろだの、こんな世界はもうおわっている、希望なんてない。だいたい、オレはもう人を殺しちまっているんだ、堕ちるところまで堕ちているんだ。だのに、なんでこんな世界で明日をいきるために、生きのびるためにチンタラやっていなきゃいけないんだ。いそげ、いそげ、いそげ、いそげ。生きることは命がけ。いまここでうごかないなら、このさきずっとうごくことなんてない。やるならいましかねえ、いつだっていましかねえ。そうやって生きるのが非国民だの、不逞の輩だのっていわれるならば、非国民も不逞の輩も上等だァ。なんでもかんでも、ひらきなおってやっちまえ。不逞じゃねえよ、太えだよ。テロルを生きろ、刹那をくらえ。身を益なきものにおもいなす。往け!

四

やるならいましかねえ、
いつだっていましかねえ

燃えているのはどこだ　燃えているものはここにある
ぼくのここが火事だ　だがそれは掟破りだ
ぼくは掟なんか欲しくない　燃えるキリンが欲しいだけ

(黒田喜夫「燃えるキリン」)

その日の午後のことだ。警察署の廊下で、在郷軍人の飯岡が丸万署長をおっている。飯岡は、すっげえものものしい雰囲気をかもしだしながら、こうしゃべりはじめた。

女相撲にでいりしている男たちは主義者にちがいない。それに力士のなかには朝鮮人もいた。

そう、さっき古田が「プロレタリアートのための女相撲」っていっていたのをきいて、佐吉たちがあいつら社会主義者なんじゃねえかって、かんづいちまったんだ。でも、朝鮮人ってことばをきいて、丸万の顔がピクピクとしはじめる。

暴動さわぎはもうおさまっている！

丸万からしたら、おまえらまだ虐殺をつづけるつもりかってとこである。でも、これできかないのが飯岡だ。

おい、丸万！

そういって、丸万の肩をグイっとつかんだが、丸万はその手をふりはらい、ほんとうにウザそうにこういった。

退役軍人が調子にのるな！　朝鮮人殺しだって・・・、くッ、自警団は先棒をかついだだけだ。いいな！

・・・・・。

そうさ、警察はさんざん「朝鮮人が暴動をおこした」とあおっておいて、かんぜんに責任を回避しているのだ。むしろ、自警団がやったことに目をつぶってやっているんだから、おまえら感謝しろとでもいわんばかりだ。もう、この会話はうちきるぞと、そういうつもりで丸万はこういった。

女相撲は別件で捜査中だ。

なんだ、別件って？

丸万のことばをきいて、また飯岡がいきりたってしまう。そうか、あいつらやっぱりなんかあるのかと。めんどうくさくなった丸万は、

関係ない！　わたしもいそがしいんだ！

といって、スタスタとあるいていってしまった。クソッ、バカにしやがって。飯岡は怒りにもえた。そして、みょうな考えがあたまにうかんだ。あの丸万のようすじゃ、警察はなにかをかくしているぞ。きっとあの朝鮮人だ、朝鮮人が社会主義者とつるんで、なにかをたくらんでいるにちがいない。でも、もしなんらかの理由で警察がうごけないんなら、オレたちがやってやるしかない。ようしッ、オレたちがみんなをまもるんだ、それが陛下のご意志なんだ。飯岡の血がたぎった。陛下、ヘイカァ、ヘイカーッ！　虐殺、ふたたび。飯岡は、佐吉たちに声をかけにいった。マズイぞッ！

＊

さて、浜辺にはなしをもどそう。女相撲の一行は、相撲小屋にもどってもういない。中浜と古田が漁師たちといっしょに、ナベ、カマをあらっていた。すると、とつぜん中浜がおっきな声でさけびだした。

やっとおもいだしたァ!

ああー、びっくりした。

となりにいた漁師がおどろいた。なんだ、なんだと、古田が声をかける。

きゅうにどうしたんだよ、てつさん。

すると、中浜がミケンにしわをよせながら、こういった。

旅館で警察署長といっしょにいた背広がいただろう。

ああ、あのタコ入道。

そう古田がかえすと、中浜がコクリとうなずいて、

正力だ、正力松太郎だよッ！

というと、ああっといって、古田の表情もかわる。

あの、警視庁の・・・？　社会主義者と朝鮮人のウワサを裏でながしたともいわれている？

そうだ。

そういうと、中浜は鍋をもってあるきだした。無言でおいかける古田。ふと、はなしをきいていた漁師が口をはさんできた。

ここいらの捕虜収容所で、朝鮮人が何人も陸軍騎兵隊に殺されたってウワサだ。

さっきもちょっといったかもしれないが、これ、習志野収容所のことだ。震災のあと、陸軍騎兵隊は、ほんとうは予防拘束だったんだけど、いちおう名目としては、いまはヘンなウワサがながれていてキケンだから、わたしたちが保護してあげますよっていって、三二〇〇人の朝鮮人を連行したんだ。そんでもって、たくさんあつめるだけあつめておいて、いやあ、近隣住民の欲求不満のはけ口もつくんなくちゃねっていって、こんくらいなら殺してもいいよと、毎日、数人ずつ、朝鮮人を自警団にさしだすってことをやっていた。いってみりゃ、軍公認の虐殺である。この収容所だけでも、三〇〇人くらいは殺られたっていわれている。もちろん、軍はイカれた愚民どもがかってにやったんだっていいはったんだけどね。マジ外道！ 中浜もそんなはなしをきいたことがあったので、

正力のやつ、警務部長に役職がえしたっていうから、虐殺のシリぬぐいでもやらされてんだろう。

というと、ふたりのはなしをきいていたのかいなかったのか、古田がハッとなにかに気づいたように、

これ、たのむ・・・。

といって、ナベ、カマを漁師たちにわたすと、中浜にむかってこういった。

てつさん、いこうッ！

どこによ！

もんどうむようだ。古田は中浜の手をおもいきりひっぱりながら、

いいから！

とでっかい声をだして、すげえいきおいであるきはじめた。ズンズンあるいていく。気づけば、小走りになっている。古田から、ただならぬ殺気がつたわってきた。ああ、そっか、そっか。中浜には、古田がなにをやろうとしているのかわかった。そう、こんなにちかくにいるんだったら、いまここで正力をぶっ殺すしかねえっておもったんだ。

大さん、本気か。正力なんて小物だろ。

中浜は、古田からなにかアセりみたいなものをかんじていた。命をただソマツにしようとしてるとしかおもえないんだ。こりゃとめなきゃいけねえ。とっさにそうおもった。でも、中浜のことばをきいて、古田がキレてしまう。

いいよ、オレひとりでやる!

源兄ィもいってたじゃねえか。敵は福田雅太郎だって。

すると、とつぜん古田がたちどまり、くるっと中浜のほうをむくと、いきなりどなり声をあげた。

あんた、いつもいいかげんなんだ。目的なんてなかった。ギロチン社だ、分黒党だ、ガキの考えるような名前ばかりならべて!

そう、古田は内心、リャクばっかしやっていて、いつになってもテロにふみきらない中浜にイラだちをおぼえていたんだ。そりゃ、ギロチン社のやつらは好きだけど、やるやるいってるだけで、なんにもしねえんだもん。しかし、弟みたいにおもっていた古田が、いきなりそんなことをいいだすもんだから、中浜はちょっと動揺してしまった。そして、くるしまぎれにこういった。

オレは詩人だからよ。

なにいってんだ、オレ。オレ、オレ、オレ、されどオレ、オーレイ！　これをきいて、ふざけてんのかよと、古田はますます怒っちまう。

満州まで逃げるために、飛行機の操縦をおぼえようとか、必死ではなしあったけど、あんとき、あんた、ホンキだったか？

くそっ、なまいきをいいやがって。中浜もだんだんイラついてきた。

オレの理想は庶民にゃわかんねえよ。

なんだよ、ソレ。古田はたまっていたものをぜんぶはきだした。

勇之進だって、あんたがやらさなきゃ、あんなことにはならなかったんだァ!

おぼえているだろうか。田中勇之進が、甘粕の弟をねらったあの事件のことだ。あんとき、おまえがさんざんあおったから、ハッパをかけたから、あいつはやったんだぞ、パクられたんだぞ、あいつはあんなこと、やりたかったわけじゃないのにっていっているのだ。いやいや、そりゃさすがにちがうぜと、中浜がきりかえす。

あいつがやるっていったんだよ。あんとき、おめえもいただろッ! ギロチン社の理念は自由自治だ。

えっ、なにいってんのって? こういうのは、あおって、あおられて、なんぼのもんだろうってことさ。自分がやりてえっておもったことをやるのはあたりまえ。そっからさらに、自分でもおもってもみなかったようなことをやりはじめて、そいつに夢中になって、死ぬ気でのめりこむ。ひとってのはそういうもんで、自分が自由だっておもっていることは、意外ときまりきったことでしかなかったりするもんだ。がんじがらめの不自由さ。でも、それをとびこえて、オレ、オレ、オレっていっていたら、いつのまにか、なにがオレだかわかんなくなるくらいまで、ぶっとんだことをやっちまっている。自分でも制御できないその力。うひょお、アナーキー！

そんでもって、そこまでいこうぜってのがギロチン社だ、自由自治ってもんだ。だから、あれがしたい、これがしたいっていう自発性はだいじなんだけど、オレはこういうことがやりたいんだ、そういうやつなんだっていう確たるアイデンティティとか、主体みたいのはいらないんだ。自発性だけで暴走しようぜ。いつだって、そのきっかけをつくってやりたい。あおれ、あおれ、あおれ。あおって、あおって、あおりまくれ。あいつのオレを爆破してやれ。もちろん、そこに一ミリでも強制力がともなっていたら、究極の支配になっちまうんだけどね。だって、やりたくねえことを死ぬ気でやらせることになっちまうんだから。オレ、オレ、オレ、されどオレ、オーレイ！

むろん、古田だって、中浜がそういうぶっとんだ自由をめざしていたことは、百も承知だ。なんであんなに、わかいやつらをあおるようなことばっかしいっていたのかもね。だけどさ、だけどさ、そういっているだけで、おまえなんにもしてないじゃんかよと、そのイラだちが爆発しちまって、もうおさまりがつかないんだ。

あんたはやるやるっていって、一生やらない。オレはもう、ひとを殺しちまってるん

だ。地獄にいくのはオレだけで十分なんだよッ！

これで、中浜もキレてしまう。

まてよォ！

そういって、グイっと古田のむなぐらをつかむと、おもいきりなぐりつけた。デーンッ!!! 古田がふっとんだ。ゴロッゴロと、畑におっこちていく。中浜もおいかけるようにして、畑にはいっていくと、こうさけんだ。

かっこつけんな、この童貞やろうが！ だれのおかげでただメシ食えてきたとおもってんだ！ おめこせい！ おめこせいッ！ たまりにたまったパンパンのキンタマ、ぬいてきやがれ！ あの花菊にでも相手してもらってこいッ！

なんだとおおッ！ この脳梅毒がぁ！

そういって、古田も中浜の顔面をなぐりつけた。こっからはもう、とっくみあいの泥まみれだ。あっ、ちなみにですが、しらないひともいるかもしれませんので、いちおう。おめこってのは、オマンコのことでございます。カマをほろうぜ、好兄弟！

はあはあ・・・・・・、はあはあ。

中浜の息がきれる。古田もわけのわかんないことをつぶやきはじめる。

クサレチンポ、はあはあ、クサレの、チンポやろう、はあはあ。

畑のなかでなぐりあいをつづけるふたり。おたがい、ズタボロだ。でも、しばらくもみあっているうちに、中浜が本題をおもいだす。

はぁはぁはぁー。いいのか、まにあわねえぞ！

われにかえった古田がくやしそうにさけんだ。

くそおおおおお！　こいつはおあずけだァ！

そういってたちあがると、全速力で駅にむかってはしりだした。ひとりじゃいかせねえぞと、中浜も古田をおいかけた。うっしゃ、いくぞ、いくぞ、往くぞ！

＊

古田と中浜が駅にたどりつく。ふたりとも顔をパンパンにはらしていた。あざだらけだ。そんなふたりが駅舎のなかをのぞきこむと、丸万署長が正力松太郎をみおくっていた。ちょうど、正力が列車にのりこんでいくところだ。中浜が小声でつぶやいた。

大さん、どうヤル？

古田はだまって、ふところのなかをみせた。短刀だ。そのとき、ウワンウワンウワンウワンウワンウワンウワンと、発車ベルがなりはじめた。

オレ、ひとりで十分だ！

そうさけぶと、古田はひとりで改札のなかへとびこんでいった。

チッ。

舌うちをして、中浜がおいかける。みおくりをおえて、もどってくる丸万。はしる古田。すれちがいざまに、ちょいと体がぶつかったが、もうかまいやしないと、古田はそのまま列車にとびのった。つづいて、中浜も列車にとびのっていく。ドアがしまり、列車がうごきだした。ふたりのすがたをみて、異変にきづいた丸万が、こりゃマズイぞとあわてだす。でも、そんなのおかまいなしに、列車はすすみだす。

ようしっ、列車のなかだ。古田が正力をさがして、車内をドンドンドンドンすすんでいく。なんの計画もなく、ただただまえにすすんでいく。そんな古田のようすをみて、やっぱりこりゃいかんぞと、中浜がとめにはいる。

おいっ、大さん。こんかいはやめとけ！

まだとめるのかと、古田が中浜をにらみつけた。

やるならいましかない、いつだっていましかないんだよッ！

おっ、いうじゃねえかと、中浜がおもっていたら、ふと、つぎの車両に正力がすわっているのがみえた。いける！ 古田がふところの短刀をたしかめた。中浜もこりゃやるしかねえなと、腹をくくった。

もしここでジャマがはいったら、オレがとめる。大さん、いけッ！

ありがとう、てつさん！ 古田がとびだしていく。みおくる中浜、うしろをふりかえると、検札の駅員がちかづいてくるのがみえた。いそげ、大さん！ 古田が正力にちかづいていく。ふところに右手をしのばせた。まだぬかない。ふと、正力がこちらをみあげた。古田と目があったが、しらないやつだとおもって、ふたたび視線をおろす。そのまま古田がちかづいていくと、その殺気に気づいたのか、もういちど正力が顔をあげた。よっしゃ、ここだァ！ 古田が短刀をぬこうとすると・・・、キイィィィッ!!! 列車が急ブレーキをかけた。グラングランッ!!! うわあッ、古田の体がゆらぎ、まえのめりになって床につっぷしてしまった。そう、丸万のしらせをうけて、運転手が列車をとめたのだ。なんだ、なんだと、乗客たちがさわぎはじめる。

古田がおきあがろうとしていると、まえのほうに短刀がころがっているのがみえた。あぁ！　アセる古田。手をのばすがとどかない。正力もそれに気づいた。窓の外をみていた中浜が、線路わきをはしってくる丸万と警官隊に気づいた。やっべえ！　中浜がとっさにうごきだす。うおおおおおぉ!!!　ちょうどたちあがった古田の体をガッシリとかかえ、そのまま全速力ではしって逃げた。

なにするんだ！　てつさん！　やるんだ。やるんだよぉ!!!

古田がなきながらさけんでいる。でも、中浜は無言のまま、力まかせに古田をひっぱっていった。車内をズンズン、ズンズンすすんでいく。すぐに丸万たちが列車にのりこんできたが、中浜と古田はもういない。逃げきった。丸万は正力のぶじを確認し、ホッとひといき。正力がゆっくりと、ころがっていた短刀をひろいあげている。そして、不敵な笑みをうかべていた。フッ、あんなクズどもに、オレさまがやられるわけねえんだよとね。暗殺失敗だ、チキショー！

そうそう、この正力、どんなやつだったのかというと、ホントにトンデモねえやろうなんだ。さっき特高警察のボスだったってことはいったけど、このあともヒデエことばっかしやらかしていく。この年の一二月、正力は虎の門事件っていって、ギロチン社とはまたべつのアナキストに、ヒロヒトが狙撃されるって事件があったのだが、その責任をとらされて警察をやめた。でも、それでくたばるかとおもったら、そうじゃない。もっていたコネをつかってカネをあつめ、新聞社を買収。それがいまの読売新聞社だ。そんでもって、このあと軍国主義につっぱしっていく日本を賛美する記事をガンガンかかせていった。で、敗戦直後は公職追放になるのだが、すぐに復帰。そのかんに、アメリカ、ＣＩＡのスパイになっている。マジ外道！

そんでもって、スパイになった正力がなにをやったのかというと、原発だ。原子力発電所の導入である。東西冷戦下、日本はヒロシマやナガサキの件があるから、さすがに原子力には嫌悪感をもっていたのだが、アメリカからするとそれじゃこまる。だからアメリカは、原子力は兵器だけじゃないんですよ、平和のためにもつかえるんですよ、経済活性化のためにもなるんですよ、原発ってのがあるんですよっていって、日本にも原子力をうけいれさせようとした。で、正力がつかわれたわけさ。一九五五年から、正力は読売新聞でそういう宣伝をガンガンうっていって、翌年には、原子力委員会の初代委員長にもなっている。マスコミの力をフルにいかして、原発を導入していったんだ。平和のために、安全のためにっていってね。超外道！

だから、こういうことはちゃんといっておかなくちゃいけないとおもうのだが、日本にこんだけ原発があるのも、二〇一一年三月一二日に福島第一原発が爆発したのも、こんだけ放射能がばらまかれてムチャクチャになったのも、それでも政府が原発をやめようとしないのも、もとはといえば、正力のクソやろうのせいだっていうことだ。あらためて、ギロチン社におねがいしたい。正力松太郎の首を大杉栄の墓前にそなえよ。エロイムエッサイム、われはもとめうったえたり。エロイムエッサイム、われはもとめうったえたり。大さんッ！　てつさんッ！　は、は、はっくしょん、チキショー！

＊

それでは、ちょいと舞台を相撲小屋にうつしましょう。まちにまった興行だ。つぎつぎと、お客さんが小屋にはいってくる。しかしだ。そんななか、在郷軍人会の飯岡が、佐吉、キチジ、栄太の三人をひきつれて、女力士をだせとやってきた。親方は警察署にいっていて、まだかえってこない。かわりに、三治がとめにはいる。

ちょっとまってください。

そういって、とめようとするが、飯岡は、

はなせ!

といって、三治をつきとばした。ころがる三治。それをしりめに、飯岡たちは裏手にすすんでいった。するとそこでは、女力士たちがまわしをつけあっていた。そりゃそうだ、もうすぐ相撲がはじまるんだから。三治がおいかけてきて、

もう興行がはじまりますから、かんべんねがえますか。

そういって低姿勢でたのむのだが、飯岡はきかない。

そんなよゆうはない!

飯岡はかまわず、女力士たちのなかにわけいり、十勝川の腕をギュッとつかんだ。イタタタッ!

なに、すんだよ!

十勝川がさけぶと、飯岡は、ああ、やっぱりこいつは反抗的なやつだ、不逞鮮人なんだと確信して、こうどなりつけた。

主義者とはかって、なにかたくらんでいるんだろう！　尋問するから、つれていく！

佐吉たち三人が、抵抗する十勝川をはがいじめにして、ひったてようとする。心配そうにみつめている花菊。そこにサッと、小天龍がたちはだかった。

そんなこと、警察のすることじゃねえのけ！

その声に反応して、日照山、梅の里、最上川らが、飯岡たちをとりかこんだ。一歩さがって、勝虎もやってくる。そうだ、きのうはさんざんやりあったけど、それでも十勝川はだいじな仲間だ。こんなおそろしいやつらにもっていかれるのを、指をくわえてみているわけにはいかない。だいたい、この軍人ども、震災のとき方言をしゃべってた日本人もぶった切ったっていっていたからね。ふざけんじゃねえぞ、ふざけんじゃねえぞ、この白豚どもがァ！　いくぜ、なかまたちィー！

こりゃマズイ。このままとっくみあいになったら、負けるっておもったんだろう。飯岡がブツクサとこうつぶやいた。

け、警察の許可もえている。

もちろん、ウソっぱちだ。ハァ？　といって、玉椿がたちあがり、飯岡たちのゆく手をはばんだ。

警察ならさっききましたが、ひとっこともそんなこと！

あくまで邪魔をする気か！

いらだつ飯岡。玉椿とにらみあう。マズイぞ、マズイぞ、めんどうごとはごめんだぜと、こまりはてた三治が玉椿にこういった。

大関、しかたねえや。ここは。

三治ィ！　あんた、しっかり留守をまもるよう、親方にいわれたんじゃないのかい！

三治がこまりはてていると、そこに勧進元の勘太郎があらわれた。

おい、興行もはじまる時刻だ。客をまたせるわけにもいかねえだろ。

そういって、ジロッと玉椿のほうをみた。十勝川ひとりくらいほうっておいて、はやく興行をはじめろよってことだ。クソやろう！　くやしくて玉椿がにらみかえしたが、これみよがしに、勘太郎がこういうんだ。

玉岩相撲には来年もきてもらいてえしさ。昨今、こういう商売は景気わるいのに、おいらこやってよんでやってんだ。

……。

玉椿がなにもいえなくなる。それをみて、よしきたと、三治がこういった。

坂田の勧進元には世話になりっぱなしで。

そうだろう、そうだろうと、勘太郎はさらにつづけた。

分会長もよ、気がすめばかえしてくれるさ。だいたい、おまえさん、そもそもなんにもしてねえんだろ。

勘太郎がそういうと、十勝川がコクリとうなずいた。それをみて、飯岡はすこし顔をゆがめたが、

じゃあ、いいな。

といって十勝川をつれていこうとした。とっさに、小天龍がかけよって、十勝川に浴衣をかけてやった。

ほら、すぐもどれるさ。

うなずく十勝川。なにもいわずに、そのまま連行されていった。飯岡たちがでていくと、

三治は虚勢をはって、とつぜんおおきな声をだした。

さー、はじめようぜ・・・、みんな！

・・・・・・。

なにいってんだ、てめえと、女力士たちがつめたい視線をおくる。とはいえ、もう興行の時間だ。わかった、わかったと、かったるそうに相撲小屋のほうにむかっていった。でも、みんなが相撲小屋にあるくなか、花菊だけは十勝川が心配でしかたなかった。ひとり、こっそりとぬけだして、飯岡たちのあとをつけていく。たのむぜ、花菊、十勝川をすくいだせ！　ケンチャナヨー！

＊

飯岡たちをおって、花菊が砲台要塞跡までやってきた。ここだべか？　林のむこうに要塞の入り口をみつけてのぞきこむ。すると、十勝川が縄でしばりあげられていて、竹刀をもった佐吉が容赦なくぶったたいていた。デシッ、デシッ！　ギャアアーッ!!!　十勝川が悲鳴をあげて、顔をゆがめた。尋問っていうか、こりゃもう拷問だ。くるしがる十勝川をみながら、飯岡が声をはりあげた。

いえ！　おまえたち朝鮮人はなにをたくらんでるんだ！

シックロッ！

韓国語で、うるせえんだよ、このチンポコやろうって意味だ。だって、なにいってんのかわかんないんだから。とはいえ、これじゃつうじないから、十勝川は、

しらないよ！

というのだが、飯岡のあいずをうけて、栄太が桶の水をバーンッとぶっかけた。飯岡がたたみかける。

ほんとうはおまえたち鮮人が、放火しまくったんだろうが！　日本人なんか焼け死ね！　そうおもって火をつけ、井戸に毒をいれた！　そうだな！

飯岡は、自分たちが信じていたデマがただしかったんだといわせたいんだ。オレたちはただしい、オレたちはただしい、オレたちは陛下の御心にそったことをやっているんだ。はけ、はけ、はきやがれぇ！　でも、十勝川からしたら、そんなことしったこっちゃない。

しらないって、いってんだろ！

それをきいて、飯岡が怒号をあげる。

だったら、いえ。天皇陛下バンザイだ。朝鮮人といえども、神国日本、天皇陛下の嫡子だ。いえ、天皇陛下バンザイ。ほれっ、バンザイだ。天皇陛下バンザ――――イ！　天皇陛下バンザ――――イ！

飯岡がまるで狂人のように両手をあげて、バンザイ、バンザイとやっている。なんでだ、なんでこんなことされなくちゃいけないんだ。くやしくて、くやしくて、十勝川がギュッとくちびるをかみしめた。ボロボロとなみだがあふれだす。それをみて、ホレみたことか、こいつは不逞鮮人なんだと、飯岡が佐吉に目くばせをした。うりゃあぁぁ!!!　デシッ、

デシッ、デシッ、デシッ、デシッ、デシッ!!! 佐吉がなにかにとりつかれたかのように、竹刀をうちぬいた。ギャアアーッ!!! 十勝川の体から、血液がふきだした。飯岡もキチジも栄太も、それをジッとみつめていた。

暗闇から、そんなようすをのぞいていた花菊。おそろしさのあまり、体がわなわなとふるえだした。おっかねえ、おっかねえよう。でも、このままじゃ十勝川関が死んじまう。はやくたすけをよびにいかなくちゃ。そうだ！ パッと、古田と中浜のすがたがおもいうかんだ。あの舟屋にむかって猛ダッシュだ。いそげぇ！

舟屋がならんでいる浜辺に、花菊がかけてきた。むこうから、逃げるようにはしってくる古田と中浜。よかったァ。花菊がふたりにかけよってくる。でも、なんだろう。なんかふたりがもめている。古田が中浜にむかってさけんだ。

なんでとめた！ なんでとめたんだよ――――！

そういって中浜をつきとばすと、逆に自分が体勢をくずしてズッコケた。と、その拍子に花菊のすがたに気がついた。うん？ どうしたんだろう？ そうおもっていると、花菊がちかづいてきて、こういった。

たいへんなんだよ・・・、十勝川が兵隊みたいな男たちにつれていかれて！

ナニぃー！

中浜がおどろきの声をあげた。

しばられて、たたかれて・・・、血だらけで・・・。

そういって、花菊は涙をながした。それをきいて、中浜はもういてもたってもいられない。

どこだ！　花菊、つれていけ！

花菊がはしりだす。中浜がついていくが、古田がピクリともうごかない。それに気づいて、花菊が心配そうにたちどまった。てめえ、なにやってんだよと、中浜が檄をとばす。

大さん、いくぞぉ！

それでも古田は微動だにしない。

ダメだよ。オレみたいな男は、なにをやったってダメなんだ！

それをきいて、マジギレした中浜。きょうはじめて、本気でどなった。

バッカヤロォォ――――!!! 女ひとり、たすけられねえで、なにが革命だァ!!!

アア、アア、アァ、アァーッ!!! 古田がもだえはじめる。ああ、オレはいったいなにをやっていたんだァってね。このかん、古田はアセりまくっていた。殺しちまった銀行員の命をムダにしないためにも、こんなオレの命なんて犠牲にしてしまって、こんなオレのあわせなんて捨てちまって、はやく革命の大義をはたさなくちゃいけないんだ、うまくやんなくちゃいけないんだと。で、オレがこんなに身をコにしてうごこうとしているのに、なんで、てつさんは恋だのなんだの、そんなに生きることをたのしんでいるんだよって、ムカついちまったんだ。革命のために生きろ、それ以外はするな、はやく死ね、はやく死ね、はやく、はやく、はやくってね。

ほんとは、お国のためにだとか、陛下のためにだとか、カネを稼ぐためにだとかいわれて、みんな、いまやりたいことを犠牲にさせられていて、ただただ身をコにしてはたらかされて、クソみたいに体をこわしたり、ときに戦地で犬死させられたりしているから、そういうのをやめさせようっておもっていたのに・・・、いま自分がやれることを命がけでやってみせることで、やるならいましかねえ、いつだっていましかねえ、みんな好きかってにやってやれって、世にしめしたかったのに・・・、オレは権力とおんなじことをやっちまった、兄弟のいまを犠牲にさせようとしちまった、たすけをもとめる女の声もどうでもいいっておもっちまった、革命の大義ってやつのためにね。ウンコ！

ああ、ダメだ、ダメだ、ダメだ。オレはなんてダメなんだ。チキショー、チキショー、チキショー、パンパーン、パンパンパーン!!! 古田の脳天、ふっとんだ。革命も大義もふっとんだ。うまくなんていかなくてもいい。革命もクソもへったくれもねえ。ダメの底の底をぬいちまえ、クソッたれの人生にひらきなおれ、生きるってことはウンコなんだよォ！　自分の人生を爆破しろ。自分を捨てようとしたそのこころさえ、ふっとばしちまえ。こうして、古田はふたたび魔界転生をとげた。やるならいましかねえ、いつだっていましかねえ。いったいなにをするんだって？　かんたんさ。死を賭して、十勝川をすくいだせ。とつぜん、ヌクッとたちあがった古田が、猛烈ないきおいではしりだす。三人で、浜辺を全力疾走だ。まってろ、十勝川！

*

花菊の案内で、要塞のみえるところまでやってきた。林のなかで、花菊があそこだと指さすと、よしわかったと、中浜がうなずいてこういった。

花菊はもどれ。

えっ、という表情の花菊。

警察は？ よばなくていいの？

これをきいて、中浜があわてる。

警察はマズイ。オレたちにまかせろ。

そういったのだが、

でも……。

と心配そうにしている花菊に、中浜がやさしくこういうんだ。

花菊はつよくなって、世のなか、かえろ。

……。

なかなかうごかない花菊に、古田がイラだったように声をあらげる。

いけよぉー！　はやく！

かけていく花菊。とちゅうでうしろをふりかえると、中浜と古田が要塞にむかっていくのがみえた。みんな、だいじょうぶだべか？　でも、もうまかせるしかねえ。ダッダッダッと、おもいをたちきるようにはしっていった。

さて、中浜と古田が入り口までやってくる。ふたりとも、手に武器をにぎりしめていた。

どこでひろってきたのか、古田は鎌をもち、中浜はツルハシをもっている。中浜がコッソリなかをのぞきこむと、血まみれになった十勝川が縄でしばられ、グッタリとしていた。そのようすをみて、中浜がもう激昂してしまう。

てめえらあああ――‼

中浜がおたけびをあげながら、突進していった。ウーラーッ！ウーラーッ！ツルハシをブンブン、ブンブンふりまわす。いっしゅん身をひく佐吉たち。そのスキに、古田が十勝川にかけよって、もっていた鎌で縄をたちきった。十勝川の手をとり、外にとびだす。つづいて、中浜も外にとびだしてくるが、逃がすかこのやろうと、佐吉、キチジ、栄太、飯岡もおってくる。はやく逃げたいのだが、十勝川がフラフラしていて、どうしてもはしれない、チキショウ！中浜が必死に応戦するが、あいてはいくら農民でもシベリアで実践をふんだ元兵士たちだ。つよい。中浜もおなじころ軍隊にはいたんだけど、通信兵とか、武器弾薬の管理係とかをやっていたんで、ドンパチはやっていないんだ。戦闘能力がダンチガイ。あいてにならなかった。

うりゃあああ‼ ツルハシをふりおろす中浜。佐吉は、それをかるがるとかわし、スキだらけの中浜の顔面をおもいきりぶんなぐった。クラックラッしている中浜を、キチジが投げとばす。ころがる中浜。あとはもう、佐吉、キチジ、栄太、飯岡の四人で、ボッコボコにケリとばした。チエエッ、チエエッ！　マジリンチ。やばい、このままじゃ、てつさんが死んじまう。うわああぁッ!!!　古田が全力でつっこんでいくが、もう瞬殺だ。栄太は、古田の突進をかわすと、とっさに足をかけ、古田をスッころばした。あとはもう中浜といっしょにケラれるだけだ。うまれたときもところもちがうけれども、死ぬときはいっしょだ。大さんッ、てつさんッ、アニイッ、シャテイッ！　こうして、ふたりは血祭りにされたのでございます。好、兄弟！

といっても、死んだわけじゃないよ。血まみれになって、ころがるふたり。でも、けられても、けられても、中浜が顔をあげる。そして、真っ赤なツバをペッペッとはくと、ニタリと笑みをうかべてこういった。

ヘッ。おまえら、シベリアがえりだろ。ムダな戦争、四年間もしてきやがって。ロシアの革命軍とたたかって、なにひとつえることなしにかえってきたんじゃねえか。

ウヒョオ、いいね、悪口だい。てゆうか、中浜からしたら因縁のシベリア出兵である。そのころ軍隊にいた中浜は、なかまといっしょに反戦ビラをまき、憲兵隊にとっつかまって、軍の監獄施設にいれられていた。だから、なんの疑問もいだかずにロシアに攻めこんでいって、村人を虐殺しまくり、女性とみれば、レイプしまくっていた兵隊どもがマジでゆるせないんだ。しかし、よっぽどいわれたくなかったんだろう。そのことばをきいて、キチジが表情ひとつかえずに、中浜のむなぐらをグイッとつかみ、なんどもなんども顔面をなぐりつけた。飯岡が、ヘリクツをいいはじめる。

英米が神からの使命だといって、蛮人どもの教育をしたのとおなじことだ。われわれは皇軍の使命をはたしただけである。

なにいってんだ、このやろうと、おもわず古田がくちをはさんだ。

掠奪してきただけだろー。シベリアじゃ、性病患者がケガ人よりもおおかったってウワサだぞ。

だまれ、このやろうと、栄太が古田をなぐりたおす。なにかをおもいだしているのだろうか、となりにいた佐吉の息がドンドン、ドンドンあらくなっていく。

くちのへらないやつらだ！

そういって、飯岡が日本刀をぬいた。こわい、こわすぎる。ズンズン、古田にちかづいていく。そして、古田の二の腕にピタッと刀をおしつけた。血液がにじみだす。イテテッ、いたみで、古田の顔がゆがみはじめる。それをみて、シタリ顔の飯岡。このあまったれのインテリ坊主がってね。

キサマら、なにもしらんのだ。さむさと飢えのなかで、意味もない行軍をするツラさ。意味がない指令だとか考えることもできん。それも、小作の百姓のツラさにくらべればよっぽどマシだ。

はなしをききながら、佐吉がジッと考えこんでしまう。キチジと栄太は、そうだ、そうだとうなずいた。飯岡が刀をひく。ギャアアーッ!!! 古田が悲鳴をあげた。その悲鳴をきいて、佐吉がおびえたように耳をおさえた。でも、飯岡にはそんな佐吉はみえちゃいない。すかさずこういった。

きさまら主義者は、ほんとうの現実なんかわかっちゃいない。

なにをいってやがるんだ、このやろう。てめえらがやってきた、そのひっでえ悪事そのものが現実なんだよ、いまさら被害者づらしてんじゃねえぞと、中浜がきりかえす。

オレと大さんがな、はじめてであったのは埼玉の蓮田の「小作人社」ってとこだ。百姓と結託しようとしたけど、けっきょくだれもきやしなかった。解散の日だって、さいごの勉強会さえ、オレたちだけだ。・・・・・だけどな、だけどな、いまでもおもっているぜ。となりにいるやつは敵じゃないぞ、共闘しろダッ！　ナカマタチィッ！　ナカマタチィッ！　共闘しろダァ！

これをきいて、飯岡がますます激昂してしまう。そうだ、こいつら主義者は、そうやって農民たちをたぶらかそうとしているんだと。ぶっ殺すしかねえ。

おさえろーッ！　主義者の首をきる！

よしきたァ。栄太とキチジが中浜の首をおさえつける。日本刀をかついだ飯岡が、中浜のうしろにつったっている。やべえ、うち首にする気だ。そのようすをみていた古田が、

やめろおおおーッ！

とさけびながら、中浜をたすけにいこうとするが、いかんせん力がはいらない。たてないんだ。すぐちかくで、おなじくぶったおれていた十勝川も悲鳴をあげる。

アイゴー！　アイゴー！　アイゴー！　アイゴー！

まえにもいったかもしれないけど、朝鮮のことばで、アァッ!!!って意味だ。苦しみや悲しみをあらわすさけびのことばだっていえばわかるだろうか。この十勝川の悲鳴をきいて、佐吉がくるしみもだえながら耳をふさぐ。そんなのおかまいなしに、飯岡が刀をおおきくふりあげた。

アイゴー！　アイゴー！　アイゴー！　アイゴー！

と、その瞬間のことだ。

アア、アア、アアッ、アアアァァァーッ!!!

とつぜん、狂ったように佐吉がさけびはじめた。そして、飯岡の腰にとびついた。デーンッ！　飯岡がもんどりうって、ぶったおれた。

なにを、するんだ！

ムクッとたちあがって、飯岡がどなった。その飯岡の体にしがみつきながら、佐吉がこううったえかける。

耳んなかで、まだきこえてくるんだ。アイゴー、アイゴー！ってないてる声がよ。朝鮮人の女がなきさけんでいて・・・、その腹に竹ヤリ、ぶっ刺した。となりで子どもがアイゴー、アイゴー！ってないててよ。その子のあたまに、栄太がオノで・・・。そしたら死んだとおもった女が、目みひらいててよ。きこえんだよぉ、アイゴー、アイゴー！って。

は、はなせー！

飯岡が佐吉をつきとばした。たおれる佐吉。でも、かわりにキチジがとびだしてきて、古田と中浜にうったえた。

駐屯の騎兵隊が、ここらの村に「払下げ」だって、朝鮮人を自警団に下請けさせたんだ。となりの村じゃ、小屋にとじこめて、油まいて火、つけて燃やした。オラたちは刀でぶったぎって、地面にうめたんだァ。

キチジ、よせ！

飯岡がとめるが、もうとまらない。

いわせてくれよ！

そう、キチジがさけぶと、つづけて栄太もしゃべりだす。

みんながやったんだァ！　手ェかけたのは、オラたちだけじゃないんだよう。だのにいつのまにか、みんなしらんぷりで、オラたちのせいだって・・・。

それをきいて、たまらず飯岡がさけぶ。

いままで、なんていわれてきたか、わすれたのか！　貧乏クジひいて、戦争いってきた。それも意味もない戦争だ。そんなことはねえ！　ほら、佐吉、もてッ！　刀、もてェ！　主義者の首、ぶったぎってやれ！

飯岡にいわれて、佐吉が刀をにぎりしめる。でも、きれない。それをみて、また飯岡がどなり声をあげた。

こいつら、なんの苦労もしらず、ほえるしか能のない連中だ。どうした！　はやくやれ！　やれ、やれ、やっちまえぇ！

佐吉は、ただ呆然としている。もうなにがただしくて、なにがまちがっているのかわからないんだ。だけど、体だけはしぜんとうごいてしまう。なにも考えずに、スーッと刀をふりあげた。やばいぞ！　でも、そのときだ。とつぜん、十勝川がたちあがる。そして、死力を尽くしてこうさけんだ。

天皇陛下、バンジャーイ！　天皇陛下、バンジャーイ！

飯岡も佐吉も栄太もキチジもあっけにとられた。なんだ、なにがおこっているんだ。てゆうか、なんだよ、天皇って。なんだよ、陛下って。なんだよ、バンジャーイって。アア、アア、アアッ、アアアァァァーッ!!!　パンパーン、パンパンパーン、パンパンパンパンパーン!!!　佐吉の脳天、ふっとんだ。飯岡の脳天、ふっとんだ。キチジの脳天、ふっとんだ。栄太の脳天、ふっとんだ。みんなみんなふっとんだ。それでも、十勝川はさけぶのをやめやしない。日本、死ね。日本、死ね。

天皇陛下、バンジャーイ！　天皇陛下、バンジャーイ！

必死のぎょうそうだ。十勝川に佐吉がこたえる。

天皇陛下、バンザイ！

うわあああああーッ!!!　そのスキをついて、十勝川が佐吉に突進していく。ドスコイッ、ドスコイッ！　まともにうけた佐吉、うしろにぶったおれた。日本刀が地面にころがっていく。でも、刀なんてもうどうでもいい。佐吉はすぐにたちあがって、両手をあげてまたさけびはじめた。

テンノーヘーカー、バンザーイ！　テンノーヘーカー、バンザーイ！

ふたたび、十勝川もさけぶ。

テンノーヘーカー、バンジャーイ！　テンノーヘーカー、バンジャーイ！

とつぜん、飯岡、キチジ、栄太の体がケイレンしはじめる。そして、佐吉といっしょに、両手をあげてさけぶんだ。

テンノーヘーカー、バンザーイ！　テンノーヘーカー、バンザーイ！
テンノーヘーカー、バンザーイ！　テンノーヘーカー、バンザーイ！
テンノーヘーカー、バンザーイ！　テンノーヘーカー、バンザーイ！

テンノーヘーカー、バンザーイ!テンノーヘーカー、バンザーイ!
テンノーヘーカー、バンザーイ!テンノーヘーカー、バンザーイ!
テンノーヘーカー、バンザーイ!テンノーヘーカー、バンザーイ!
テンノーヘーカー、バンザーイ!テンノーヘーカー、バンザーイ!
テンノーヘーカー、バンザーイ!テンノーヘーカー、バンザーイ!
テンノーヘーカー、バンザーイ!テンノーヘーカー、バンザーイ!
テンノーヘーカー、バンザーイ!テンノーヘーカー、バンザーイ!
テンノーヘーカー、バンザーイ!テンノーヘーカー、バンザーイ!
テンノーヘーカー、バンザーイ!テンノーヘーカー、バンザーイ!
テンノーヘーカー、バンザーイ!テンノーヘーカー、バンザーイ!
テンノーヘーカー、バンザーイ!テンノーヘーカー、バンザーイ!
テンノーヘーカー、バンザーイ!テンノーヘーカー、バンザーイ!
テンノーヘーカー、バンザーイ!テンノーヘーカー、バンザーイ!
テンノーヘーカー、バンザーイ!テンノーヘーカー、バンザーイ!
テンノーヘーカー、バンザーイ!テンノーヘーカー、バンザーイ!
テンノーヘーカー、バンザーイ!テンノーヘーカー、バンザーイ!
テンノーヘーカー、バンザーイ!テンノーヘーカー、バンザーイ!
テンノーヘーカー、バンザーイ!テンノーヘーカー、バンザーイ!
テンノーヘーカー、バンザーイ!テンノーヘーカー、バンザーイ!
テンノーヘーカー、バンザーイ!テンノーヘーカー、バンザーイ!

ンノーヘーカー、バンザーイ！テンノーヘーカー、バンザーイ！テンノーヘーカー、バンザーイ！テン
ーヘーカー、バンザーイ！テンノーヘーカー、バンザーイ！テンノーヘーカー、バンザーイ！テンノー
ーカー、バンザーイ！テンノーヘーカー、バンザーイ！テンノーヘーカー、バンザーイ！テンノーヘー
ー、バンザーイ！テンノーヘーカー、バンザーイ！テンノーヘーカー、バンザーイ！テンノーヘーカー、
ンザーイ！テンノーヘーカー、バンザーイ！テンノーヘーカー、バンザーイ！テンノーヘーカー、バン
ーイ！テンノーヘーカー、バンザーイ！テンノーヘーカー、バンザーイ！テンノーヘーカー、バンザー
！テンノーヘーカー、バンザーイ！テンノーヘーカー、バンザーイ！テンノーヘーカー、バンザーイ！
ンノーヘーカー、バンザーイ！テンノーヘーカー、バンザーイ！テンノーヘーカー、バンザーイ！テン
ーヘーカー、バンザーイ！テンノーヘーカー、バンザーイ！テンノーヘーカー、バンザーイ！テンノー
ーカー、バンザーイ！テンノーヘーカー、バンザーイ！テンノーヘーカー、バンザーイ！テンノーヘー
ー、バンザーイ！テンノーヘーカー、バンザーイ！テンノーヘーカー、バンザーイ！テンノーヘーカー、
ンザーイ！テンノーヘーカー、バンザーイ！テンノーヘーカー、バンザーイ！テンノーヘーカー、バン
ーイ！テンノーヘーカー、バンザーイ！テンノーヘーカー、バンザーイ！テンノーヘーカー、バンザー
！テンノーヘーカー、バンザーイ！テンノーヘーカー、バンザーイ！テンノーヘーカー、バンザーイ！
ンノーヘーカー、バンザーイ！テンノーヘーカー、バンザーイ！テンノーヘーカー、バンザーイ！テン
ーヘーカー、バンザーイ！テンノーヘーカー、バンザーイ！テンノーヘーカー、バンザーイ！テンノー
ーカー、バンザーイ！テンノーヘーカー、バンザーイ！テンノーヘーカー、バンザーイ！テンノーヘー
ー、バンザーイ！テンノーヘーカー、バンザーイ！テンノーヘーカー、バンザーイ！テンノーヘーカー、
ンザーイ！テンノーヘーカー、バンザーイ！テンノーヘーカー、バンザーイ！テンノーヘーカー、バン
ーイ！テンノーヘーカー、バンザーイ！テンノーヘーカー、バンザーイ！テンノーヘーカー、バンザー
！テンノーヘーカー、バンザーイ！テンノーヘーカー、バンザーイ！テンノーヘーカー、バンザーイ！
ンノーヘーカー、バンザーイ！テンノーヘーカー、バンザーイ！テンノーヘーカー、バンザーイ！テン

ーヘーカー、バンザーイ！テンノーヘーカー、バンザーイ！テンノーヘーカー、バンザーイ！テンノーヘー
ーカー、バンザーイ！テンノーヘーカー、バンザーイ！テンノーヘーカー、バンザーイ！テンノーヘーカー、
ー、バンザーイ！テンノーヘーカー、バンザーイ！テンノーヘーカー、バンザーイ！テンノーヘーカー、バン
ンザーイ！テンノーヘーカー、バンザーイ！テンノーヘーカー、バンザーイ！テンノーヘーカー、バンザー
ーイ！テンノーヘーカー、バンザーイ！テンノーヘーカー、バンザーイ！テンノーヘーカー、バンザーイ！
！テンノーヘーカー、バンザーイ！テンノーヘーカー、バンザーイ！テンノーヘーカー、バンザーイ！
ンノーヘーカー、バンザーイ！テンノーヘーカー、バンザーイ！テンノーヘーカー、バンザーイ！テン
ーヘーカー、バンザーイ！テンノーヘーカー、バンザーイ！テンノーヘーカー、バンザーイ！テンノー
ーカー、バンザーイ！テンノーヘーカー、バンザーイ！テンノーヘーカー、バンザーイ！テンノーヘー
ー、バンザーイ！テンノーヘーカー、バンザーイ！テンノーヘーカー、バンザーイ！テンノーヘーカー、
ンザーイ！テンノーヘーカー、バンザーイ！テンノーヘーカー、バンザーイ！テンノーヘーカー、バン
ーイ！テンノーヘーカー、バンザーイ！テンノーヘーカー、バンザーイ！テンノーヘーカー、バンザー
！テンノーヘーカー、バンザーイ！テンノーヘーカー、バンザーイ！テンノーヘーカー、バンザーイ！
ンノーヘーカー、バンザーイ！テンノーヘーカー、バンザーイ！テンノーヘーカー、バンザーイ！テン
ーヘーカー、バンザーイ！テンノーヘーカー、バンザーイ！テンノーヘーカー、バンザーイ！テンノー
ーカー、バンザーイ！テンノーヘーカー、バンザーイ！テンノーヘーカー、バンザーイ！テンノーヘー
ー、バンザーイ！テンノーヘーカー、バンザーイ！テンノーヘーカー、バンザーイ！テンノーヘーカー、
ンザーイ！テンノーヘーカー、バンザーイ！テンノーヘーカー、バンザーイ！テンノーヘーカー、バン
ーイ！テンノーヘーカー、バンザーイ！テンノーヘーカー、バンザーイ！テンノーヘーカー、バンザー
！テンノーヘーカー、バンザーイ！テンノーヘーカー、バンザーイ！テンノーヘーカー、バンザーイ！
ンノーヘーカー、バンザーイ！テンノーヘーカー、バンザーイ！テンノーヘーカー、バンザーイ！テン
ーヘーカー、バンザーイ！テンノーヘーカー、バンザーイ！テンノーヘーカー、バンザーイ！テンノー

なにかにとりつかれたかのように、バンザイ、バンザイとくりかえしている四人。そのあいだに、中浜が古田をかつぎ、十勝川とともに逃げだした。たすかった！ 林をぬけながら、中浜はあらためてこうおもった。ヘヘッ、こんな世界はもうおわってらァ。なにが天皇だ、なにが陛下だ、このやろう。まだそんなもんにとらわれているやつらがいるならば、オレたちがわかりやすくぶっこわしてやるしかねえ。うおおっし、やるぞ、こっから。あおれ、あおれ、あおっちまえ。あおって、あおって、あおりまくれ。自分の人生を爆破しろ、ついでにあいつの人生も爆破してやれ。主体はいらねえ、自発性だけで暴走してやれ。大正のあとに昭和はねえ、昭和のあとに平成はねえ、平成のあとだって？ クソくらえだァ！ みんな鬼に喰われちまえだァ！ やるならいましかねえ、いつだっていましかねえ。菊とギロチン。バンジャーイ！ バンジャーイ！ バンジャーイ！

*

そいじゃ、ふたたび相撲小屋にはなしをもどしましょうか。土俵では、要塞からもどった花菊が四股をふんでいる。そりゃもう、必死のぎょうそうだ。あいての小天龍も気合いがはいっている。

はっけよーい！

三治が軍配をかえすと、デーンッと体と体がはげしくぶつかりあった。力のつよい小天龍。花菊はあっというまに土俵ぎわまでさしこまれた。くそぅっ、負げでたまるかぁ！がんばる花菊。体をいれかえ、土俵中央までおしもどした。突きおしをしかけてくる小天龍。花菊はマワシをとって、それをなんとかくいとめた。それでもふたりの体格差は、どうにもならない。どんどん、花菊がおしこまれていく。ふたたび土俵ぎわだ。ああ、もうダメか！だれもがそうおもったそのときだ。花菊の右手が、小天龍のヒザ内側をおもいっきりはらった。小天龍の体がスッテンコロリ。いっしゅんで土俵にころがっちまった。なにがおきたのかわからず、あぜんとしている小天龍。場内から、いっせいに歓声がわきあがった。

うおおおッ、内無双だァ！

三治がさけぶ。

花菊、花菊ぅう！

そうだ、勝ったんだ。花菊は顔色ひとつかえずに土俵からおりてくる。すると、最上川が声をかけてきた。

たいすたもんだぁ。

勝虎も花菊にかけよってくる。

ああ、よかったよ！

だまってうなずく花菊。サッと着物をはおると、すぐに相撲小屋の外にはしりだしていった。そう、十勝川たちが心配でならねえんだ。いそげ、いそげ。要塞にむかって、花菊がはしってくると、飯岡、佐吉、キチジ、栄太の四人が、ゾロゾロ、ゾロゾロと、丸万署長ひきいる警察隊に連行されている。佐吉の妻、ハツがつきそっていた。えっ、なにがあったのかって？ ふだん、佐吉に無関心にみえたおハツさん。ほんとは、さいきんあまりに佐吉のようすがおかしいんで心配していたんだ。きょうもまた、朝鮮人をぶっ殺すとかいって、でていっちまった。だいじょうぶか？ てなわけで、丸万に相談しにいってみたら、そりゃマズイぞってことでさがすことに。で、たぶん、あそこじゃないかってことで、警官隊といっしょに要塞跡にいってみたら、四人で狂ったようにバンザイ、バンザイとさけんでいる。しかも要塞のなかからは、まだあたらしい血痕がみつかるんだ。ありゃりゃ。で、ざんねん、お縄にかかったってわけさ。でも、十勝川も中浜も古田もいない。あれぇ、どうしたんだぁ？　花菊が丸万にたずねた。

十勝川関は？　みんなは！　どこ！

われわれもさがしているところだ！

イラだってこたえる丸万。花菊は、飯岡にきこうとおもったが、かんぜんに目がぶっとんでいる。なんにもない、なんにもない、なんにもない。虚無そのものだ。ふと、花菊に気づいた飯岡がこうつぶやいた。

オラぁ、・・・いってほしかっただけだァ。

・・・・・・。

なにをいっているのかわからなくて、とまどう花菊。いかれてら・・・。そんな飯岡にむかって、丸万がこういった。

キサマらァ、罪がふえずにすんだとおもえ！

ああ、もうこんなやつらどうでもいい。花菊はその場をたちさった。たぶん、あそこだ、あそこしかねえ。海岸にむかってはしりだした。いそげ、花菊！

花菊が海岸までダッシュしてくる。海のうえに、外洋へむかっていくちいさな舟がみえた。舟のほうから、声がきこえてくる。

おーい！　おーい！

人影が三つみえた。櫓をこいでいた中浜が、ブンブンと手をふっている。古田と十勝川も、花菊に気づいてたちあがった。よかったぁ、みんなぶじだ。花菊は三人にむかって、こうさけんだ。

勝った！　おらぁ、勝ったぞぉー!!

そのことばをきいて、おおっ、やったなあと、古田が満面のえみだ。もうられしくて、うれしくてたまらない。中浜も十勝川も、うれしそうだ。とつぜん、古田が両手をあげて、こうさけんだ。

バンザーイ！　バンザーイ！　ニッポン無産者労働者、バンザーイ！　革命、バンザーイ！　バンジャーイ！　バンジャーイ！

しだいに、三人のすがたがちいさくなっていく。とおくへ、とおくへといっちまった。きゅうにさびしくなった花菊は、

なんでぇ、なんでオラだけ、のけものなんだぁ。

と、つぶやいた。するとそのとき、花菊の股間から、ダラダラと血がながれはじめた。おもわず、したっぱらをおさえてかがみこむ。

いたい・・・、いたいよー!!

血がながれていることに気づいた花菊。いたみで、顔がゆがむ。流産・・・⁉ 花菊はなにかを決意したかのように、ひとり海のなかにはいっていった。胸まで海につかり、必死にいたみにたえている。そして、ジッと舟がいっちまったほうをながめていた。さあて、これからどうなることか。ものがたりは、終盤をむかえるのでございます。がんばれ、花菊。負けるな、ギロチン。バンジャーイ！ バンジャーイ！ バンジャーイ！ バンジャーイ！ バンジャーイ！ バンジャーイ！ たたかえ、花菊。燃えろ、ギロチン。やるならいましかねえ、いつだっていましかねえ。

五

なめんじゃねえ!

五五五五五五五五五五五五五

五五五五五五五五五

遊びをせむとや生まれけむ、戯れせむとや生まれけむ
遊ぶ子どもの声きけば、我が身さへこそ揺るがるれ
(『梁塵秘抄』)

ドスコイッ、ドスコイッ! よっしゃ、その後のギロチンとまいりましょう。一九二三年一一月中旬、中浜と古田は朝鮮、京城にわたった。さっきもいったけど、京城ってのはいまのソウルのことだ。十勝川は、とちゅうまでいっしょだったんだけど、どうしても故郷にもどりたくないってんで、下関にのこすことにした。そりゃそうだ、決意してこっちにでてきたんだからね。うん? じゃあ、ふたりはなにをしにいったんだって? そりゃ、武器をゲットするためだよ、大杉栄のかたきうちのためにね。中浜には、高島三次っていうヤクザの友だちがいたのだが、そいつが元義列団員をしっているってんで、紹介してもらうことになった。魚波である。

ちなみに、義列団ってのはごぞんじだろうか。朝鮮では、一九一九年に三・一運動がおこって、あの鬼畜日本をやっつけろってことで、ガンガン、どでかいデモだの、暴動だのがおこったのだが、けっきょく日本軍に鎮圧されちまった。それで、素手じゃ日本をたおせねえ、武装だ、武装しかねえってんで、できたのがこの義列団だ。日本帝国主義の心臓部に、弾丸をぶちこんでやれ! そういって、日本の要人どもを血祭りにあげていく。必殺主義だ。いやあ、たまんないね。しかもこれマジでやっていて、すでに一九二一年九月には、朝鮮総督府に爆弾をなげこんだり、翌年の三月には、上海にのこのこやってきた田中義一陸軍大臣を銃撃したりしている。まあ失敗して、ちかくにいたアメリカの一般女性が死んじゃったんだけどね・・・、ドンマイ!

まあ、そんなわけで、中浜なんかは、義列団、やるじゃねえかっておもうわけさ。なんとしてもこいつらと手をむすびたい。やることをやっているってのもあるけれど、それだけじゃなくて、さっきの十勝川の一件もあって、中浜は大杉のかたきうちだけじゃなく、朝鮮人虐殺のかたきうちもやりたい、朝鮮人とも協力してやっていきたいっておもったんだ。そんなおもいを魚波にはなしてみると、わかったっていって、ふたりの闘士を紹介してくれた。金奎姫と金鼎花である。ふたりともまだ二〇代の女子で、中浜や古田とは同年代なのだが、みょうにおちついている。なにかしらの修羅場をくぐってきたんだろう。しかも、これがまためっちゃくちゃかわいいんだ。中浜は、もうテンションがあがってしかたがない。で、はなしてみると、満州で武器をつくっているから、カネさえあればいくらでも提供しますよっていってくる。カムサハムニダ!

とりあえず、爆弾一〇個、ピストル五丁がほしいっていってみたら、五〇〇〇円は必要だという。うーん、村木から軍資金はもらったけど、つっても三〇〇円しかねえ。まけてくれねえかとたのんでみたが、ダメだダメだでラチがあかねえ。どうしたもんか。そうおもっていたら、もう年が明けていた。一九二四年一月だ。しばらくして、日本から和田久太郎がやってきた。あんまりおそいんで、村木が和田をつかいにやったのである。

これは交渉を手伝いにきたってことでもあったけど、それだけじゃない。じつは、このころ国内はおおあれだった。ひとつは、さっきもいった虎の門事件だ。一二月二七日、アナキスト青年、難波大助が車にのっていたヒロヒトを狙撃するも失敗。弾がハズれて、同乗していたおっさんにケガを負わせちまった。おしい! これで官憲はおおあわて。しかも、それからすぐ一月五日には、義列団のキム・ジソップが皇居正門まえの二重橋に爆弾をなげこんだ。二重橋事件だ。ここまでくると、官憲もあわてているどころじゃない。狂ったように主義者狩りをはじめた。左翼大弾圧だ。そういうこともあって、うちらもいつどんな因縁をつけられてパクられるかわかんねえ、おまえちょっと身をかくしとけってんで、村木が和田を朝鮮にいかせたんだ。えっ、村木はこないのかって? もう肺がわるすぎて、あんましうごけないんだ。がんばれ、源兄ィ!

＊

そういうわけで、和田がやってきた。中浜と古田に国内のことをはなしてくれた。中浜はちょっとあせっちまう。だって、自分たちがやろうとしていたことをさきにやられちまってんだから。とりあえず、もっていた三〇〇円で買えるだけ買っていこう。そうおもったのだが、なんかとつぜん金さんたちと連絡がとれなくなった。魚波に相談すると、じゃあ、オレがあずかっていくっていって、カネをもっていった。よーし、これでひと安心だ。中浜がやたらとリラックスしはじめた。しかも新聞を買ってかえったら、映画の割引券がはいっている。もう大はしゃぎだ。大さん、久さん、いっしょにいこうぜとさそってくるが、ふたりともぜんぜん興味がない。ことわった。ヘッヘッヘ、わりいな、じゃあオレっちひとりでいっちまうぜっていって、でていった。

なにしにきたんだ、このやろう。古田がそうおもっていると、和田もとつぜんはしゃぎはじめた。せっかくだから、オレも観光がしてえな。大さん、いっしょにいこうぜってさそってくる。即答で、ノーだ。じつはいちどだけ、和田があんまりうるさいんで、しょうがない、オレが案内しますよっていって、東大門につれていったことがあったのだが、なんか和田がショッピングのときの女子みたいになっちまったっていってわかるだろうか。ひとつお店にはいると、うっひょおお、たまんねえなとかいって、ぜんぜんでてこないんだ。マジウゼエ。このクソさむいのに、何時間も街をブラつくなんて信じらんねえよ。てなわけで、ことわることにした。じゃあじゃあっていって、ひとりさみしそうに、和田もでていった。ごめんよ、久さん・・・。

古田が部屋でまっていると、夕方になって、中浜が上機嫌でかえってくる。たのしそうだ。よかったね、てつさん。でも、夜になっても、夜中になっても、和田がぜんぜんかえってこない。だ、だいじょうぶか・・・。そうおもっていたら、深夜、ビッショビショのドロッドロになってかえってきた。どうしたんだ、だれかにやられたのかときくと、そうじゃない。どうも、こっちの自然をたのしもうとおもって、街からでてみたら、どでかい雪山がみえたんだという。よし、ちょっくらいってみよう。そうおもって、山道にはいってみたら、どこもかしこも雪だらけ。どっちからきたのかもわかんなくなっちまった。しかも、ここは真冬の京城だ、マジさむい。

気づけば、夜になっていて、どんどん、どんどんさむくなってくる。で、アセってはやあるきになったところ、おもいっきりスッころんでビッシャビシャになっちまった。超さむい。オレはここでこうして死んでしまうのか、いちどは死を覚悟したらしいのだが、でも大杉のかたきをとるまでは、死んでも死にきれない。それで、死に物狂いであるいていたら、深夜、ようやく街にでて、一命をとりとめた。和田は、あたまをボリボリとかきながら、いやあ、凍死しそうになっちゃったよ、あぶなかったぜといって、あいかわらずヘラヘラしている。よかった・・・、久さんッ！

そうこうしているうちに、すぐにひと月がたったのだが、魚波からは連絡がこない。あれれ？　そうおもっていたら、京城にかえってきていることがわかったので、三人でいってみると、魚波は、

ああー、きみたちか。すまないね。ちょっと満州まで武器を買いつけにいってたんだけど、とちゅうで賊におそわれちゃってさ。カネ、ぜんぶ盗られちゃったんだよ・・・。まあ、命があるだけよしとするか。

そういって、ヘラヘラしている。な、なにィー!! 中浜がさけぶ。すると、またまためちゃくちゃ笑顔で、魚波がこういうんだ。一〇〇〇円あれば、安全なルートで確実に買ってくることができるんだけどねって。こ、このやろう、あしもとみやがって。だいたい盗られたって、ホントなのかよ。怒りのあまり、古田がなぐりかかろうとするが、

大さん、ダメだ!

といって、中浜がとめる。いつもとちがって、やけに冷静だ。

なんでとめるんだ?

と古田がきくと、中浜はこういうんだ。

朝鮮の兄弟を信じられなくって、どうするよ！

……。

そんなこといわれたら、なんにもいえなくなっちまう。どうしたもんか。どっちみちカネはない。いちど源兄ィに相談しにいこう。古田が東京にもどった。古田は指名手配中なんだけど、官憲にぜんぜん顔がしられていない。だから、けっこうかんたんに村木にあいにいくことができた。古田からはなしをきいて、村木は大笑いだ。

ハッハッハ！　いやあ、災難だったね。いたしかたなし。しかし、古田くん。このご時世だ。われわれのために、カネを工面してくれるやつはもういない。ざんねんだが、あきらめよう。いちどこっちにもどってくるように、和田と中浜くんにつたえてくれたまえ。

古田はすぐに京城にもどって、ふたりにそのむねをつたえた。和田はわかったといって、東京にもどっていった。でも、中浜はあきらめきれない。ほんのチョビッとでいいんだ、むかしリャクをやってかせいでたくらいのシノギがあれば、かるくバクダンが手にはいるんだって。古田がとめるのもきかず、中浜は交渉をつづけることにきめた。で、こういうんだ。大さん、ちょっとこっちでまっていてくれ、ちょろっと日本にもどって、カネをかせいでくるからってね。さいごは古田もおれた、わかったと。三月一四日夜、中浜は京城を出発した。古田は駅までおくっていくといったが、中浜はことわった。この日、けっこう雪がふっていて、風もビュウビュウ、すっげえさむいんだ。大さんが風邪ひくといけないからね。わかれぎわ、ふたりはこんな会話をかわした。

てつさん！　くれぐれもムリをしないようにね！

ああ！　大さんもじゅうぶん、体に気をつけてまっていてくれ！　きっと吉報をもたらすからね！

ああ、たのむよ！

……。

……。

そういって、中浜はギュッと古田の手をにぎりしめた。あばよといって、さっていく。なんだか、中浜のうしろすがたがみょうにさびしそうだ。古田に悪寒がはしる。だいじょうぶだろうか・・・。まっているよ、てつさんッ！

＊

帰国すると、中浜はすぐに大阪にむかった。天王寺の谷旅館ってとこに宿泊する。じつはてつさん、ここの女中さんと、むかしからネンゴロだったんだ。おめこせいッ、おめこッ！　いいよッ！　てなわけで、そこを拠点にして、大阪の友人たちとあってはなしていたら、どうもギロチン社のいきのこり、倉地啓司がいるってことがわかった。合流だ。で、倉地にまたリャクをやろうぜってさそいをかけた。倉地は、えぇ！　とおどろいた。そりゃそうだ。官憲の弾圧がはげしくなっていて、しかも中浜はかんぜんにマークされている。いまリャクですかって、だれでもそうおもうんだ。しかし、そんなのおかまいなしに、中浜がハイテンションでこういってくる。

ほれっ、いつかの借用書おぼえてっか？　あの、実業同志会の森本だよォ。あの二万、

返してもらおうじゃねえか。へへッ！

それをきいて、倉地がとめる。

ダメだ、あいつは信用ならねえ。それに、いまこの厳戒態勢だ。ぜったいにつかまるって！

でも、中浜は頑としてきかない。

うるせえな、この腰抜けやろうがァ！　いいよ、オレだけでいく。てめえは外でみはりでもしてやがれ！

てつーッ！

うるせぇ――――!!

そうどなりちらすと、中浜は強引に決行をきめてしまった。三月三〇日、中浜はひとりで実業同志会の事務所にのりこんでいく。事務所にはいっていくと、受付けのネエちゃんが、どうぞといって応接間にとおしてくれた。よし、よし、わかってんじゃねえか。イスにすわってまっていると、またニコニコわらいながら、理事の森本がやってきた。

やぁー、中浜はん、おひさしぶりですなぁ！

森本は、そういって中浜のむかいにこしかけた。なれなれしくはなしかけてきてんじゃねえよといわんばかりに、中浜がこうどなりあげた。

男と男の約束だ！　森本理事、きょうこそはカネ返してもらうぜ！

森本はウンウンとうなずきながら、

明日にはなんとか二〇〇〇円くらいはご用立てできますが。きょうのところはこれで。

といって、二〇〇円をさしだした。

おっ、さすが理事だ。わかってんじゃねえか。だったらいいぜ、まとめて明日で。

そういって、たちさろうとする中浜。でも、森本がひきとめる。

せっかくここまで足をはこんでもろて、茶もださんと。おーい！

いやあー、わりいな！

上機嫌の中浜。そんじゃあってことで、お茶を飲んでいくことにした。しばらくまっていると、トントントンッってドアをたたく音がした。おっ、やっときたか。そうおもったときのことだ。バンッと、ものすっごい音をたててドアがあくと、土方のかっこうをした十数人の男たちが、ドドドッと部屋のなかになだれこんできた。ポリ公だァ！　よっぽど中浜をパクりたかったんだろう。みはりにバレないようにと、みんな土方のかっこうをしてのりこんできたのだ。

くっそおおおおおーッ、だましやがったな！

そうさけびながら、中浜は森本につかみかかろうとするが、そこに警官がとびこんでくる。デーンッ!!! もんどりうった中浜。あとはもう全員でリンチである。メッタくそにけりとばされた。

ヴッ、ウヴェ――――ッ!

血ヘドをはいた中浜。くそッ、くそォ、ウンコッ・・・! いっしゅんで、おナワになっちまった。さて、もじどおり縄でしばられた中浜が、建物の外にひったてられてくる。そのようすを倉地がみていた。中浜がバカでかい声でさけんでいる。

いてえな! こらっ、手荒くあつかうんじゃねえよ。おらぁ、そこらのリャク屋とわけがちがうんだァ。

この期におよんで、なにいってんだよ、テツッ! そうおもって、不謹慎ながらも、ちょいとふきだしてしまった倉地。ひっぱられていく中浜をみおくっていると、さいごにこうさけんでいた。

チキショ——ォ！ おぼえていやがれ。オレはハマテツだ！ ハーマーテーツーだよ——！

なめんじゃねえ、なめんじゃねえ、なめんじゃねえぞォ———！

こうして、中浜は警察署にもっていかれてしまった、チキショウ、いまに、いまにみてろ、おぼえていやがれ。まだだ、まだおわっちゃいねえ。ギロチン、いまだ死なず。菊だ、菊の花をギロチンにかけてやれ。あとはたのんだ、大さん、大さん、大さ——ん！ ギロチンをなめるな、ハマテツをなめんな、大さんをなめんな。そうだ、なめんじゃねえ、なめんじゃねえ、なめんじゃねえぞォ——ッ！

＊

すぐに倉地がうごいた。船にのって、京城までやってくる。古田に、中浜タイホのしらせをつたえるためだ。連行されていったときのようすをつたえると、古田は無言のまま、スッとたちあがり、ものすごいいきおいで荷物の整理をはじめた。

倉地さん、ぼくは東京へいきます。

・・・・・!?

ものしずかにしゃべる古田の目が、ギラッギラしている。ド迫力だ。やべえ、こいつやる気だ！　古田のホンキが倉地に伝染していく。よっしゃあ、ワイもやったる。とつぜん倉地がこうきりだした。

おい、大次郎！　ダイナマイトならあるけど、つかいまっか？

えっ・・・!?

おどろく古田。じつは倉地、このかん、ただ逃げていたんじゃない。広島にいって、水力発電所や鉄道工事の人夫としてはたらいていたんだが、いずれはかならずつかうことになるだろうとおもって、バレないように毎日ちょっとずつ、ヒョイヒョイとダイナマイトをかっぱらっていたんだ。

そのはなしをきいて、古田はもう狂喜乱舞だ。だって、みんながリャクをやって、そのカネで女郎屋通いをしていたころ、古田だけは図書館にひきこもって、めっちゃバクダンづくりを勉強していたんだから。その火薬さえあれば、なんとかなる。カネなんてなくたっていい。カネがなければ、自分でつくれ。たいていのことはなんとでもなる。DIY！DIY！これがホントのDIYだァ！

というわけで、四月一三日、ふたりは京城を出発した。東京にもどって、和田や村木とはなしあう。予定どおり、ねらうは震災のとき、関東戒厳令司令官だった福田雅太郎だ。あいつにツケをはらわせてやろう。決行日は九月一日。震災から丸一年のこの日にやってやろうってことになったのである。じゃあじゃあってことで、和田と村木は、福田がどんなうごきかたをしているのかをしらべあげ、古田と倉地はバクダンづくりにはげむことになった。古田は横浜のアジトにこもって、バクダンづくりに悪戦苦闘。うーん、むずかしい。でも、なせばなる、なるようになるのだァ！

七月中旬、ついに試作品第一号が完成した。ぶんなげると、バネの反動で発火するようになっている。ようしっ！どっかで、実験をしよう。ひとっけのない、いい場所はないか？倉地とはなしていたら、アッと古田がおもいだした。そういや、てつさんと船橋にいたとき、いいかんじの雑木林があったっけってね。七月一九日、ふたりは船橋にでかけていった。なつかしの、あの場所だ。

ふたりで船橋の街をあるいていると、なんとなんとだ！去年とおなじところに、玉岩興行の相撲小屋がたっている。ああ、あれから花菊はどうしているだろう？あいたい！あいたい！古田は倉地にむかって、後生だから女相撲をみせてくれと懇願した。ふだん、なんの娯楽にも興味をしめさない古田が、あんまり必死にいうもんだから、倉地はおどろいた。そりゃ、いってこいやのひとことだ。オレはさきに雑木林にいって、したみをしてくるからと。ありがとう! 古田はひとり相撲小屋にむかっていった。

＊

さあて、そいじゃ女相撲のはなしとまいりましょうか。ちょいと時間をまきもどして、前日からおはなししてまいります。玉岩興行の女力士たちが、山形から船橋まで荷車をエイサッ、ホイサッとおしながらやってきた。真夏のクソあついなか、汗をダラッダラながしながら、田園地帯をとおりぬけてやってくる。しかしこの田園地帯、なんかようすがおかしい。稲穂が風にゆられているが、色がわるく、ぜんぜん成長していないんだ。田んぼの土も干あがってヒビがはいっている。

この年、記録的な干ばつで、日本の農家は大打撃をこうむっていた。雨がふらねえんだ。で、なんだが、このころ干ばつのときは、女相撲をよぶってのがならわしになっていた。ほらっ、いまでも神聖な土俵に女をあげちゃなんねえっていうクソみたいな掟があるだろう、それを逆手にとって、おんなを土俵にあげることで、神の怒りをかい、雨をふらせようってすんぽうさ。チャッハハ!

女力士たちは、去年とおなじ神社までやってきたが、すんげえ、うす汚れたかっこうをしていて、なんだか元気がない。そう、ろくなもんを食っちゃいないんだ。あつい、腹がへったァ！　あつい、腹がへったァ！　あつい、腹がへったァ！　みんなもうへろっへろだ。そんな力士たちをみるにみかねて、勧進元の田中半兵衛さんが、家にまねいてくれた。田中さんは、ほんとにひとのよさそうなおっさんで、いまは零落してしまった豪農だ。でも、おちぶれても地主。家はムダにひろい。その田中さんがよびかける。

さあさあ、太夫たちなかへどうぞ！

力士たちが家にあがってくると、そこにはご飯が用意されていた。うおおおッ！　みんな猛烈ないきおいでほおばった。

おかわりッ！

おかわりッ！

おかわりッ！

あっちこっちから、ゴキブリのように「おかわり」の声がわいてくる。給士の女性たちは、もうおおいそがしだ。半兵衛さんが、たのもしそうにみている。

いやあ、さすがにいい食べっぷりだぁ！

半兵衛がそういうと、親方の岩木もご飯をほおばりながら、

あ、あれだけの・・・、か、からだ、ですから。

というと、半兵衛は、

いやあ、みててホレボレするだぁ！

といって、しきりに感心する。それをきいているのかきいていないのか、日照山、羽黒桜、最上川、勝虎が同時にさけんだ。

おかわりィ――!!

わかい給士の女、春子が茶碗をうけとって、お釜のフタをあけるが、なかはからっぽ。うごけなくなっちまう。そんなのおかまいなしに、梅の里がさけんだ。

おかわりー!

春子がこまりはてた顔でこっちをみている。いくらまってもメシがでてこないので、イラだった小天龍が声をあらげる。

ちょっとー。おかわりだっていってんだろー!

ようすがおかしいことに気づいた半兵衛が、

どうすた!

というと、春子が空っぽのお釜をもってきて、

みなさん、もうしわけねえ。

とみせた。梅の里がおもわず、おっきな声をだす。

なんだってー。あたしらまだぜんぜんだよ。

それをきいた半兵衛さん。ほんとにもうしわけなさそうにあやまった。

きょうのところはカンベンしてけろ。明日は腹いっぺえ食わせるから。許してけろ。

……。

一同、沈黙だ。あつい、腹がへったよ、しかたがねえ。チキショー！

＊

食事のあと、女力士たちはべつの部屋に案内されて、そこでやすむことになった。だだっぴろい、でもなんにもない部屋だ。あいかわらずくちのわるい小天龍が、部屋をみまわしながらこういった。

だけど、ビンボーくせぇ勧進元だなー。

ふと、なにかに気づいた小天龍。タタミにむかって息をはくと、パーッとけむりみたいにホコリがまった。ありゃりゃりゃ！　みんなテンションはだださがり。でも、明日からは興行だ。すこしでも、みんなのきもちをもりあげようと、与那国がくちをひらいた。

むかしのひとはよいことといったさ。やーさどぅ、まーさん。

どういう意味？

最上川がたずねると、与那国が説明してくれた。

ひもじいときにまずいものはない、なんでも食べられる。

いやあ、いいことをいう。でも、小天龍が正論でかえす。

そりゃ、食えたときな。あー、腹へった!

それをいさめるかのように、日照山がくちをはさんだ。

相撲がとれりゃいいだべさ。

しかし、腹ペコ派の梅の里がきりかえす。

だけどさ。このうちは地主のはずだろ。うちらみたいな小作とはわけがちがうだろうに・・・。

そうだ、そうだと、みんな玉椿のほうをみるのだが、

あたしゃわかんないよ。親方にきいとくれ。

といってきりぬけた。話題をかえようとおもったのか、最上川がとうとつにこんなことをいいはじめた。

十勝川、いまごろどうしていますかね？

ああ、そうだねと、おもいだしたように、若錦がいう。

そういや十勝川、この土地でいなくなったんだったね。

それをきいて、花菊がちょっとうかない顔になった。十勝川とはいいケンカあいてだった小天龍もさびしそうな表情をみせる。でも、キッとおもいなおしたかのように、

花菊たちがきて、もう一年かあ。年食うわけだ。

といって、ケラケラわらった。アラ、アラと、いちばん年上の玉椿が、おどけながらこういった。

しわ、白髪、あっというま！

女将さんはまだまだ！

やべえ、よけいなことをいっちまったぁと、小天龍がフォローする。でも、玉椿はとまらない。

いや、うちの母親がよくいってたよ。学校にいくうちゃ節目があるからいいけど、世間の嵐んなかであくせくはたらいてすごしてごらんよ。節目なんかありゃしない。気がつきゃはたらいて、はたらいて一〇年が二〇年、ポンポンと！

このはなし、なんどもきいたことがあったのか、スッと勝虎がくちをはさんだ。

光陰矢のごとし！

フフッとわらいながら、玉椿がこうまとめた。

そのことばが身にしみる年なのさ。いく道だから、あんたたちもそうなっちまうよ。

勝虎がわらいかえすが、なんだかむなしそうな顔つきだ。去年まで、あんなに相撲熱心だった勝虎であったが、なかなか勝てない日々がつづいて、ちょっとまよいがしょうじていたんだ。このまま、ずっと相撲、相撲の人生でいいのか、だいたい、あたしゃ相撲の才能なんてないんじゃないか、男でもみつけて家庭をもったほうがいいんじゃないか、だったら、いまこのわかいうちにってね。きばれ、きばれ、きばりやんせ!

そして、その日の夜中のことだ。花菊がきもちよさそうに、夢をみている。浜辺でうたいおどる女力士と漁師たち。中浜も古田もたのしそうにうたっている。十勝川もね・・・。海にはいり、足でバシャバシャとやっている花菊。ふと気配に気づいて、うしろをふりむくと、古田がこっちをみていた。うん? これって・・・?

ハッ!

ヌクッと、花菊がおきあがる。ああ、また古田の夢かあ・・・。あたまをかかえる。そう、あれからなんどもなんども、おなじ夢をみているんだ。ふと部屋をみまわすと、力士たちがならんで、グウグウときもちよさそうにねていた。ひとつだけ、フトンがからっぽだ。勝虎がいない。ションベンだべか・・・。花菊はもういちどねることにした。こんどはもうグッスリだ。えっ、ホントのところ、勝虎はどこにいっていたんですかって？　あんさん、ヤボなことをききますねえ。このダダッぴろい半兵衛さんの家のなか、そんなかの納屋にいっていたのでございます。

アッ、アッ、アッ――!

あえぎ声がきこえてくる。三治と、その体にのっかり、腰をグラングランゆりうごかしている勝虎だ。ものかげで、はげしくセックスをしまくっていた。この一年で、ふたりはできちまったんだ。まあ、それにゃあ、勝虎のまよいってのもあったんだけどね。とはいえ、これだけはいっておいてもいいとおもう。あらゆるセックスは、ぜったいにただしい。おめこせいッ、おめこッ!　パンパーン!!!

＊

翌朝、相撲小屋では、女力士たちがケイコをしていた。デシッ、デシッ!　花菊もがむしゃらにぶつかりケイコをしている。そこに三治がはいってきて、岩木に声をかけた。

親方・・・・・。

そういって、出入り口のほうをゆびさすと、半兵衛と警官隊がやってきた。先頭には、あらたに署長になった水島がいた。去年まで、丸万のもとでヘコヘコしていたやつである。しかし、制服すがたの警官たちをみて、女力士たちにキンチョーがはしる。そりゃそうだよ、警官ってのは存在そのものが威圧的なんだからね。みんな警察がきらい。ファックザポリス、ファックザポリス！

・・・・・。

ピリッピリと緊張がはしるなか、水島は無言で小屋のなかをみまわしている。キビシイ表情だ。すると、すこしでもその緊張感をやわらげようとおもったのか、半兵衛さんがこういった。

けっして見世物とか、エロとか、そういうたぐいでは・・・。昨年の干ばつで、米の

できだかも心配で、いわば雨ごいでございます。

・・・・・。

それでも、水島はなかなかくちをひらかない。こんどは岩木がちかづいていって、こうはなしかけた。

ご出世されたようで、おめでとうございます。

するとようやく水島がおもいくちをあけた。

署長の退任でトコロテン人事だ。不景気で、坂田もタカマチからは手をひいた。この町もかわったんだ・・・。

・・・・・・**はい。**

えーと、タカマチってのは見世物小屋とか、相撲の巡業とかをしきって、カネもうけをするってことだ。この一年のあいだに、そのタカマチが商売としてはやっていけねえってことになっていた。不景気でもうかんねえってのもあったし、それだけじゃなくて、震災後、みんながたいへんなおもいをしているのに、さわぐなんておかしい、みんなが犠牲者を悼まなくちゃいけないんだ、風紀紊乱なんて言語道断なんだっていって、お国が民衆から娯楽をうばっちまったんだ。いまはみんなの危機なんだから、みんなのためにガマンしよう、みんなのためにしたがいましょう、そうじゃなきゃ、みんなのメイワクだからね、キケンだからね、自分の意思でそうしましょうと。自主規制だ。

ほんとのところ、それって戦争中に兵隊さんがいわれていることとおんなじなわけだ。お国がみんなの危機ってのをふりかざせば、そりゃしょうがないよねっていって、みんなあたりまえのようにしたがってしまう。しかも、したがわないやつはキケンだから、ぶっ殺してもいいっていう論理もつくられちまうんだ。きょうもあしたも戦時体制。いつだって国民動員だ。テンノーヘーカー、バンジャーイ！　テンノーヘーカー、バンジャーイ！　ファシズムまであと一歩。で、タカマチもその犠牲になったってわけさ。

ちょっとだけまじめなことをいっておくよ。いまでも、よく自主規制ってことばはつかわれるけれど、自主規制に自主性なんてねえ、みじんもねえ。ただの強制だ、このやろう。キケンだ、アブない、ふしだら、みだら。そういってひとをビビらせて、いうことをきかせるのがお国というもの。だったら、エロでもなんでもやっちまって、民衆の脳天をふっとばしてやるしかない。ドスコイッ！　ドスコイッ！　遊んでいないのは生きていないのとおなじことだ、たわむれていないのは生れていないのとおなじことだ。遊びにふるえろ、てめえの魂ふるわせやがれ。女が相撲をとることは、民衆が覚醒するのとおなじことだ。おめこせいッ、おめこッ！　パンパ――ンッ!!!

まあまあ、そんなわけで、官憲からしたら女相撲もキケンなわけさ。女力士はテロリスト!?　あなたもわたしもテロリスト!?　チャッハハ！　おっといけねえ、わらっちゃいけない、クソポリス。というか、わらったらパクるぞっていうプレッシャーをかけるために、わざわざ水島はやってきたんだ。

みな、女相撲どころではない。もし、客あつめをねらって、風紀紊乱のたぐいがあったなら、即刻中止だ！

そんなクソみたいなことをいわれて、ついつい勝虎が本音をもらしちまう。

ちっ、警察っていけすかねえ。

すると、水島は表情ひとつかえずに、ダッダッと勝虎のまえにやってきた。なんだ、なんだとおもっていると、とつぜん、ものすっごいいきおいで右手をつきだし、グワァッと勝虎の首をつかんでおしあげた。

・・・・・・ウッ、ウヴゥッ！

水島のあまりの迫力におされて、恐怖におののく勝虎。あまりのこわさに、ぜんぜん力がはいらない。く、くるしい！ようやく手をはなした水島。すると、となりにいた花菊をキッとにらみつけて、こうどなった。

国体をゆるがすふとどきな主義者連中がでいりするようなことがあったら、即刻報告するように！

そういいはなって、水島はさっていった。警官隊がでていくと、いっきに相撲小屋のキンチョーがほどけた。なんだい、あいつえらそうに。女力士たちはこうおもった。みんな警察がきらい。ファックザポリス、ファックザポリス！なにが秩序だ、このやろう。なにが国体だ、このやろう。ひとが生きていくのに、義務も制裁もいらねえんだよ。アナーキーをまきちらせ。気分はもう紊乱だ。おめこせいッ、おめこッ、パンパ――ン!!! 女相僕はアナーキー。なめんじゃねえ！

＊

トザイ、トオザ――イ！　てなわけで、玉岩興行、初日の開幕だ。ポリ公の目がひかっているし、客がこねえかなとおもっていたが、意外やいがい、めっちゃおおにぎわいだった。やったぜ。角力も終盤。

ハッキヨ――イ！

行司の三治が軍配をかえすと、花菊と梅の里がデーンッとあたまからぶつかりあった。梅の里のもうれつなツッパリ。花菊がいっきに土俵ぎわにおしこめられた。なんとか下にもぐりこみ、まわしをつかむ花菊。体をいれかえ、梅の里を土俵中央までおしこんだ。花菊が必死に攻めかえす。だが、梅の里も負けてはいない。花菊のまわしをグイッとつかむと、そのまま力でブンブンとふりまわした。花菊の身体がふっとぶ。しかし花菊、俵にあしをかけて、なんとかふみとどまった。やるね！

花菊がふたたびつっこんでいく。ひくい姿勢から両まえまわしをつかんだ。梅の里は両上手。よし、攻守逆転だ！ いっきに寄ろぅとする花菊。でも梅の里もカンヌキできめてくる。あっ、カンヌキってのは、両まわしをつかんでいる相手の腕を外側からギュッとしぼるってことだよ。ウグゥッ！ いたみで、花菊の顔がゆがんだ。いっしゅんひるんだそのスキを、梅の里はみのがさない。またも強引に、花菊をぶんなげた。ふっとぶ花菊。ふたたび、なんとかふみとどまった。しかし、さっき全力で攻めたってこともあって、さすがに息がきれてきた。くそおっ、またダメかぁ・・・。と、そうおもったときのことだ。場内から、ひときわでかい声援がとんだ。

花菊ゥ、がんばれぇ――!!

あまりにおおきな声だったので、いっしゅん花菊が場内をみた。あっ、ああっ！ 古田だ、古田大次郎である。よーし、きあいをいれなおした花菊。

うわあああぁぁぁ――!!

もういちど、全力でつっこんだ。まえまわしをとり、そこからスッと右四つにまきかえす。そう、おとくいの右下手をとったんだ。パッと花菊の右手が、梅の里のあしをはらう。

梅の里の身体がおおきくゆれた。ウワーッと大歓声がわく。だが、梅の里もこらえる。そこにズドーンッと花菊がつっこんだ。両まえまわしで、ひくい体勢だ。さすがにつかれもあって、梅の里がうごけない。したたる両者の汗と汗。もうダラッダラだ。この熱戦に、場内からおおきな拍手がおこる。古田もおもいっきり手をたたいた。しかし、ついに体力の限界にたっした花菊、しだいに顔があがってしまう。そこに、梅の里のもうれつな上手投げ。ズデーンッ!　花菊が土俵にスッころがった。

梅の里ォ――――!

三治がさけぶと、場内からは、おおきな拍手と大歓声がわいた。よくやったぞ、梅の里!　よくやったぞー、花菊ゥ!　そんななか、ヌクっとたちあがった花菊、場内の古田のほうをみつめていた。

＊

さて、興行がおわると、花菊と古田は神社の拝殿にやってきた。ふたりで腰をおろす。まちにまった再会のはずなのに、なぜか花菊はキゲンがわるい。でも、そんな空気をまったくよまずに、古田がしゃべりはじめた。

つよくなったな、花菊。

まだ、まだだ。

つよくなったって。

かえらんねえよ。こんなんじゃ。

……。

そういや、さいごに花菊とあったとき、てつさんがそんなことといってたなと、ちょっとおもいだしちまって、古田はしみじみとしてしまった。古田がだまっていると、花菊がこうたずねた。

十勝川は？

下関までいっしょだった・・・・・・、いっしょに朝鮮にいこうってさそったんだけど、いきたくないって。それっきり。

たぶん、満州でまってるよ。

えっ!?

しょうじき、とつぜん満州ってことばがでてきたことに、古田はおどろいた。なんでだろうっておもっていたら、花菊がこういった。

十勝川はてつさんのはなしが好きだった。満州にいって、自分たちの国をつくる。そこじゃ、なにもかも平等で、食うも平等、はたらくも平等、貧乏人もカネもちもいねえ。てつさんがつくるその国に住みたいって、いってた。

そのとき、したみからもどった倉地がちかづいてきたが、こっちのようすに気づくと、おっといけねえとおもって、その場をフラッとさっていった。花菊は、はなしをつづける。

てつさんは、百年かかれば、その国できるってさ。満州さきにいって、きっと千年だろうが万年だろうが、まってるよ。

千年も、万年も?

うんっといって、花菊がうなずいた。でも、そのことばをきいて、とつぜんかなしい表情になった古田。じっと目をつぶり、こういった。

てつさんは、いくらまたれたって、もうどこにもいけない!

どうして!?

そうきいてくる花菊に、古田は力なくうつむいてしまう。どうしたんだぁ**?** 古田のようすをみて、花菊は心配で心配でたまらない。すると、ちょっとはなれたところにいた倉地が、もうまてんぞとおもって、

大次郎、はやくせんと、日がくれてしまうぞー！

と声をかけた。古田が花菊をみていると、倉地はチッとおもって、

ひとりでいくでぇ！

といって、はなれていった。もうそんな時間か・・・、古田はたちあがって、

もうあえないかもしれないけど・・・、元気で。

といって、あるきだした。な、なにいってんだ、おめえ！ブチキレて、はしっておっかけてくる花菊。棒切れをひろい、おもいっきり古田になげつけた。イテテッ！古田がふりかえると、

きどりやがって、それでおわりかよ。ひさしぶりにあったってのに、それでおわりかよ！

と花菊がどなる。

・・・・・。

古田がちょっとおどろいた表情でみると、またそれにイラついちまって、花菊がおっきな声をだした。

満州のはなしなんか、アホらしくてきいてらんねえ。十勝川がまってるなんてウソ！

またどっかで男をたらしこんで、アソコでかせいでんだよ！

ほんきでいってんのか・・・？

ああ、そうさ！ けっきょくダメなんだ。なにやったってかわんねえ。よわいやつは一生よわい・・・。

そういって、いまにも泣きそうになっている花菊。それをみて、古田は、ああ、おんなじだ、あのときのオレとおんなじだっておもった。なにをやってもうまくいかねえ、なにをやってもダメなんだってね。なにか声をかけてあげなくちゃいけない。とおもったそのときだ。とおくのほうから、ボーン、ボーンと、四時の鐘の音がなった。やばい、これ以上、倉地をまたせるわけにはいかない。

……、すぐもどるから。

そういって、古田は駆けていった。みおくりながら、花菊がさけぶ。

おらぁ、まってられねぇよ！　千年も万年もなんてぇぇ――！

そして、そしてだ。このふたりのようすを、のぞきみしていたやつがいたのでございます。三治だ。マズイぞォ！

＊

それからすぐに、日が暮れてきた。相撲小屋に女力士たちがあつまっている。岩木と三治のまえに、花菊がよびだされていた。そう、三治がチクったんだ。こいつ、水島署長さんのおっしゃっていた主義者とあいびきしておりましたぜと。花菊はうつむいたまま、なんにもしゃべらない。しらばっくれんじゃねえよ、てめえと、三治がどなり声をあげた。

警察にはりこんでもらって、つかまえてもらいましょう!

三治がまるで犯罪者でもみるような目つきで、花菊をにらみつける。でも、親方の岩木はやさしくしゃべりかけた。

花菊、だまってちゃわかんねえんだよ。

どうしたらいいんだかわからず、とおまきにみていた力士たち。でも、ひとり勝虎だけが大声をあげた。

三治のいうとおりだ! ここをまもるほうがだいじだろ!

そのことばをきいて、玉椿がくちをはさむ。

それはどうかね・・・。

でも、なっとくのいかない勝虎は、

どうして！

と玉椿にくってかかる。すかさず、三治もたたみかけた。

ますます官憲の力はつよくなってるんだ！　ながいものには巻かれるしかねえ！

これをきいて、岩木がブチキレてしまう。このやろう、なにが官憲だ、なにがながいものにはまかれろだ、ふざけやがって！　みんな警察がきらい、それあたりまえ。ながいものはきれ、それあたりまえだァ。岩木がさけぶ。

そうはいかねえ！

しかし、三治はきかない。

親方、時代はかわったんですよ！

岩木も一歩もひかない。

だったら、たちむかえよ！

ムッとした三治、おもったことをぶちまけちまう。

アメリカじゃ、サーカスからでてきたレスリングってのが大人気で・・・、いまさらこんな時代おくれな・・・。

だまってきいていた岩木。いきなり、三治につかみかかり、うちかけで土俵にぶったおした。

うぐぐ・・・。

いたみで、三治が悶絶している。岩木は、三治と勝虎をにらみつけながら、こういった。

おまえと勝虎！　もうおわりにしろ！

ウッ！　三治と勝虎が目をあわせた。勝虎がうつむいてしまう。たたみかけるように、岩木が三治にむかってこういった。

身内だからどうこうってわけじゃねえが、勝虎は娘みたいなもんだ。三治、不満があるなら、でていってくれ。

いろんなことがわからずに、女力士たちが顔をみあわせる。どうなってんだ、こりゃと。でも、そのときだ。とつぜん、相撲小屋のなかに、みたこともない大男がはいってきた。そして、いうんだ。

あのー、すいません。

その声に、一同ふりむいた。

こちらに、うちのもんが世話になってるってきいたもんで。

花菊の顔色がかわった。そう、捨ててきたクソ夫、定生である。花菊の脳裏に、なんどもなんどもぶったたかれた、あの記憶がよみがえる。こわい・・・。花菊の体がふるえだす。心配になった岩木が声をかけて、おまえ、どうするよときいてくるが、こわくてこわくて、かえるのをことわることすらできやしない。けっきょく、家につれもどされることになった。荷物をまとめ、定生といっしょにさっていく。みおくる女力士たち。かわいそうに・・・、がまんができねえ、与那国がさけんだ。

ハナギクゥ――――！

ふだんはキビしい小天龍も、やさしいことばをかけてくれた。

もどりたくなったら、またきな！

花菊はうつむいたまんま、なにもいわずにさっていった。と、そのときだ。空から、雨がポツリポツリ。

……。

花菊はだまって空をみあげた。そんな花菊をせかすように、定生がひっぱっていく。田園地帯をせっせこせっせこあるいていく。あたりの田んぼには、ザアッと雨がふりそそいでいた。勧進元、半兵衛さんの家がみえた。アラアラといいながら、春子が洗濯物をとりこんでいる。半兵衛さんが、庭先から空をみあげて、よろこんでいた。

神さん怒ってくれたか……。

こうして、花菊たちはさっていった。そんななか、半兵衛さんちの裏手のほうに、三治と勝虎がやってきた。びしょぬれになったふたりが、サッと軒下にとびこんできた。さっき親方にでていけっていわれた三治が、くそ、オレさまのことをジャケンにあつかいやがってと、怒りにふるえている。

玉岩みたいなドサまわりは、もうハヤらねえ。オレが考えてるのは、もっとあたらしい相撲だ。勝ち負けじゃねえ。力士たちの生きざまや因果をみせていく。みな、女力

士たちの生きざまに一喜一憂するんだ。勝虎はその主人公だ。

それをきいた勝虎が、

むずかしいことはわかんねえけど・・・。

と不安そうにいうと、三治が勝虎のことをガッとだきしめた。ちょっとイタい。でも、そんなことおかまいなしに、三治は勝虎の耳元でささやいた。

主義者のことは警察にいう。もう玉岩相撲はおわりだよ。

あんまりささやくようにいったもんで、雨の音にかきけされて、なにをいっているのかわからない。勝虎がききかえす。

え？ きこえないよ、なんていったんだよ？

・・・・・。

勝虎をだきしめている三治、鬼のギョウソウをしていた。こわいぞ、三治! さあて、いよいよ、ものがたりはクライマックスでございます。どうなる、花菊!? どうなる、勝虎!? どうなる、大次郎!? なにをやってもうまくはいかねえ、なんどやってもうまくはいかねえ、いつまでたってもハンパもんだ。カラスがカァカァないている。カラスはねぐらへかえるのだ。オレはやっぱりオレなのだ。チキショー! いまに、いまにみてろ。おぼえていやがれ。われらなにを信ずべき。いくぜ、兄弟! カァ。

＊

夕闇せまるころ、花菊と定生が神社の門のまえで雨宿りをしていた。花菊はずっと無言のままうなだれている。そりゃそうだ、こんなクソやろうとはしゃべりたくないんだから。でも、定生がこうはなしかけてきた。

子どもは?

死んだ・・・。

・・・・・・。

オラの腹のなかで・・・。

花菊はずっとうなだれている。と、そのときだ。古田がこっちのほうにはしってくる。そう、実験をおえて、約束どおりもどってきたんだ。うん？ で、結果はどうだったんだって？ そりゃ、バッチシだよ、テヘヘッ。でも、おもいもしないところで花菊に遭遇したので、古田はちょっとおどろいてしまった。花菊も古田に気がついた。そんでもって、定生もね・・・、どしゃぶりのなか、たちどまっている古田と、それをみつめる花菊のすがたをみて、ああ、こいつらそういうことかと、かんづいちまったんだ。

花菊・・・・・・、どこ、いくんだ？

古田がそういうと、定生がビシャビシャビシャッと、泥のなかをあるいてきて、古田のまえでたちどまった。仁王立ちだ、こわい！ そのとき、プーンとふたりのまえに蚊がとんできた。定生は右手をあげると、おもいっきりブンッとふりまわした。そのままふりおろして、古田の頬にファイト一発！　デシッ!!!　古田がふっとんだ。フラッフラになりながら、古田がなんとかたちあがると、定生が右手をパッとひらいてみせた。か、蚊だ！　おどろいている古田をみて、定生がブキミにわらっていた。

それからしばらくしてのことだ。まってもまっても、雨がやまない。もう暗くなってきた。こりゃダメだ。定生は花菊をつれて、町外れのお堂までやってきた。ここで一晩をすごしましょうと。そして、なぜか古田もついてくる。定生は一升瓶をとりだして、グビグビと酒を飲みはじめた。ホラよといって、古田にも酒をすすめた。定生は花菊のほうをみながら、イヤミをいう。

子どものことも考えねえで、でていって。自分勝手な女だ。

そういうことをまたやたら穏やかにいうもんで、なんかきもちわるい。隅っこのほうで、くやしそうな表情をみせる花菊。それをみて、古田がかばった。

女は子どものために生きなきゃならないんですかね。

そういうと、古田はなれない酒をガブ飲みした。プハ――ッ！　古田の顔がみるみるう

ちに赤くなっていく。自分、酒はよわいんです。そんな古田のようすをみて、定生がニヤニヤしながら、

おまえもこっちきて飲め。すこしは飲むようになったんだろ。

といって、花菊にも酒をすすめた。花菊は「ああ」といって、ちかづいてきて、どんぶりの酒をいっきに飲みほした。花菊の顔もパッと赤くなった。ふたりが酔っぱらっていくのを、定生が冷静にみている。おやおや、なにかたくらんでおりますぞ。マジヤベエ!

それから数時間がたった。古田はもうベロッベロだ。

は、花菊の相撲はほんとうにぃ、い、いいんでふ。そそ、そこんとこもわかってやってほしぃんだな、ぼ、ぼくはぁ。ひゃあはっはァー。

酔っぱらって、古田が笑いじょうごになっている。

いっひっひぃー。

古田につられて、花菊もわらっている。そんなふたりをみて、定生もわらっていた。まあ、こいつの目だけはわらっちゃいないんだけどね・・・。すると、古田がバタンッとたおれてねむりはじめた。グゥグゥと、大イビキだ。おやすみなさい。古田が爆睡したのをみると、やれやれ、やっとジャマものがいなくなったぜいと、定生が花菊にむかってしゃべりはじめた。

はずかしくなかったのか、ひとまえで肌みせて。

花菊がだまったまんま首をヨコにふると、定生が、

女相撲なんて、エロだろ。

といってくる。ムカついた花菊がこうきりかえした。

よしんばエロだって、なにがわるい！

……。

ちょっとまがあって、フッとわらった定生。それ以上はなにもいわない。すると、とつぜん花菊がたちあがった。

どこへいく？

ションベン！

そういいはなって、花菊が戸をあけると、そのうしろから定生がドカドカッとやってきて、いきなり背中をはがいじめにしてきた。

ふ、ふがッ！

定生がむりやり口づけをしてくる。花菊が抵抗し、定生をおしのけようとする。でも、力がつよくてかなわない。

すこしは力、つよくなったな。

そういって、定生が舌をねじこんでくる。

た、たすけッ！

定生が花菊の口をふさいだ。くっ、くそうッ！　その手に、花菊がおもいっきり噛みついた。いたみで、定生の顔がゆがむ。それでも、花菊ははなさない。

ギャアアアッ!!!

悲鳴をあげた定生。手の肉片がちぎれた。血がしたたりおちる。いまだァ！

うりゃあああ!!!

花菊が全力でつっこんだ。デーンッ！　ぶったおれた定生。でも、これで定生の怒りに火がついてしまう。狂ったようにわらいながら、定生が花菊にとびかかってくる。顔面をなんどもなんどもなぐりつけた。花菊はもうぅごけない。定生は花菊の体を左手でだきあげ、さらに、これでもかこれでもかと顔面を右拳でなぐりつけた。花菊の顔が、パンパンにはれあがり、あたりに血液がふきとんだ。

あ、アぁふ！・・・・・

花菊が声にもならないような、ノドのすきまからもれだすような、もうなんともいえない悲鳴をあげた。グッタリとしはじめる。その花菊をおしたおし、うえからかさなってくる定生。花菊が悲鳴をあげるが、その口を定生が手でおさえつける。必死に抵抗する花菊。手をバタバタさせるが、爆睡している古田はきづかない。定生の腰が凶暴につきうごかされる。花菊の意識がもうろうとしてくる。なにもいえねえ。古田はまだねむっている・・・。

＊

すこしだけ、話題をかえてみましょうか。脱線でございます。おなじ日の夜、牢獄のなかで、中浜が机にむかって手紙をかいていた。

大さん、オレは牢獄のなかだけど、やる気まんまんだ。ここから出版物をだそうとおもっている。題して、祖国と自由。牢月号。中浜哲著作集『黒パン』だ。黒パンの意味は、大さんならわかるな。それから、十勝川のことだが。もし居所がわかったらおしえてくれ。

さすが、腐っても中浜である。せっかく囚われていてヒマなんだから、こりゃ詩でもなんでもかきまくって、本でもだしてやるしかないっておもったんだ。えっ、黒パンってなんのことですかって？　そりゃ、黒い粉でできたパンのことでございます。てやんでい、爆弾でい。パンパーンッ!!!　てなわけで、中浜は古田とはちょっとちがった黒パンづくりにはげんでいたんだ。自分の人生を爆破しろ、ついでにあいつの人生も爆破してやれってね。チャッハハ！

しかし、ここは監獄。消灯時間がはやいんだ。外から、看守のどなり声がきこえてくる。

もう消灯だぞ！

ああ！

ちっ、うるせえなぁ。中浜は、しぶしぶあかりを消して、フトンのうえにあおむけになった。でも、目をつぶってジッとしていても、ぜんぜんねむくなってこない。むしろ、あたまのなかに詩のフレーズがあふれだしてきて、もうとまらないんだ。

兎に角
俺達は人間でありたかつたのだ！
二足獣《にんげん》は闘はなければ生きられないか⁉
人間なれば闘はなければ生きられまいか⁉

俺は何しろ臆病だつた！
俺は二足獣を廃業したかつた！
俺は四つん這ひになつて其処邊中跳び廻つてやりたかつた！

ヘイ有難うございました——か
チェッ！　畜生！　覚えてろ⁉
二つにひとつだ！

其の他に何も得るものはねえ⁈
二足獣の興り知る所ぢゃねえ⁈
堪らねえ！

足跡を辿る者よ！
後に至る者たちよ！

国境を越えて世界を覆へ！
時は来るのだァ！
全ては秋だァ！

だがそれが如何したァ？
馬鹿なァ！
成る様に為るのだァ！
成る様に成るのだァ！
已むを得ない事実か！

事実か⁉ 屈従か⁈
屈従か⁉ 事実か⁉
現実だァ!

正義だァ!
理想だァ!
自由だァ!
悉皆《みんな》鬼に喰われちまえだァ!
だが
絶望は決して滅亡じゃないぞ!
極に至れば却って眞箇の
積極的希望の一切を有つ!

はつは、これやこれや!
闇も来い! だァ!

とまあ、そんなフレーズがつぎからつぎへとうかんできた。やるじゃねえか、オレ。でも、さすがに、ちょっとねむくなってきた。あ～、十勝川はどうしてっかな・・・?　そうおもいながら、中浜はねむりについた。ほいほい?　ほんとうにどうしてるんだって?　そりゃ、あれさ。おなじころ、十勝川は下関の女郎屋におりました。客の男にだかれ、素っ裸でのけぞっている十勝川。アンアン、ノンノン、カンノンさん。目のまえの男をわすれようとしているのか、心ここにあらずの表情だ。でも、まなざしだけは、やたらとするどい。闇をつきさすような閃光をはなっていた。

そして、その日の深夜のことだ。ねいっている男のふところから、十勝川がカネをぬすみだした。そのまま女郎屋をとびだして、町をつっぱしっていく。逃げろ、逃げろ、逃げろォ。ゆけ、ゆけ、往けー、往けェー!　そうだ、こんな世界はおわってらあ。みんな鬼に喰われちまえだァ。いつだって、人間なんて廃業してやれ。四つんばいになって、そこらじゅうをとびまわってやるんだ。ハネろ、ハネろ、ハネろ!　国境も世界も人間もピョンピョコ、ピョンピョコとびこえてやれ。希望なんていらない。地獄で上等、闇よこい、だァー!ってね。だれにもしばられたくないと逃げこんだこの夜に、自由になれた気がした下関の夜。わたしはもうなんにもしばられない。あばよッ!

＊

よしっ、そいじゃはなしをもどしましょうか。夜があけて、雨上がりのお堂の外に、古田大次郎がとびだしてきた。まいった、おきたら花菊も定生もいないんだ。どこへいったんだろう。あたりをみまわしても、どこにもいない。やばい、花菊がつれもどされちまう。古田はとにかくはしった。雑木林のなかを駆けていると、花菊のすがたがみえた。よかった。でも、なんかようすがおかしい。そう、昨夜のたまった雨水で、花菊が股間をあらっているんだ。そばで、定生がかがんでいる。古田がちかづいていくと、定生がふりかえった。花菊は股間をあらいつづけている。その顔はパンパンにはれあがっていた。ア、アアッ。その顔をみて、古田が激怒する。

なにした！　おまえ、花菊になにやった!!

そういって、定生の襟首をつかんだ。

おめえに関係ねえ。

定生がそういうが、古田はきかない。

関係ねえことあるかぁ！　なにやったんだァ!!

自分の嫁、やってなにがわるい！

花菊がいまにも泣きそうな顔で、こっちをみている。

ひでえ、おまえ、ひでえよーぉ！

古田が怒りにまかせて、定生になぐりかかる。でも、いかんせんひ弱な古田。その拳はパシッと定生の手につかまれた。あまりの力のつよさに、拳がくだけそうになる。

ウ、グウッ！

いたみで声をあげる古田。そのままなげとばされ、ぶったおれた。顔面に定生の足がとんでくる。デシッ！　デシッ！　デシッ！　デシッ！　なんども、なんどもふみつけられた。古田の顔面から血がふきだしてくる。

・・・・・・。

古田の意識がとんでいる。それでも定生はけるのをやめない。このインテリ風情がぁ、ひとの嫁に手をだしやがってってね。デシッ！デシッ！デシッ！デシッ！やばい、このままじゃ古田が死んでしまう。

うあああぁぁぁぁッ！

花菊が力をふりしぼって、定生にぶつかっていった。しかし、かんたんにはじきとばされる。チキショー、チキショー、チキショー！花菊がさけんだ。

おらぁ、つよぐなりでえ。おらぁ、相撲やりてえええええええ!!!

そういってたちあがり、ふたたび定生にむかっていくが、またはねのけられ、なんどもなんども顔をぶったたかれた。

う、ううッ・・・・・・。

意識がとおのいていた古田に、花菊の絶叫がきこえてくる。ほらよと、強引に花菊をつれていこうとする定生。クソ、クソ、クソ、クソッ、フラッフラになりながら、古田がたちあがる。はれあがった顔で、死力をつくして、こうさけんだ。

かえしぇ、・・・はなぎくぅ、かえせぇ！

こいつまだたちあがるのかと、ちょっとおどろいた定生。

しつこいなー！　おまえ、かえりな。

はーなぁぎくぅにぃ、すもう、やらせろぉ！

だったらとどめをさしてやると、定生が古田にむかってくる。古田の首ねっこをつかみあげ、こうさけんだ。

あたまでっかちで、なにもできねえやろうにトモヨはわたせねえ！

そういって、またなんどもなんども古田の顔面をぶんなぐった。たおれる古田。しかし、またたちあがる。

花菊が好きだーぁ!! 好きな女ひとりたすけられなくって、なにが革命だァ――ッ!!

うおおおおおぉぉぉ――ッ!!!

さいごの、さいごの、さいごの力をふりしぼって、古田が定生につっこんでいく。体勢をくずした定生、こらえきれずにうしろにひっくりかえった。古田といっしょに土手からころげおちていく。これでブチきれた定生は、まだたおれている古田にとびのってきた。マウントポジションをとって、とにかく、なぐる、しばく、なぐる、しばく。でも、ふたたび定生が拳をふりあげたときのことだ。古田がとっさに定生の股間をつかみあげた。

あッ、あうぅッ!

定生の顔がゆがんだ。中腰になって、股間をおさえている定生。そのようすをみて、古田がスッとたちあがり、こうさけんだ。

おまえのここがわるさするんだろォ!

そういって、おもいっきり定生の股間をけりあげた。もだえくるしんでいる定生。よしっ、古田はそのスキに土手をかけあがり、逃げだそうとする。だが、てめえ逃がすかと、うしろから定生がつかみかかってくる。古田の首に腕をまわし、全力でしめあげた。

・・・・・・。

もがく古田。く、くるしい、くるしい!

逃がさねえよ、トモヨはオレのもんだから。

どんどん、どんどんしめあげられていく。

花菊はだれのもんでもねえ・・・、花菊は、花菊だァ!

古田はそうさけぶと、ふところから爆裂弾をとりだした。

ば、ばくだん、だ。い、いっしょに、し、死ぬか。

爆弾をみた定生。とたんに顔がかたまっていく。なんだ、こいつ、やべえぞぉ！ とびのいて、はしって逃げる。

うおりゃあああぁぁ!!!

古田がバクダンをぶんなげた。

ズドーーーンッ!!!

爆音とともに、すさまじい爆風がふきあれた。煙がもくもくもくもくとあがっている。みると、血だらけになった定生が地面でもがいていた。胸や腹が焼けただれている。あっ、いちおういっておくよ、直撃はしちゃいないんだ、わざとはずしたからね。と、そこに花菊が駆けよってきた。定生がくるしそうにしながら、ふたりをみあげている。古田は定生

をだきおこし、肩をかしてあるきだした。それをみた花菊が、

どこいく？　どこいくんだよ！

というが、古田にはきこえない。

きこえねえ！　耳がおかしくなっちまった。なにいってんのかわかんねえ！

だから、どこいくんだよォ！

なんとなく、花菊がいわんとすることがわかった古田。

医者だ、医者につれていく。

というと、おどろいた花菊がこういった。

だけど、そんなことしたら、おめえの正体が・・・。

えっ？

おめえがだれだか、わかっちまうだろ！

ざんねんながら、古田には花菊がなにをいっているのかわからない。

花菊はつよいんだ。日本一の女大関になるんだ。こわいもんなんかねえ！花菊にこわいもんなんかあるか！

花菊も、古田がなにをいっているのかわからない。

なに、いってんだぁ？意味わかんねえ！

そういう花菊に、古田がくりかえした。

ほんとうの力は、ほんとうのつよさは、命なんかうばわないって。オレとちがっ

て・・・、花菊、おまえはほんとうにつよくなるんだよ。

そうだ。爆弾をつかって、ひとを殺すことがつよさじゃない。人間が爆弾みたいになることが、ホントのつよさなんだ。だれにも制御できないその力。女だからああしろだの、妻だからこうしろだの、そんなことをいってくるやつらをパンパーンッてふっとばして、自分の生きかたを自分でつかみとることがつよさなんだ。ときに、自分がなりたい自分ってのさえもふっとばしちまって、なんでそんなことをやっているのかわかんないくらい、がむしゃらになにかにのめりこんじまう、そういう得体のしれない力を身につけることがつよさなんだ。女力士、花菊。なめんじゃねえ！

そんな古田の意図がつたわったのか、花菊が泣きじゃくっている。きっと、古田が死を決意してなにかをやろうとしているってのもわかっちまったんだろう。

イヤだ。イヤだって！

泣きさけぶ花菊に、古田が喝をいれる。

あまったれんなァ。めんどうみきれるか！　もうこのさき、いつあうかわかんねえ。—

生あわないかもしれない。けど、けどな、オレは死ぬとき、ぜったいおまえのことおもいだすから！

やだー、そんなんじゃやだー！

泣きつづける花菊に、古田が口づけをした。花菊がそれをうけとめる。おもわず、古田の腰がくだけてしまう。なんたって、初キッスだからね。そのまま、定生ごとスッころんだ。ぶったおれながら、古田は定生に顔をよせて、こういった。

花菊のことはあきらめてくれ。そしたら医者につれていく。命はたすかる。じゃなきゃここおいていく。

定生がウンウンとうなずいた。古田はふたたび定生をかかえあげると、花菊にむかってこうさけんだ。

いけ！もどって相撲つづけるんだ。亭主が心がわりして、ゆるしてくれたっていぁあいいから。

……。

花菊が無言のままふるえている。それをみて、古田が声をはりあげた。

爆発に気づいたやつらがいつやってくるかもしれねえ! めんどうにならないうちに、いけええええ!

花菊は涙ながらもゆっくりとうなずき、そして駆けさっていった。古田がそれをずっとみおくっている。がんばれ、花菊! 負けるな、花菊! さようなら。

＊

さて、そのかんの玉岩興行のはなしをしておこう。じつはちょっとした事件があったんだ。ほらっ、三治と勝虎だよ。あれからどうなったのか? ちょいとみてまいりましょうか。田舎道を三治と勝虎があるいている。なんだか、うしろめたくて心細い勝虎。スッとうしろをふりかえった。おっきなカバンを手にもって、さきをあるいている三治が、勝虎

をみて、

はやくこい・・・。

といぅと、勝虎はしかたなさそうについていく。勝虎もおっきな風呂敷づつみを背負っていた。テコテコ、テコテコ、あるいていく。だが、勝虎がとつぜんたちどまった。

あたし、魔がさしただけだから。

えっ？

あたし・・・・・・、もどる。

そうぃって、勝虎がきた道をもどっていく。おどろいた三治が、

かつ！・・・・・

といって手をとろうとするが、

やめて！・・・・・はなせー！

と手をふりはらった。

あんたといたって不幸、おみとおしだろ。イヤだよおお！

そういってあるきさっていく。あっけにとられた三治。しばらく無言だったが、

おい、まて。まてよ！

といって、ガシッと勝虎にしがみつくが、そんな三治を勝虎がなげとばす。

あんたみたいなよわい男、はじめからキライだったんだ！

そう吐き捨てるようにいって、勝虎は駆けさっていった。

・・・・・。

三治が無言のまま、路上の石をつかみとり、ダッダッダッダッダと、すんげえスピードで勝虎をおっていった。足音に気づいて、ふりむく勝虎。すると、鬼のギョウソウをした三治が、石をふりあげている。

ギャアアアッ!!!

ガツンッ! 勝虎があたまから血をながし、地面にぶったおれた。

ハー、ハー、ハー・・・・・・。

あらく息をはきながら、勝虎が目をひらくと、血ぬられた石をにぎりしめて、なさけない顔をした三治がつったっていた。

主役だったんだよ、勝虎、おめえが・・・・・。

だが、勝虎もこたえる。

・・・、お、おらあ・・・、ま、魔が、さしただけだから。

それをきいて、三治がまた逆上してしまう。

お、おめえがそんなこというから、・・・おめえのせいだぞ、・・・おめえのせいなんだぞ！　こうなったのもぜんぶ！

そうさけぶと、三治は体をもだえさせながら、あおむけになった勝虎にしがみついた。

オレはわるくねえ、・・・わるくねえからな・・・。

そうつぶやくと、三治は勝虎の体からはなれ、フラフラとあるきさっていった。しばらくあるいていると、自転車にのった巡査とすれちがった。三治は、勝虎の返り血をあびていて、しかも生気のない顔で、目の焦点もあっていない。さすがに不審におもった巡査が声をかけると、三治がはしって逃げていく。おいかける巡査。いっしゅんで、とりおさえられてしまった。

うううう、うぉぉぉ――！

三治が悲鳴のようなさけび声をあげている。あばよ！

*

そんじゃあ、舞台を相撲小屋へともどしましょう。あたまから血をながした勝虎が、小屋のまえまでフラフラとあらわれた。そう、もてる力のすべてをつかって、かえってきたんだ。でも、力つきた勝虎、入口のまえでドーンッとおっきな音をたてて、ぶったおれた。なんだ、なんだと、みにきた女力士たち。勝虎に気づいて、悲鳴をあげた。だが、もう勝虎はピクリともしない。南無阿弥陀仏！

岩木と力士たちが土俵のしたにあつまっている。力士たちが棺桶がわりに、樽に勝虎の死体をいれようとするが、体がおおきすぎてはいらない。

親方、だめだ。かたくなって、どうにもなんねえ。

梅の里がそういうと、岩木は

そこ、ねかせろ。

といって、梅の里と小天龍に死体をおかせた。そこに、花菊がもどってきた。

あっ！

勝虎の死体をみて、おどろく花菊。力士たちも花菊に気づいたが、無言だ。かまわず、岩木が勝虎の片足を両手でつかみ、自分の膝にあてた。そして、力をこめてやったんだ。

ボキッ！

おっきな音をたてて、勝虎の足がおれた。

おもわず、玉椿がさけんで、岩木にしがみつく。

あんた！　なんてこと！　やめろ！　やめろって！

はなせ！　棺桶、はいらなかったら、どうしようもねえだろ！

そういって、岩木は玉椿をふりほどく。みんな、岩木のあまりの剣幕に圧倒された。そりゃそうだよ。娘みたいにかわいがっていた姪っ子が死んじまったんだからね・・・。

玉椿ぃ、かつはむかしから体、かたかったろ。股割りもなかなかできねえで。・・・ほら、もう一本。

そういって、岩木は勝虎のもう片足をつかみあげ、渾身の力をこめて骨をへしおった。

ボキッ！

かわいた音がなりひびく。そこに花菊がちかづいてきた。小天龍が花菊に気づく。

やっぱ、おめえもどってきたか。

そう声をかけてくれた。花菊が勝虎の死体をみおろしている。だが、もう泣かない。玉椿が勝虎をみつめながら、こういった。

土俵のうえで死ぬなんてウソだ。人間死ぬときゃ、畳のうえか、道端か、そんなもん。たいしてかわんない。

そういっているうちに、小天龍と梅の里が勝虎を樽にはこんだ。やっとはいった。岩木が、顔をクシャックシャにしながら、こういった。

オレたちゃ、旅先で死ねば本望だ。そこらの寺にぶんなげてきな。死体があったんじゃ、土俵の神さまにしかられら!

その瞬間、土俵をおおっていたテントに雨粒がたたきつけられる。

また雨だよ・・・。

最上川がそういうと、つづいて羽黒桜が空をみあげて、

お天道さま、お怒りどおしだな。

といった。でも、そうやって、みんなで勝虎の死を悼んでいるときに、やってくるんだ、官憲どもが・・・。水島ひきいる警官隊が、出入り口のところにあらわれた。とつぜん、水島がどなりはじめる。

三治なるものの証言により、いまからここをあらためさせてもらう。興行は即刻中止！

あん？ 三治だって？ 興行は中止だって？ いっていることも、やっていることもちゃんちゃらおかしい。アア、アァッ、アァッ、アアアァァァッ!!! パンパーン、パンパンパンパーンッ!!! 岩木の脳天ふっとんだ、なんもかんもふっとんだ。もうがまんができねえ。岩木がかんぜんにハチキレてしまう。

はいってくんなァ！　てめえらがくるところじゃねえ！　ここは神聖な土俵でい！

その岩木の声をきいて、イヨーシッと、もうやる気まんまんの小天龍。丸太をかつぎあげ、ウーラーッと警官隊に突進していった。

ズドーーーンッ!!!

警官隊がふっとんだ。そのスキに、みんなで出入り口に幕をおろし、はいれないように丸太でせきとめた。すかさず、岩木が麻のたばに火をつけた。煙をだして、土俵を清めるように、ブーン、ブーンとふりまわした。そして、与那国に合図をだした。すると、与那国がタイコをたたきはじめる。ドン、ドン、ドンとリズムがなりひびく。それにあわせて、梅の里が土俵にあがっていった。すぐに、四股をふみはじめる。玉椿もタイコにあわせて、三味線をかきならす。煙がもくもくとたちのぼっていくなか、梅の里が天をみあげる。雨がふりつづいていた。だれにいわれることもなく、花菊がイッチャナ節をうたいはじめる。

相撲やめてくれ、相撲やめらりょか。相撲は天下の伊達男たち・・・。

そのうたごえにあわせて、力士全員でうたいおどりはじめた。

エ――――、きてはちらちら、イッチャナァ、イッチャナァー！

そううたいながら、みんなで土俵をおどりまわっていく。やがて、外側からドカーンッ、ドカーンッとおおきな音がきこえてきた。警官たちがハンマーをつかって、小屋をぶっこわしているんだ。やがて大雨になり、土俵にも雨がふりそそいできた。それでもかまわず、おどりつづける力士たち。花菊がいっそうおおきな声でうたいはじめた。

花が蝶々か、マタ声がかれても、身がやつれても、蝶々が花か、みんなイッチャイッチャのためじゃもの。

警官隊が突入してきた。でも、みんなでうたう。

オッコトサ、迷わせる。イッチャナ、イッチャナァ、イッチャナァ――!!

イヨーシ、イヨ――――シッ、イヨ――――シッ、イヨ――――シッ!!! うたいおえると、女力士たちはチリジリになって、警官隊にたちむかっていった。ファックザポリス、ファックザポリス、ファックザポリス! みんな警察がキライだァ! ポリ公にハリテをくらわせる小天龍。つっこんでいって、スッころんだ羽黒桜。ポリ公の首ねっこをつかみ、ブンなげてやった梅の里。岩木もほんきだ。サッと水島にくみついて、土俵でズデーンッとぶんなげてやった。花菊も死力をつくす。ひとりで、四人、五人の警官隊につっこんでいく。いちど、はじきとばされて、泥のなかにころげちまったが、ヌクっとすぐにたちあがる。まだだ、まだおわっちゃいねえッ! もういちど全力でつっこんでいった。

うりゃああああああ――――ッ!!!

つきおし! つきおし! そしてさらなるつきおしだァ! そうだ、黒パンだ、黒パンになれ。この腐った世界に怒りの火の玉をなげつけてやれ。パンパ――――ン、パンパンパンパンパンパ――――ンッ!!! ドスコイッ、ドスコイッ、そしてさらなるドスコイッだァ! 一人、二人、三人、四人、またたくまに警官どもをふっとばした。あらたに、クマみたいな警官がとびかかってくる。そんなやつにはハリテ一発! スパーンッと直撃して、クマがもんどりうってぶったおれた。イヨ――――シッ!!! 雨にうたれながら、天をあおいだ花菊。まるでおたけびでもあげるかのように、こううたいあげた。

イッチャヤナァ、イッチャヤナァ、イッチャヤナア――――!! イッチャヤナァ、イッチャヤナァ、イッチャヤナア――――!! イッチャヤナァ、イッチャヤナァ、イッチャヤナア――――!!

そうだ。正義も理想も自由も、そんなもんはどうでもいい。みんな鬼に喰われちまえだァ。でも、絶望はけっして滅亡じゃないぞ。極にいたれば、かえって積極的希望のいっさいをもつ。わたしはもうなんにもしばられない。どうせ希望がないならば、なんでも好き勝手やってやれ。お国も、おカネも、おうちも、おめこも、将来なんてしったことか。こいよ、こいよ、闇でもなんでもきやがれだァ。カラスがカァカァないている。カラスはねぐらへかえるのだ。オレはやっぱりオレなんだ。ここにうごめく、得体のしれないその力。おら、つよくなりでええええ! やるならいましかねえ、いつだっていましかねえ。それが女力士、花菊だァ。なめんじゃねえ、なめんじゃねえ、なめんじゃねえぞォ――――!!! 菊とギロチン。なめんじゃねえ!

＊

その後、古田たちはどうなったのか。さいごに、それだけみてまいりましょう。一九二四年九月一日、古田は和田、村木とともに、大杉のかたきうちを決行した。この日、関東大震災から一年ってこともあって、大震災一周年記念法要ってのが、本郷菊坂、長泉寺でひらかれることになっていた。そこに福田雅太郎がやってきて、講演をするんだという。とんで火にいる夏の虫だ、ぶっ殺してやるぜ。

まず、和田が長泉寺のちかくにある西洋料理屋、燕楽軒のまえでまちぶせをする。きっと、この道を自動車でとおるだろうから、車がきたら、サッと爆弾をほうりなげてぶっ殺してやるってことだ。もちろん、タイミングもあるだろうから、それじゃ失敗するかもしれねえ。てことで、源兄ィが長泉寺のなかでまちぶせすることにした。そんでもって、念には念をいれてだ。寺には、ふたつの入口があったから、裏門のほうで古田がまちぶせをする。作戦、完ぺきでございます。いくぜ！

午後五時、燕楽軒のまえを自動車がとおった。福田だッ！　和田が手さげ袋の爆弾をとろうとガサゴソしていると、なんとなんとだ、スルスルって、店のまえに車がとまった。そう、講演まえに腹ごしらえをしようってんで、福田がおりてきたんだ。や、やれるッ！　さよし、接近戦ならこっちだとおもって、和田はふところからピストルをとりだした。さりげなくちかづいていって、スッと福田の背後にたった。ピストルを背中にピタッとおしあてて、そしてぶっぱなす。

ズド――ンッ!!!

おおきな音をたてて、火薬のにおいがあたりにとびちった。目のまえじゃ、福田がぶったおれている。

お、おおお、おおすぎィ! やったぞォ――!

そうさけぶと、和田は一目散に逃げだした。逃げろ、逃げろ、逃げろ。しかし、だれかが「そいつをつかまえろ」と声をあげると、つぎからつぎへと市民たちがとびかかってくる。そう、警察ぶったクソ市民どもだ。和田はいかつい大学生のあんちゃんや、元満州浪人だっていうクソおやじどもにとりおさえられ、これでもか、これでもかと、けりとばされた。グッタリとする和田。そのまま、警察官にひきわたされた。

とりおさえられたその場所に、爆弾のはいった手さげ袋がおちている。和田はそれをひろおうとしたが、このやろうといって、やたらめったらぶんなぐられた。えっ、ポリ公をふっとばそうとしていたのかって? いやいや、そうじゃない。手さげ袋がほしかったんだ。どうもこの袋、亡き恋人、堀口直江からもらったものだったらしい。意地に生き、意地に死したるかの女の、つよき心をわれ悲しまじ。アバヨッ!

とはいえ、和田はまんぞくだ。やることをやってやったんだからね。ニタニタしながら、本郷本富士署にひったてられていった。だが、とりしらべをうけているさいちゅうに、警官からとんでもないしらせをうける。福田が死んじゃいなかったっていうんだ。いやいや、手ごたえがあったぞ。というか、あんなに至近距離でうって、死なないわけがねえ。だが、じっさい死んじゃいないんだ。どうも和田がもっていたピストル。さいしょの弾は空砲になっていたらしい。福田は、背中にヤケドをおっただけだった。マジかよッ!　それをきいて、和田は半狂乱になった。

うおおおお――――、チッキショ――――!!!

そうさけびながら、あたりのものにあたりちらす。チキショウ、いまに、いまにみてろ。おぼえていやがれ。和田久太郎、暗殺失敗だ。マジ無念。ドンマイッ!　じゃあ、村木と古田はどうしていたのかって?　まず、村木だ。長泉寺のなかにいたら、外がすげえさわぎになっていたので、シレっとその場からたちさった。さすがだね。古田のほうは、そんなにひともいなくてよゆうがあったんで、どんな事態になっているのか、夜まで情報をあつめてから蛇窪のアジトにもどってきた。あっ、蛇窪ってわかるだろうか。もうなくなっちまった地名だが、いまでいうところの大井町だ。すべてをしって、くやしそうにもどってきた古田。それをみて、村木が声をかける。

無念だが、しかたがない。古田くん、とりあえずソバでも食いにいこう。

いやあ、さすがだね、源兄ィ！　その日はソバをすすって、ゆっくりとやすんだ。翌日から、ふたりで作戦をねりなおす。どうしたもんかねえと。でも三日になって、ちょっと外のようすがしりたくて、古田が夕刊をかってくると、そこには大勢のポリ公どもにかこまれて、市ヶ谷刑務所にひったてられている久さんの写真がのっていた。チキショー、チキショー、チキショー！　ああ、もうがまんができねえ。その日の夜、古田はアジトをとびだして、ひとり本郷本富士署にでかけていった。署のまえまでくると、爆弾をブンッとぶんなげた。はしって逃げる古田。でも、なんの音もしやしない。そう、点火が不十分で、爆発しなかったんだ。チキショ――――ッ！

でも、古田はまだあきらめない。そうだ、せめて、福田だけでもやっつけてやる。六日、みまい品をよそおって、おかし箱に時限爆弾をしこんでおくりつけた。午後二時、郵便配達で、福田邸におかしがとどけられる。娘さんがひもといて箱をあけると、ブシューッと音をたてて、白い煙がのぼりはじめた。ギャアアッ!!! 娘さんはとっさにそれをなげすてて、台所に逃げこんだ。

ド――――ンッ！

大爆発だ。床板をぶちぬき、天井をふっとばした。部屋にあったイスも机もめっちゃくちゃになった。だが、ひとには損傷はなかった。しかも、福田は留守だったらしい。ざんねん！　アジトにもどると、またダメだったとくやしがっている古田。そんな古田に、村木はやさしくねぎらいのことばをかけた。そして、こんなときはやっぱりメシなんだっていって、食事を用意してくれた。ありがとう、源兄ィ！

ふたりでメシを食らっていると、村木が、大好物のショウガいり福神漬けをバリボリとかみくだきながら、こういった。

古田くん、ぼくはきめたよ。一六日だ、大杉君の命日にする。爆薬をかかえて、福田の家にとびこんでやるんだ。

・・・・・・。

古田がなにもいわない、いえないいんだ。だって、源兄ィが福田をみちづれに自爆してやるっていってんだからね。古田はうすうすかんじていた。源兄ィは、もうながくないいんだろうって。ゲフォゲフォっていうその咳が、だんだんとおもくるしくなってきている。だったら、もうやりたいようにやらせてやるしかない。しばらく、古田がだまっていると、村木がこうつけくわえた。

だが・・・、ね。ひとつだけこころのこりがあるんだ。正力だ、正力松太郎だよ。あやつだけは、なんとしてもこの世からほうむりさらなくてはならん・・・。

・・・・・・。

古田の記憶がよみがえる。そうだ、あいつだ、あいつだけはやっつけなくちゃいけない。

源兄ィ、正力はぼくにまかせてください。こんどこそ・・・、かならずしとめてみせますから！

承知した!

よっしゃ、これできまりだ。すぐに、だんどりもきめた。一六日、まず村木が福田の家にのりこんでいく。で、福田がいなければもどってきて、古田とふたりで正力をぶっ殺しにいこう。そんでもって自爆が成功して、村木が死んでしまっても、あるいは失敗してとっつかまってしまったとしても、古田はひとりで正力をやっつけにいく。これでいきましょうと。カンペキだ。翌日から、古田が正力の家の下見にでかける。正力はねらわれるなんておもっちゃいないのか、警備もなにもありゃしない。余裕でいけるぜ。駆逐してやる、オレが一匹のこらず、駆逐してやる。いくぜ、ギロチン!

はやくこいこい、一六日。でも、一〇日の早朝のことだ。アジトの戸をダンダンダンッとたたく音がした。なんだよ、こんな朝っぱらから。目をこすっておきあがった古田。外から、男の声がきこえてくる。

島さまからの電報で――す。

ああ、もしかしたら別行動をとっていた倉地からの電報かな。ちょっとうれしくなっちまった古田。メガネもかけずに、玄関までいって戸をあけた。すると、外には百姓のかっこうをしたおっさんが三人ほど。配達員らしきひとはいやしない。あれ？ そうおもったそのときだ。おっさんのひとりが古田の首もとをグワアッとおしあげ、そのまま地面にたたきつけた。ドンッとおっきな音をたてて、ぶったおれた古田。そこに、すっげえ人数の警官たちが、猛烈ないきおいでとびこんできた。ああっ、やられた！ 枕元にピストルをおいていた村木。それをとるまもなく、とりおさえられちまった。ふたりして縄でしばられ、ひったてられていく。古田と目があった村木。ひとことだけ、こうつぶやいた。

一六日まで、まつんじゃなかった・・・・・。

くやしい、くやしい。でも・・・、でも、しょうがねえようっ、源兄ィ！ こうして、ふたりは逮捕された。それからしばらくしてのこと、ひとり倉地だけは逃げのびていたのだが、徐々にじょじょに包囲されていく。さいごは、大阪の中津でパクられちまった。えーい、しかたがねえ。泣くな、ギロチン！ さけべよ、ギロチン！

＊

ほいほい、じゃあ大阪で牢獄にはいっていた中浜はどうしていたのかって？ すごいよ。

古田たちが東京でがんばっていたころ、中浜もちょいとやらかしていた。大阪の友だちが面会にきてくれていたので、そいつらに脱獄計画を指示していたんだ。東京の大さんたちと連絡をとって、この刑務所を爆破してくれってね。でも、それがすぐに官憲にバレちまって、面会にきた友だちがつかまってしまう。で、あれ、あいつかえってこねえぞってことで、またべつの友だちが面会にくる。そしたら、そいつもパクられちまって、あれ、あいつかえってこねえぞってことで、またべつの友だちがいったらかえってこない。あれ、あいつかえってこねえぞってことで、またべつの友だちがいったら・・・、これで一網打尽だ。イモヅル式にみんなとっつかまっちまった。それがまた新聞で「大阪でも主義者の恐るべき陰謀発覚す。東京の一味と連絡をとって、刑務所等爆破の企て」なんて報道されて、世間をにぎわせていた。やるね、てつさん！　チャッハハ！

てなかんじで、ギロチン社はみんなやられちまった。ほんときもちいいくらい、かんぷなきままにたたきのめされた。アッチョンブリケ。そんでもって非公開のうちに、ガンガンガンガン、裁判がすすめられていく。すぐに判決がでた。せっかくなんで、名前がでてきたやつらだけでも紹介しておこうか。

中浜哲　　死刑
古田大次郎　死刑

和田久太郎　無期懲役
河合康左右　無期懲役
小西次郎　無期懲役
仲喜一　一五年
茂野栄吉　一五年
内田源太郎　一五年
小川義雄　一五年
倉地啓司　一二年
田中勇之進　八年

どうっすかね？　これ、刑がおもすぎるよね。だって、古田にしたって、銀行員を刺殺しちまったけど、マジで事故なんだ。中浜にいたっては、リャクしかやっちゃいないからね。ふたりとも、大逆罪が適用されたわけでもねえのに、死刑なんだ。まあ、国家からしたら、こいつらに大逆の意志があることはあきらかだし、それにこのかん、虎の門事件だの、朴烈事件だのがあって、そこでも大逆罪をつかっていたから、あんまりやりすぎると、日本じゃこんなに天皇を殺したいやつらがおおいのかっていわれて、国家のメンツがたもてない。だったら、法とか関係なしに、こんなやつらシレっと殺しちまえ、だってアナキストなんだから法とかどうでもいいんでしょう、ヒャッハハってのが、この結果なんだとおもう。チキショウ、チキショー、チキショー、チキショ——ッ!!!

えっ、源兄ィの名前がないって? うん・・・・・・、もういないんだ。一九二五年一月二四日、裁判をまえにして源兄ィは死んじまった。持病の結核にくわえて、腎臓病と尿毒病ってのを併発しちまったんだ。とつぜん牢獄でクソみたいに血をはいて、そのまま危篤状態。警察の温情もあって、刑務所のなかで和田と古田が源兄ィをみまった。和田は男泣きにないていた。古田が声をかける。

源兄ィ、ぼくです。わかりますか?

すると、村木がひとことだけこういった。

わかったところで、どうなるんだい・・・?

いやあ、そうなんだけどね。源兄ィ・・・。そうこうしているうちに、源兄ィの仮釈放がみとめられて、労働運動社にはこばれていった。東京の仲間たちにみとられて逝ったんだという。享年三五歳、昇天だ。あばよッ!

じゃあ、大杉の復讐戦をやった三人のなかでは、ただひとり生きのびた久さんはどうなったのかというと、これがね・・・。一九二八年二月二〇日、秋田刑務所の独房で、首をつって死んじまった。持病の梅毒があまりにひどかったってのもあったんだろう。それに唯一希望をもっていたアナキストの労働運動がシッチャカメッチャカになっちまったってのもあった。もうボロボロだったんだ。

もろもろの、悩みも消ゆる雪の風

なんかね。なんどもなんどもかきなおして、やっとこさでできた辞世の句が、これだったんだそうだ。いいよ、久さん！ 享年三五歳、昇天だ。あばよッ！

それじゃ、古田はというと、一九二五年一〇月一五日、午前八時二五分、市ヶ谷刑務所で、絞首刑に処せられた。死刑執行の日、古田はなかまたちにむけて、こんなことばをのこしている。

あとの始末よろしくたのみます。菊の花をみないでゆくのが残念です。いまたいへん静かにこの手紙を書いています。きょうは秋晴れの好天気です。こうした朝に死ねるのはたいへんうれしく思います。

古人は、死をみること帰するがごとしといいましたが、これはけっしていいすぎた言葉でもありません。恐怖も哀傷もなにもありません。妙な気はしますが。生、死、これが人生の真実の相ですね。ぼくの墓は青山ですが、葬儀なぞやってくれるのでしたら、できるだけ質素に静かにやってください。つまらぬ空騒ぎやおおげさなことはくれぐれも辞めていただきますように。

ただ、できるだけたくさん花を飾っていただきたい。山に野に咲いているかわいい花を。ここの庭に菊があったが、ついにその花はみないで終わりました。

書きたいこともたくさんありますが、皆さんお待ちかねのようですから、これで失礼しましょう。

ではいってまいります。

さようなら。


これが古田の絶筆だ。享年二六歳、昇天だ。あばよッ！　大阪の刑務所にいた中浜は、古田のさいごのことばを弁護士からつたえきいた。なんか、弁護士がやたらと感動している。きみたち、すごいよ。ギロチン社って、天皇家をギロチンにかけるってことだろう、だから、古田くんは菊の御紋をみちづれに死のうとしたんだろう、だからあんなに菊の花にこだわってたんだろう、主義に生きて、主義に死ぬ、すごいねって。でも、それをきいていた中浜がボソッとこうつぶやいた。

はな、ぎく……。

えっ⁉

弁護士には、なにをいっているのかわからない。おっといけねえ、ドスコイ、ドスコイと、われにかえった中浜が、

いや……、なんでもねえよ。へへッ。

といって、ニタリ、ニタリとわらっていた。やるな、大さん！　古田をしのんで、中浜が詩をうたった。題して、「暁の詩」だ。

菊一輪、ギロチンの上に微笑みし、黒き香りを遥かに偲ぶ

いやあ〜、いいね。おいら泣いちまうよ・・・。やるな、ハマテツ！　そんじゃ、それから半年後だ。一九二六年四月一五日、午前一〇時、中浜哲、大阪刑務所にて死刑執行。享年三〇歳、昇天だ。昇天、昇天、昇天だ、そしてさらなる昇天だ。さらばギロチン！　えっ、中浜の死生観はどうだったのかって？　こうだよ。

賽の河原に橋かけて、他力を杖に数珠つなぎ。淫道わたす。フレエー、フレエー、経怪師。アバヨ、アーメン、なあまいだ、掘る穴二ツ。

と、いうことだ。子どもかよ、テヘッ！　死のまぎわまで、中浜が考えていたことはただひとつ。大正のあとに昭和はねえ。昭和のあとに平成はねえ。平成のあとはだって？　クソくらえだァ！　みんな鬼に喰われちまえだァ！　正義も理想も自由も、なんもかんもいらねえんだよ。どうせ希望なんてないならば、なんでも好き勝手やってやれ。遊んでいないのは、生れていないのとおなじことだ。たわむれていないのは、生れていないのとおなじことだ。遊ぶ子どもの声をきけば、だれだってわが身をふるわせてしまう。自分の人生を爆破しろ。ついでに、あいつの人生もふっとばしてやれ。やるならいましかねえ、いつだっていましかねえ。おら、つよぐなりでええええ!!!　なめんじゃねえ、なめんじゃねえ、なめんじゃねえぞォ――――!!! 菊とギロチン。

なめんじゃねえ!

参考文献

アナキスト

・中浜哲『中浜哲詩文集』（黒色戦線社、一九九二年）
・『中濱鐵　隠された大逆罪』（トスキナアの会編、皓星社、二〇〇七年）
・古田大次郎『死の懺悔』（春秋社、一九九八年）
・『叛逆者の牢獄手記：大正末葉から昭和初頭にかけて失はれたる我が無政府主義者の牢獄手記』（行動者同人編、行動者出版部、一九二八年）
・河合康左右『無期囚』（解放文化聯盟出版部、一九三四年）
・大杉栄『大杉栄評論集』（岩波文庫、一九九六年）
・和田久太郎『獄窓から』（黒色戦線社、一九八八年）
・村木源次郎『村木源次郎資料集』（辺銀早苗企画編集、B企画、二〇一三年）
・『金子文子　わたしはわたし自身を生きる』（鈴木裕子編、梨の木舎、二〇〇六年）
・近藤憲二『一無政府主義者の回想』（平凡社、一九六五年）
・秋山清『ニヒルとテロル』（平凡社、二〇一四年）
・逸見吉三『墓標なきアナキスト像』（三一書房、一九七六年）
・江口渙『続　わが文学半生記』（青木文庫、一九六八年）
・竹中労（著）、かわぐちかいじ（画）『新装版　黒旗水滸伝：大正地獄篇（全四巻）』（皓星社、二〇一二年）
・栗原康『大杉栄伝：永遠のアナキズム』（夜光社、二〇一三年）
・栗原康『現代暴力論』（角川新書、二〇一五年）
・土取利行『添田唖蝉坊・知道を演歌する／第二集（CD）』（立光学舎、二〇一五年）
・『日本アナキズム運動人名事典』（ぱる出版、二〇〇四年）

歴史

- 原暉之『シベリア出兵：革命と干渉』（筑摩書房、一九八九年）
- 麻田雅文『シベリア出兵』（中公新書、二〇一六年）
- 藤井忠俊『在郷軍人会』（岩波書店、二〇〇九年）
- 加藤直樹『九月、東京の路上で』（ころから、二〇一四年）
- 姜徳相『関東大震災・虐殺の記憶』（青丘文化社、二〇〇三年）
- 山田昭次『関東大震災時の朝鮮人虐殺とその後』（創史社、二〇一一年）
- 『関東大震災朝鮮人虐殺の記録：東京地区別1100の証言』（西崎雅夫編、現代書館、二〇一六年）
- 正力松太郎『正力松太郎：悪戦苦闘』（日本図書センター、一九九九年）
- 有馬哲夫『原発・正力・CIA』（新潮新書、二〇〇八年）

女相撲

- 井田真木子『井田真木子著作撰集（第一集）』（里山社、二〇一四年）
- 亀井好恵『女相撲民俗誌』（慶友社、二〇一二年）
- 亀井好恵「女相撲の旅」（『旅の民俗シリーズ　第二巻　寿ぐ』第五章、旅の文化研究所編、現代書館、二〇一七年）
- 遠藤泰夫『女大関　若緑』（朝日新聞社、二〇〇四年）
- 小沢昭一『私のための芸能野史』（ちくま文庫、二〇〇四年）
- 松浦泉三郎「現代香具師生活の内　女相撲」（『グロテスク』一九三〇年一月）
- 佐藤光男「山形の女相撲（一）」（『紙魚』一八号、一九九二年一二月）
- 千葉由香「二代目石山兵四郎（上・下）」（『山形新聞』二〇一五年八月二日、九日）
- 工藤美代子「ノンフィクション・現代の肖像　元女相撲大関若緑 三浦松野さん　土俵に上がれば天下の男伊達」（『AERA』一九八八年一〇月二五日）
- カルロス山崎「百年の記憶（連載七三）女相撲 横綱「遠江灘」の心意気」（『アサヒグラフ』二〇〇〇年六月二三日）

小説・その後の菊とギロチン

瀬々敬久

夜が白々と明け始めた。周囲に気づかいカーテンを少し開ける。水田にはやっと伸び始めた稲の穂が見え、その向こうには低く並んだ山々が白く霞んであった。生まれ育った東北の田舎町でもよく目にする光景だ。太陽が出るまで三十分もかかるだろうか。再びカーテンを閉めて車内を見回した。乗客のほとんどは寝ていて、新宿で乗り込む時にきづいたが、皆、自分の孫のような年だった。

敏江は今年で八十四歳になる。東京から大阪まで行く深夜バスの乗客の中では一番高齢。生まれたのは東北の三陸海岸から内側に入った山の麓、周囲は畑と山しか見えなかった。同年代には珍しく兄弟も姉妹もいない。自分たちの世代は中途半端だとずっと思ってきた。もの心ついた時は戦争の匂い。教えられたのは忠君愛国の精神。やがてアメリカと戦争を始めて終戦が小学校の六年生。学校の教えは百八十度変わった。新しく取り入れられたのは、自由と平等、よく分からなかったが民主主義というものらしかった。偉いはずの先生だって、考え方を変えるんだ。何だか世の中には信じられるもんなんかねえな。そういうことを家で言ったら、オトウは何にも言わなかったけど、オッカアは「でも信じねばダメだぞ。信じねばダメだ」泣きそうな顔して言ったのを覚えてる。その顔は何か恐ろしくもあり、吾に言ってるのでなくオッカア自身に言い聞かせてるようにも聞こえた。それからの敏江は地元の高校を出て、戦後出来たばかりの農協に就職した。

やがて高速バスから見える景色に住宅街とビルまで増えてくる。都会が近づいてきたのが分かった。敏江が最初に東京に出たのは二十三歳の時だ。オトウは根っからの百姓で、その頃はリンゴ作りに精出していた。オトウの知り合いに三十歳過ぎて真面目ばかりに百姓に気傾けすぎて、未だ結婚出来ねえ男がいるから紹介するって言われて会わされ、はっきり意思を伝えなかったのが悪かったのか、いつの間にか本人の知らない所で結婚話が進んでしまった。敏江はする気はねえとオトウに言うが、頑固一徹で生きて来た明治生まれには敏江の思いなど伝わらない。ここは家出だと、それまで貯金した金を掻き集める。金の卵と話題になった集団就職列車が東北から上野に走り始めたのが、前年の一九五四年だった。東京行けば何とかなる。そう思って準備を始めたが隠していた鞄がオトウに見つかってしまった。家の納屋に鍵かけられ閉じ込められた。何が民主主義だ、全然不自由じゃないかと敏江は思うが後の祭り、だが、その夜、オッカアが鍵開けてくれた。オトウに取られた鞄も金も返してくれた。「行ってこい、敏江」オッカアはそれだけ言った。敏江は夜道を走った。駅まで二十キロ、五時間かかったが朝方には駅に着く。始発に乗って、ようやっと東京へ。まずは人の多さに驚いたが、回りに回って大田区の蒲田というところにあった町工場に転がり込む。不良品のチェックが主な仕事。寮完備という求人広告に飛びついたが、酷かった。朝から晩までネジと睨めっこ。寮と言ったって田舎の厩並み。すぐ辞めて、山手線に乗って、またぐるぐる回った。人と建物の多さ、東京はすごいなあと思う。たまたま拾った求人紙で南千住にある食堂の募集を見つけて行った。汚い町だと一瞬にして思う。日雇いと呼ばれる労働者の町が近くにあるらしい。やめようと思ったが、ここの若主人が気持ちのいい青年だった。それが理由で敏江はここで働くようになる。

バスは高速道路を降りた。まだ夜明け前の光のせいか白々として全部が灰色に見えた。聞けば終点だと言われ、ビルの谷間のようなところで降ろされた。駅に行くにはどっちに行けばいいのだろう。降りた乗客たちのほとんどが同じ方向に向かって歩き出したので、そっちだろうと思い歩き出す。大阪と言えばもっと泥臭い町のイメージがあったのが随分綺麗で清潔なのに敏江は驚く。

敏江が南千住にあった食堂、喜納屋の息子、喜納隆志と結婚したのは一九六〇年の九月だった。惚れた理由、ここで働き始めたのも直感なら結婚まで行ったのも直感だった。だが敢えて言うなら隆志の気取らない処と一緒にいたら気が落ち着くところだ。都会育ちのくせして敏江と同じ田舎の匂いがした。形式ばかりだったが、背後に大きなガスタンクが三つ並ぶ隅田川沿いの石浜神社で結婚式を行った。郷里からオトウとオッカアにも来てもらう。結婚することが決まったこの年の正月、隆志と生まれ故郷へ挨拶には行っていた。五年ぶりの故郷、オトウは言葉を荒げることもなく吾を受け入れてくれた。荒くれの客たちを扱いなれた隆志は性格も温厚で人間も出来ていた。東京の男が娘を奪う、最初はそういう印象だった両親もあっさりと隆志を受け入れた。それもあって結婚は無事に終わる筈だったが意外な顛末があった。オッカアが東京でいなくなった。

両親が東京に着いたのが九月十一日、まずは喜納屋に挨拶に来る。隆志の両親ともうまくいった。だがこの時からオッカアの様子は変だった。変にソワソワして落ち着かない。夕食を浅草のすき焼き屋で一緒に食べようということになったが、それまで時間があるので散歩に出たいとオッカアが言う。ついて行こうかというが断られる。やれアンポだアイゼンハワーだと盛り上がっていた政治運動も七月の内閣退陣から急激に退潮していたが、この町だけは違っていた。八月一日には山谷騒動と呼ばれる事件が近くのマンモス交番で起こった。江戸時代から寄せ場として日雇い労働者の多いこの町ではそれまでも小競り合いは多くあったが、その夜はドヤの手配師と宿泊者のケンカに対する警官の処置の仕方が良くないと四百人の日雇い労働者が交番を襲い多くの検挙者と負傷者が出た。八月三日から八日にはヨッパライを乱暴に扱ったということで延べ六千人がマンモス交番を襲った。喜納屋はドヤの住人達も多く来る食堂だったので日雇い労働者側に立っていたが、流石に地理もよく分からない女の一人歩きはよくないだろうと義父が一緒に行こうと言うがオッカアは固く譲らない。小一時間の散歩だろうと思っていたのが、戻ってきたのが夜の八時過ぎ。今からじゃ浅草行きも面倒なので、寿司屋の出前を取った。オッカアにどこに行ってたのだと訊いても、誤魔化すばかりではっきりしない。

その夜は上野の旅館に泊まってもらった。翌朝、オトウが起きた時、既にオッカアはいなかったらしい。「すぐに戻ります」それだけ置手紙してオッカアは消えていた。オッカアが戻ってきたのは朝の十時。外面は良いのだが内弁慶で性根は気の弱いオトウは旅館の朝食も喉に通らず、オッカアを待っていたという。オトウがどこに行ってたと聞いてもオッカアは答えない。結婚式は十一時からだったので二人は慌ててタクシーに乗った。大震災の復興事業で作られた昭和通りをひた走り石浜神社までやって来た。式は滞りなく終わって、身内の披露宴を近くの割烹旅館の座敷でやることになった。隆志側の親戚や大学時代の友人、そして義父の知り合いの何人か。その中にドヤの労働運動家でこれからセンターを作ろうとしている男がいた。劣悪な手配師が労働者に仕事を仲介し中間搾取するような時代だった。センターが労働斡旋の役割を直接担い搾取をこの町から失くす、そんな目標が掲げられていた。有ろう事かオッカアがその男に頭を下げた。男がオッカアに近づき親し気に話をしている。オトウはどうした、オトウは。元来酒に弱く親戚筋の酌ですっかり酩酊気味のオトウ、既にぶっ倒れそうだ。だけど何でどうして、オッカアが山谷の労働運動家と知り合いなんだ。
　その日の夜、すっかり前後不覚に酔っ払ったオトウをタクシーに乗せて上野の旅館まで一人帰らせた。オッカア話あんだけども、そう言って連れ出す。オトウとオッカアは明日の朝には東北の町に帰ることになっていた。映画会社の社長がオーナーだったプロ野球球団が野球場をその跡地に作ったのはもっと後だったと思うので、確かその年に閉鎖された生地工場のレンガ塀の横を通って隅田川まで出た。アベックがまだ出てくる時間でもなかったので二人で土手に座ってあれやこれや話したのを今でも思い出せる。オッカア東京来て何してたんだ、即座に訊いた。知り合いに会っていた。こっちに知り合いがいたなんて知らねえぞ。さっきの男か。いや、正確に言うと知り合いの友だちがいるんでねえかって探してた。誰だ、知り合いって。話せば長くなる。長くていいから話せ。このままじゃ気が気でねえで、帰らせるわけいがね。おめえと会えるのも早々ねえかも知れねえな。オラの餞別だと思って話聞くか。ああ、聞く。今、何て言った。聞くって言ったんだよ、キク。ははは、突然オッカアが笑う。そうオラ、菊だ。昔は菊って呼ばれてた。玉岩女相撲のオラ、花菊だ。

　大阪駅までは距離にしてたいしてなかった。地下鉄の御堂筋線に乗れとメモにはあった。どうやって地下に潜ればいいのか。それがよく分からない。人に訊けばよいかと迷いながら建て替えられたばかりらしい大阪駅を見上げていたら、ふとオッカアが生涯で一人だけ心底好きになった古田大次郎という男が唯一、人殺しをしてしまった小阪という町のことが気になった。追い詰められて銀行の行員を路上で襲って乱闘になった末、短刀で刺してしまって死亡させた。

近くには線路があって、待ち伏せしていた住宅街には生け花の師匠の家があり、そこに出入りする女子学生の姿があった。そんな記述が古田が残した回想録にはあった。敏江は母の話を聞いてから古本屋でその回想録を手に入れ何遍と読み返した。大阪の地図も手に取った。近鉄大阪線に布施駅というのがある。その二つ東に行った駅に河内小阪という駅を見つけた。近くには女子高、女子大。古田が短刀を投げ捨てたという川。彼らが標的にした第十五銀行玉造支店小阪出張所というのは多分、この辺りなのではないか。そう目星をつけたが行ってみたところで、今や住宅街に変わってしまっただろう景色を見るのが落ちだ。そう思い直し、地下に潜る道をひたすら探す。

なんで。オッカアの名前はトモヨだろ。菊、花菊って女力士の頃は呼ばれてた。何だあ、女相撲って。それからオッカアから聞いた若い時分の話。ちょうど敏江と同じくらいか、いやもっと若いオッカアだ。オッカアが女相撲の力士だったたって。大体が女相撲なんて知らなかった。そこでオッカア一世一代の恋をした。相手はギロチン社とか呼ばれるおっかねえ集まりの無政府主義者で、それも殺人罪で追われていた男だったと。そのうえ、爆弾でおっかねえことおっぱじめて捕まって死刑だと。敏江のそれまでの人生とはまるで縁のない話が続いた。

オッカアは千葉の船橋で、その無政府主義者を探しに相撲小屋に乱入してきた警察を食い止めようと大乱闘した罪で、他の女力士ともども三日間、警察署にぶち込まれた。それから再び巡業の旅に出るのだが、一年ほど経って、女将さんでもある玉椿から「あの無政府主義者捕まったよ」と教えられる。古田は大杉栄の復讐に関東大震災の一年後、当時の戒厳令司令官福田雅太郎を、茶坊主みたいな風体の和田久太郎と襲撃、失敗。和田久の逮捕後はご隠居と呼ばれていた村木源次郎と爆弾を銀座に仕掛けたり、鶴見川鉄橋に仕掛けたり、だがその大概は失敗に終わり、逮捕に至った。

オッカアが古田逮捕を聞いたのは九州の佐賀にいた時だった。いてもたっても居られない、なんとか駆けつけたいと思ったが巡業に穴も空けられない。終わって東京の拘置所に駆け付けた。面会を頼んだが、素性が分からない、関係もはっきりしない人間には会わせられないとか何とか、よく分からず断られた。必死で頼んだが、無理だった。表でぼーっとしてると声を掛けられた。布施辰治という弁護士だった。布施はアナキストの弁護と支援に一生を捧げ、大杉栄が関わる裁判や、朴烈と金子文子の裁判でも弁護側として行動を共にしていた。古田に接見したばかりの布施がオッカアに声かける。その髷は、もしや花菊関かな。はい、そうだけど。オッカアは初めて見る顔に不審げな目をやる。

「今、一番会いたい人は誰かな」そう接見室で問うた布施に、古田は花菊の名前を出して即答したという。布施が言うには、接見は難しいと思う。それからのオッカアは古田に手紙を何度も書いた。だが、決して返事はなかった。翌一九二五年九月十日、古田に死刑判決が出る。その一か月後十月十五日死刑が執行。布施が遺体を引き取り、通夜を催した。この時も四国の香川で巡業中だった。布施から、「古田死ス」の電報が届いた。親方が興行の終わった土俵に女力士全員を集めて伝えてくれた。「遠く離れて遺体はねえけど、皆でここから悔やむべ」玉椿、梅の里、与那国、羽黒桜、小天龍、若錦、最上川、日照山、二代目小桜、長年旅して土俵で戦って、一緒に飲み食いした女力士たちが古田の名を呼び涙を流してくれた。

結局、古田からの返事は一度もなかった。花菊を巻き込みたくなかったからなのか、一本気で清廉な考えの持ち主である古田のことだから、こんな時に、愛だの恋だの、そういう関係を持ち出すべきじゃないと思ったのか。オッカアは生涯分からなかった。そうしてその日からオッカアの相撲の力はめっきり落ちてしまった。冬から翌年の春にかけて玉岩女相撲は日本を北上していったが、オッカアの相撲の力は戻らない。ちょうど北国にも桜が咲き始めた季節、巡業先に一人残ることに決めた。勧進元が旅館の経営をしていた。そこで下働きの女手を探しているというのもあった。そして何より、この町に惹かれたのは女相撲を見に来たオッカアより七歳ほど年上の農学校の教師の影響が大きい。教師は自分の理想とまだ見ぬ理想郷をこの土地に託して架空の町として童話を書いていた。詳しいことは分からなかったが、あの哲さんや大さんの言ってた満州の理想郷に近い気がした。朴訥な顔の教師を見たら安心できた。先生と慕って行こうと思ったのだ。その春、教師も農学校をやめ、これからは一百姓として生きていくとし、生家の近くに私塾を兼ねて寝起きする家を構えた。オッカアは旅館の仕事の合間を縫ってそこに通う。そこには近隣のまだまだ思いのあった百姓たちが集まっていた。そういえば哲さんと大さんが最初に出会ったという小作人社という所もこんな場所を目指そうとしていたのではなかろうかとオッカアは思う。そうしてオッカアはその私塾に出入りするようになったオトウと出会う。真面目一徹を絵に描いたような男、それがオトウだ。どこが好きで一緒になったのか、そんなことはもうどうでもいい。夫婦なんて、一緒になった後の長い年月の方が大切だ。オトウがオッカアの昔のことに根ほり葉ほり詮索しなかったのも一因だろう。オッカアは家出同然で故郷を出た。根なし草同様の身の上で、それを構わず受け入れたオトウの度量も大したものがある。流産したことがあったから子供は諦めていた。それでも吾が生まれた。オッカアの喜びは相当だったという。不思議なもんで吾が生まれた日に、オッカアとオトウが慕ってた先生が死んだ。この子は先生の生まれ変わりだ。そう思われたそうだが、そんなに賢く育った覚えはねえ。その頃、女相撲の石山や高玉がハワイやサイパンで派手に興行してると風の噂で聞いたけど、もう羨ましくもなかった。後年、石山が満州に女相撲で慰問に行ったことを聞いた時だけ、自分の目で満州だけは見てみたかったと花菊は思った。

本町という名前を地下鉄のアナウンスが告げる。随分と地味な名前の町だと思ったが、ここで乗り換えねばならない。案内の標識に従ってホームを歩いた。標識さえ一度見つけることが出来ればあとは簡単だ。南千住の食堂を守りながら一生を過ごしてきたと言えど、大半は東京で暮らした。そこらの田舎の婆さんと吾は違う。

結婚式で東京にやって来たオッカアは、山谷の町が見てみたかったのだという。そこは哲さんや大さんが一時期、日雇い労働者と一緒になって運動を起こそうとした場所だ。ギロチン社と呼ばれる集団にはここで働いていた人たちも多くいた。法華経信仰を強め一時期東京にいたこともある慕っていた先生がそう教えてくれたことがあった。一か月前の騒動のことは新聞で知っていた。だから余計、見たくなって一人で向かった。野宿している人が所在なげに屯していた、玉姫という名とは似つかわしくない公園で出会ったのが山谷の労働運動家だった。中浜哲と古田大次郎、彼らの知り合いだと言うと、この名前が意外に利いた。彼らアナキストが自由労働者と呼ばれた日雇い労働者と前衛を結び付け、資本家からの搾取に身を挺していこうとした歴史、その中に我々もいると彼は言う。難しいことは分からなかったが大さんや哲さんのことを一緒に語れる相手が、この東京にいることがオッカアは嬉しかった。そして彼が教えてくれた古田大次郎の墓があるという青山墓地に翌朝早く向かった。国木田独歩という偉い文学者の横に墓はあった。やっぱ、墓は墓だあ、何にも語ってくれるわけでねえ。オッカアは最後にそう言った。

墓と言えば南千住の駅近くに回向院という寺がある。元はと言えば両国回向院の別院として始まった。首切り地蔵と呼ばれる巨大な地蔵が今も残るこの地には小塚原の刑場があって、安政の大獄では橋本佐内や吉田松陰、そして高橋お伝なんかも処されている。それら刑場の刑死者を弔うために建立された寺だった。刑場、寄せ場、近くにある吉原を代表とする遊郭、これらは此処よりは江戸ではありませんという結界につきものであり、この土地の意味は江戸の昔から決まっていた。奇しくも本家の両国回向院が勧進相撲の聖地であり、明治期に女相撲がこの地で行われ途中で中止となったのは運命の悪戯なりかと思う。

オッカアの女相撲の話を聞いても吾の人生はさほど変わることはなかった。娘が生まれ、オッカアと同じかと思うのは、ついぞその後は孕むことなく一人娘を育てたということ。それからは東京オリンピックだの、大阪万博だの、一気に年月が流れて行った心地しかしない。万博が終わって世間も落ち着きを取り戻した頃、食堂、喜納屋に若い夫婦がよく来るようになった。二人とも二十歳を少し過ぎた程度の年齢で勤め人らしく旦那の方はシャツにネクタイ姿、奥さんの方も地味なスーツ姿が多かった。よく店で落ち合っては食事をして近くのアパートに帰っていった。日曜日ともなると月に一度くらいの割合で仲間を連れてくる。皆、似たような感じで地味目の若者たち。店内で騒ぐということもない。オッカアが二度目の上京で店に寄ったときも、ちょうどこの若者たちがいた。

オッカアの二度目の上京はオトウの入院だった。春先から体調が悪く本人は風邪が長引いてるだけだと言っていたが、どうにも治らない。あの働き者のオトウが寝床から出るのも億劫になるほどだという。近くの医者に診てもらっても原因不明、盛岡の大きな病院に行ってやっとわかった。骨髄異形成症候群とかいう珍しい病気だと。要は骨髄に異常が来て血を造れない。東京の大病院に入院したほうが良いということでやって来たのだ。久しぶりに会ったオトウは幾分痩せてはみえたものの外見はさほど変わらなかった。だが、あの頑固一徹はどっか行ったのか気弱になってる姿を初めて見た。その日もオッカアはオトウの病室に付き添い、夕方戻って来た。その時、店にいたのが若夫婦と仲間たち。なんも、なんも。仲間の一人がどこかの方言で話している。若夫婦も同じ故郷の出身なのか、同じような言葉で対応した。あんたたち北海道？　オッカアが気さくに声を掛けた。ええ、そうなんです。若夫婦の妻の方が気持ちの良い返事をした。北海道かあ、一度だけ巡業で行ったな。巡業って芝居とかサーカスとか？　女相撲だ。珍しくオッカアが赤の他人に女相撲の話を始めた。へえ、女相撲か。道理でお母さん、素人のようには見えなかったです。夫が弾んだ声を上げる。女相撲かあ、すごいなあ。うん、スゴイ。もう一人の仲間は東京出身らしく四人でスゴイスゴイを連発する。じゃあ、見せてやっかあ。と店内でオッカアが四股を踏んだ。きれいに宙へと伸びた足。ドスンと一気に床を踏む。ヨイショ！　ヨイショ！　若者四人が声を合わせた掛け声にオッカアの四股はさらに数度、ドスン、ドスン。娘ながらに惚れ惚れした。それから一か月ほどしてオトウは実弟から移植を受けて帰郷、だが移植が適合しなかったのか三か月後に死んだ。急だった。後でオッカアからあの日、あの若者四人の前で四股を踏んだ理由を聞いた。その日、病院で言われたそうだ。オトウがうまく生き残れるかは五分と五分。オッカアはオトウ頑張れとの思いで四股を踏んだという。

それから一年経った頃か、夏の熱い盛り、テレビニュースが丸の内のオフィス街に仕掛けられた爆弾が爆発と伝える。ビルから雨あられと割れたガラスが通りに落ち大きな事故が起こった。いや事故なんかではなく過激派と呼ばれたグループが起こした事件だった。あさま山荘で人質事件が起こったのが二年前、あれからこの手の事件は減っていったと思ってた矢先。翌七五年の五月、この犯人たちが一斉逮捕される。それも南千住駅前で捕物が行われた。町は騒然となる。この店で食事をしていたあの若夫婦だという噂が流れた。信じがたかったが、テレビに二人の顔が出た瞬間、やっと納得した。そこには仲間二人の顔もあった。つい一週間前も夫婦二人で夕食のためやって来た。オッカアが店で四股踏んで以来、関係が深まるということはなかったがいつも仲睦まじい夫婦だとずっと見ていた。

その日は朝から大雨で出勤のためアパートを出た夫は、地下鉄日比谷線南千住駅に刑事らしき男がいるのを見つけ、常磐線駅の方に逃げるが、そこにも刑事が待っており、結局、常磐線ガードの土手に身体を押し付けられて手錠をかけられた。少し遅れて家を出た妻の方も常磐線駅前の煙草店前で捕えられた。

吾はそれから、いろいろと調べる。オッカアが一生で一番好きだった、でもオトウが亡くなった今、オトウなのかも知らねえが、あの男、古田大次郎も爆弾だった。奇妙な共通点を感じた。それから調べれば調べるほど、あの夫婦がとんでもないことを考えていたことを知る。那須の御用邸から戻るお召列車を標的に荒川鉄橋に爆弾を仕掛けようとしていたのだ。これも哲さん、大さんが考えたことと一緒でねえか。だが、それが果たせず丸の内のビルに向かった。決行は朝鮮人が虐殺された関東大震災の日、九月一日と決めていたがこの日が日曜日、八月三十一日も土曜で休みの会社多く、三〇日にした。ますます関係ある気がしてきた。支援する会とかいうのがあるらしい。尋ねてみた。近くの食堂でよく食べに来てもらっていた。差し入れや手紙を書いても大丈夫でしょうか。拘置所にいた大さんに会いに行こうとしたオッカアに、いや、花菊に何だか近づける気がしたのだ。四〇歳はとうに過ぎていたけど支援の会には毎回出席した。進めてくれる書物も読んだ。初めての勉強らしい勉強だった。そのうち彼らが何を考えていたのか分かってくるようになった。多くの犠牲者を出した。それは断罪されるべきだと思う。だが、彼らがどんな気持ちをもって社会を変えようと、そしてアジアの人々やアイヌや沖縄の人々と繋がろうとしたのか、その動機が幾分か分かった。彼らの一途な思いを考える夜、涙が出ることさえあった。三年後、妻と仲間の一人がハイジャックによる日本の超法規的措置で海外へ出獄、かの地のグループと合流することになる。夫は残された。敏江は文通を続ける。そうこうしているうちに山谷で記録映画を撮っていた映画監督が対立するヤクザから刺され殺される事件が起こった。この人とは支援の会で時々顔を合わせたともある。映画制作は周囲で引き継がれ何とか完成したが、監督を引き継いだ労働運動家もすぐに銃で撃たれ殺される。憤りだけが積み重なる時代だった。だが数年して支援の会のおかげで一度だけ、かの夫と接見がかなった。彼はかなり痩せていた。だが、清潔そうな笑顔はそのまま、時折見せる眉を寄せるしぐさに年月と老いを感じさせた。たいした話は出来なかった。なんのことはない食堂の思い出話、ただ、オッカアが店で四股を踏んで見せてくれたことについては互いに大声を上げて笑った。

支援会が接見をさせてくれた理由が分かった。八七年三月、彼と友人の二人に最高裁の死刑判決が出され刑が確定した。こうなると接見もできない。

本町から乗り換えた地下鉄の行く先には、弁天町、大阪港と地名があった。この車両が海に向かっているのが分かる。オッカアが初めて海を見たのは千葉の船橋で哲さん、大さんと出会った時。拘置所に入って以来、かの夫は海を見ることもなく、去年、東京拘置所の中で死んだ。長年患っていた多発性骨髄腫が原因だった。死んだオトウのことが思い出された。オッカアも、吾の娘が二十歳になる年に死んだ。胃癌だったがとうに寿命だと諦めていた様子だった。早く皆がいるところに行きたかったのかもしれない。その頃からか、拘置所にいる夫は俳句を作るようになる。獄中から句集も出した。まるで中浜の哲、哲さんでねえかと吾は思う。吾の一番好きな句はこれだ。

北辺の海霧移る迅さかな

平凡な印象の句だが、北海道生まれだった彼の最期に故郷を思う心が良く表れてると思った。海を詠んでるのも好きな理由だ。

地下鉄は九条という駅で降りる。まだ朝の六時半、今からたずねるにしては早すぎないだろうか、そんなことを考えながら地上に出て、右も左も分からなくウロウロして歩いてたら、いきなり古い瓦屋根が並ぶ一角に出てしまった。椿だの妃だの鳴門だの優美だの、そんな看板が並び松島料理組合とある。ああ、遊郭なのだと敏江はすぐに察知した。そういえば、下関で消えたきりの十勝川は今どうしているだろう。死んでるに決まってるでないか。天からオッカアにそう言われた気がしたが、ならば十勝川は玄界灘を再び渡ったのだろうか。彼女の係累は今どこかにいるのだろうか。

これから敏江はギロチン社の小西次郎の末裔に会いに行く。小西は元銀行員だったことを利用して小阪事件の手引きをした男、大杉栄を虐殺した張本人である甘粕の弟、甘粕五郎襲撃では見張りをしていたのに逃走したのを名誉挽回と計画したのに失敗したのだ。一九二三年に逮捕され無期懲役とされるが、一九四〇年に釈放、戦後は大阪近郊で食堂を経営していたとされていた。ひょんなことから小西の末裔が大阪の九条で食堂を開いていると情報をもらった。会ってみたい。オッカアが生きたあの時代、そことは直接関係ないが、話をしてみたい。電話をしてみた。出てきたのは、少し訛りのある日本語の男の声。「小西ウインって言います」聞けば子供のいなかった小西は今から三十年近くも前、ミャンマー難民だった彼を養子にしたのだという。その小西次郎も十七年前に死んでいた。

ウイン、勝利ね。敏江が言った。いえ、ミャンマー語では勝利っていう意味ではありません。じゃあ、何？　それは会った時、教えますよ。

吾はこれから、その意味を聞きに行く。

（了）

あとがき

栗原康

めんそーれ。そいじゃ、「あとがき」とまいりましょうか。本書は、映画『菊とギロチン』のノベライズ本だ。原作にあたる脚本をいただいたのは、ちょうど一年まえ。よんでみて、まず率直におもったのは、エロいってことだ。マジでエロい。いや、濡れ場のシーンがおおいとか、そういうことじゃないよ。もちろん、原作者のひとり、瀬々敬久さんは「ピンク四天王」っていわれるくらいなんで、その道のプロなのだが、でもエロいっておもったのはそこじゃない。なんつうのかな、女力士たちの生々しい身体をかんじたっていってわかるだろうか。つよくなりたい、自分をかえたい。力士になっていく女たちが、この規制だらけのクソみたいな社会からとびだそうとして、ほんきでとりみだしているすがたがみてとれたんだ。エロい。

それこそ、花菊だったら、まずしい農村で、毎日毎日、男に奴隷みたいにコキつかわれて、ふみにじられて、ウィウィウィウィってひとりでないていたわけだ。でも、そんな自分をかえたくて、家から逃げだし、女相撲の一座にとびこんだ。おら、つよぐなりでえってね。しかも相撲っていうと、ふつう男のつよさの象徴だったりするわけだが、女相撲のつよさはひとあじちがう。だって、腹のうえに八コも米俵をのっけて、そのうえに力士たちがのっかっていって、エイサッ、ホイサッて餅つきをするだなんて、なんだよそれ、ってとこだろう。だれがどうみてもつよいんだが、でも、なんのつよさなんだか、まったくわからない。もう大混乱だ。もはや、つよい男でもない、よわい女でもない、それでいて男みたいにつよくなるってことでもない。もう男だの、女だの、そんな垣根ふっとばしちまって、得体のしれないなにかに化けちまっている。きっとレズビアンだった小桜にしても、遊郭からトンズラしてきた十勝川にしても、かの女たちを魅了してやまなかったのは、そんなぶちぬけた力だったんだとおもう。えっ、女は男に奉仕するのがあたりまえ？ えっ、男女のカップルがあたりまえ？ クソしてねやがれ。そんなたわごと、自分ごとふっとばしちまえ。自分の人生を爆破せよ、パンパ――ンッ!!!

だから、さいきん、女が土俵にあがっていいのかどうかでメディアをにぎわせていたが、だいじなのは、そういうことじゃないんだとおもう。そりゃ市長であれ、だれであれ、ひとが土俵でぶったおれたら、女人禁制もなんのその、男でも女でもまわりにいるひとがスッとんでいって、たすけようとするのはあたりまえだ。人命救助なんだからね、かまわずにやれ。でも、チョイとおかしいとおもったのは、それがあたかも女性解放につながるっていわれていたことだ。男の土俵に女ものせてもらう？ ちょっとちがうよね。そこには解放感もへったくれもありゃしない。

そういうのとくらべたら、やっぱり一〇〇年まえの女相撲ってのは、すごかったんだとおもう。女たちが自分たちの土俵を自分たちでつくりだし、自分たちの相撲をとっていく。だれにことわることもなく、勝手にね。土俵は女人禁制だとか差別的なことがいわれているならば、むしろそれを逆手にとって興行をうっちまう。女たちよ、あえて土俵にのれ、禁制なんてやぶるにかぎる、そしたら神様が怒って雨をふらせてくれるぞ、雨乞い、雨乞い、干ばつ対策ってね。そんな宣伝をうって、ガンガン興行をうっていく。

しかも、そこで得体のしれない技をくりひろげ、観客の度肝をぬいていくわけさ。だれもかれもが、びっくら仰天。男だの、女だの、そんなものにこだわっていた自分がバカバカしくなっちまうくらい、脳天壊了させられちまう。ノーテンファイラ、ノーテンファイラ、パンパ――ンってね。この腐った社会に、ハリテ一発。土俵そのものがひっくりかえっちまう。たぶん、そこまでいくのが女性解放ってもんなんじゃないかとおもう。いちどみたら、もうやみつきだ。やめられない、とまらない。女相撲はアナーキー。おらも、おらも、おらも。ミートゥー！

＊

さて、そんなことを考えながら文章をかいていたのだが、そのあいだに、チョイとひとやすみとおもって、沖縄旅行にいってきた。三月二七日から二泊三日。毎年恒例、仲のいい友だちと三人でいく、たのしい、たのしい旅行だ。とまあ、そのはずだったのだが、おそろしいことに、これがまた天皇、皇后の沖縄訪問とまるかぶりの日程だった。まあまあ、そうはいっても、でくわすことはないだろうし、気にしなけりゃいいかとおもって、初日の夕方、那覇市内の居酒屋に飲みにいったのだが、これがまた、とんでもない光景をみることになっちまったんだ。

みんなであるいて、居酒屋にむかっていたときのことだ。お店のちかくの公園に、やたらめったらひとだかりができていた。なんだ、なんだと、友だちといっしょにいってみると、すごいもんだ。老若男女、二〇〇〇人くらいが結集していて、みんながみんな、日の丸をもっている。前方をみると、でっかく「天皇、皇后両陛下歓迎パレード」ってかいてあった。そう、天皇、皇后を歓迎するために、これから街にくりだしていくところだったんだ。マジかよ、ここは沖縄だぞ・・・。

わたしたちがぼう然としていると、さらにおいうちをかけるかのように、パレードの主催者がこういいはじめた。「みんなでパレードの練習をいたしましょう。天皇陛下、バンザーイ！皇后陛下、バンザーイ！」。そして、二〇〇〇人全員で、日の丸を上下にあげさげしながらやりはじめたんだ。

天皇陛下、バンザーイ！皇后陛下、バンザーイ！天皇陛下、バンザーイ！皇后陛下、バンザーイ！天皇陛下、バンザーイ！皇后陛下、バンザーイ！天皇陛下、バンザーイ！皇后陛下、バンザーイ！天皇陛下、バンザーイ！皇后陛下、バンザーイ！天皇陛下、バンザーイ！皇后陛下、バンザーイ！天皇陛下、バンザーイ！皇后陛下、バンザーイ！天皇陛下、バンザーイ！皇后陛下、バンザーイ！天皇陛下、バンザーイ！皇后陛下、バンザーイ！天皇陛下、バンザーイ！皇后陛下、バンザーイ！天皇陛下、バンザ――イ！皇后陛下、バンザ――イ！

バンザ——イ！　バンザ———イ！　バンザ———イ！　バンザ———イ！　バンザ——イ！
バンザ——イ！　バンザ———イ！　バンザ———イ！　バンザ———イ！　バンザ——イ！
バンザ——イ！　バンザ———イ！　バンザ———イ！　バンザ———イ！　バンザ——イ！
バンザ——イ！　バンザ———イ！　バンザ———イ！　バンザ———イ！　バンザ——イ！
バンザ——イ！　バンザ———イ！　バンザ———イ！　バンザ———イ！　バンザ——イ！
バンザ——イ！　バンザ———イ！　バンザ———イ！　バンザ———イ！　バンザ——イ！
バンザ——イ！　バンザ———イ！　バンザ———イ！　バンザ———イ！　バンザ——イ！

ガ————ン!!!　おいら、びっくらこいて、背筋がこおりついちまったよ。じつはわたくし、この日の丸をかかげてバンザイってのを、うまれてはじめてナマでみたのだが、マジで驚愕だ。沖縄の人たちになにをやらせてんだよって、怒りがわいてきてもいいはずなのに、そういうんじゃないんだ。ただただ、血の気がひいちまって、その場をうごけない。しかも、そのパレードに動員されていた子どもたちが、キャッキャとたのしそうに、日の丸をパタパタとやっているからなんともいえない。なんかそれをみていて、ホントにやるせなくなっちまって、友だちと三人、グッタリとうなだれてしまった。こりゃもうやけ酒だ、酒しかねえ。そうおもって、泡盛をシコタマのんだのだが、いかんせんこういうときの酒ってのは、飲めば飲むほどつらくなる。グッタリだ。

しかし、ただじゃおわらないのが、この沖縄旅行。みんなつかれていたので、かえりにタクシーをひろったのだが、これがまたヤバかった。三人でのりこむやいなや、運ちゃんがこうはなしかけてきたんだ。「きょぅ、天皇陛下がきてたでしょ?」。ぅぅっ、またかよ。わたしがめんどくさくなって、下をむいていると、友だちが運ちゃんに気をつかって、「はい、そうですね」と笑顔でこたえた。すると、運ちゃんがこぅつづけた。「いやー、あいつのせいで、きょうはとんでもないめにあったサ。どんだけ偉いのかしらねえけど、車一台とおすために、何時間も信号をとめて交通遮断してたサ。こっちは商売あがったりサー」。そのまま、さらに天皇をディスりはじめる。「チキショウ、天皇、カネ返せ」。ぅおおおお――、運ちゃん、運ちゃん、運ちゃーん!!!

がぜん気分がよくなったわたしが、ふと顔をあげると、運ちゃんがシートベルトをしていないことに気づいた。ありゃ、だいじょうぶなのかとおもってみていると、運ちゃんが「ああっ、気づきましたか?」ってきいてきた。「はい」ってこたえると、運ちゃんはしたり顔でこぅいった。

シートベルトなんてしてなくても、人さまにめいわくをかけることはないサー。事故ったら、自分が死ぬだけ。だいたい、いきぐるしいでしょ、これ?

「そのとおりですッ!」。おはずかしながら、テンションがあがりすぎて、三人同時におっきな声をだしてしまった。友だちが、「やっぱり東京とくらべたら、こっちは交通規制がゆるいんですかね?」ってたずねると、運ちゃんはニコッとわらってこぅいった。「いやあ、那覇もきびしいサー」。ええーっ!? わたしたち三人がキョトンとしていると、運ちゃんはまたしたり顔でこぅいうんだ。

なんくるないさ〰〰〰〰〰〰〰!

うおおおお――――、運ちゃん、運ちゃん、運ちゃーんッ!!! かっこよすぎるぜ。わたしたちが目をキラッキラさせていると、気をよくしたのか、運ちゃんがとっておきの歌をきかせてやるサといって、ポチッと音楽プレイヤーのスイッチをおしてくれた。

そうだ、うれしいんだ、生きるよろこび、たとえ胸の傷がいたんでも〰〰〰〰♪

名曲、「アンパンマンのマーチ」だ。あっ、じつはこれ、やなせたかしが特攻隊で死んだ弟をおもってつくった歌なのだが、運ちゃんはそれもしったうえで、「オレ、右翼じゃないんだけどねー。この歌はサイコウ、サー!」といって、おもむろに道路を爆走しはじめた。うおおおお――――、ゆけ、ゆけ、往け、往けェーッ!!! いまを生きることで、熱いこころ、燃える。だから、きみはいくんだ、ほほえんで。そうだ、うれしいんだ、生きるよろこび、たとえ胸の傷がいたんでも。あ、あ、アンパンマン、やさしいきみは、ゆけ、みんなの夢まもるため。パンパーン、パンパンパンパンパン、パンパ――――ンッ!!! バンジャーイ! バンジャーイ! バンジャーイ! バンジャーイ! バンジャーイ! バンジャーイ! ボクの顔を食べにおいでよ。めんそーれ。

＊

とまあ、沖縄旅行はそんなかんじだったのだが、しかし、あらためておもったのは、いまの天皇、皇后は残酷なことをするなってことだ。もちろん、個人としてのアキヒトってのはリベラルなのかもしれないし、ミチコってのもいいひとなのかもしれない。でもさ、沖縄戦で二二万人もひとがブッ殺されたのも、そのあと沖縄の七五パーセントが米軍基地になっちまったのも、いまでも基地問題でメッタくそにされているのも、だれのせいだよってはなしだし、そもそも日本が沖縄を侵略したからこうなっているはずなのに、なんなんだろう、これは。それこそ一九七五年、皇太子だったアキヒトが沖縄訪問をしたときは、おもいきり火炎瓶をなげつけられていたわけさ。それがいまじゃ、二〇〇〇人規模でバンザイ、バンザイってやらされている。きっと基地問題で、安倍晋三ふざけんじゃねえぞとか、このクソ自民党が、みたいなことはいわれたとしても、天皇については、陛下はわかっていらっしゃる、あの奸臣どもは陛下の御心がわかっていないだけなんだっていわれるんだろう。もとはといえば、天皇制のせいで、日本のせいで、みんなひどい目にあっているのに、気づけば、そういうのはなかったことになっちまっている。

しかも、ヘイカ、ヘイカーっていったその瞬間から、みんな国民としてしかものがいえなくなっちまうわけさ。侵略された人たちの反逆の力みたいなものが、根っこからもぎとられてしまう。こわすぎるぜ、アキヒト。そういう意味じゃ、いまの天皇制は、ヒロヒトのとき以上に、さらに強力で、さらに残酷な天皇制になっているっていってもいいんじゃないかとおもう。ムカつくので、あたりまえのことをちゃんといっておこうか。沖縄は日本のためにあるんじゃない、日本を滅ぼすためにあるのである。えっ、この非国民がって？　なんくるないさ〰〰〰。

そういや中浜や古田にとって、天皇制ってのは、奴隷制の象徴みたいなもんだった。この世のなかは、だいたい主人と奴隷の関係でなりたっている。女が男につかえるのはあたりまえだとか、労働者が資本家のいうことをきくのはあたりまえだとか、朝鮮人が日本人にしたがうのはあたりまえだとかってね。ご主人さまに食わしてもらっているんだから、お仕事をいただいているんだから、そうするのがあたりまえだろうと。ほんとはその大前提として、武力をもちいて、自分のためにはたらくことを強いていたり、ほかの食いぶちをうばいとって、それなしじゃ生きていけないようにしてきたってだけのことなのに、それはさしおいて、ご主人さまのおかげで生きていられるんだ、だからしたがうのはあたりまえなんだっていわれてしまう。奴隷制だ。

で、その象徴が天皇制だ。もともと天皇なんて、むかし、いちばんつよかった暴力集団のトップってだけのもんだし、よわいものたちを暴力でおどして、ムリやり農業だのなんだのをやらせて、税を収奪してきたってだけなのに、気づけば、なんか現人神だのなんだのっていわれていて、みんな陛下のおかげで仕事があるんだ、みんな陛下の庇護のおかげで生きていられるんだ、みんな陛下の赤子なんだっていわれているわけだ。そのご恩をおかえしするためには、みんな死んだってかまわない、ああ、ヘイカ、ヘイカ、ヘイカーってね。したがわないやつは恩知らず、不逞の輩だ、ぶっ殺してもいいと。おっかない。でも、もっとおっかないのは、いちどこのシステムがみとめられちまうと、ほかもぜんぶそうなってしまうってことだ。ひとがひとを支配するのは、自然なことだ。だって、陛下が見本をしめしてくれているんだからってね。もちろん、自分の将来のことを考えたら、そのあたりまえにしたがって生きたほうがお得なんだろう。どんなにひどい目にあっても、どんなにコキつかわれても、さからわなければ、食っていける。明日のために、明日も食っていくためにってね。みんなこれでだまらされてしまう。でも、うまれついてのクソったれ、中浜はふざけんじゃねえっておもったわけさ。なんでそんなことをしなくちゃいけないのか。明日のために、明日も食っていくためにとか、そんなことをいっていたら、なにひとつ好きなことなんてやれずに、奴隷のままくたばっちまうぞ。いやそれどころじゃない。どんなにひどいことをされても、なにひとつ文句すらいえなくなっちまうぞ。だまってのたれ死ぬな。明日やろうはバカ野郎だ。やりたいことは、いますぐにやれ。いまこの一瞬をめいっぱいたのしんで生きるんだ。だいたい、ご主人さまの世話になんかならなくても、いざとなったらなんとでもなるぞ。カネがなければ、もらえばいい。もらえなければ、うばえばいい。ご主人さまってのからね、チャッハハ。リャクにつぐリャク、そしてさらなるリャクだ。クソったれの人生にひらきなおれ。非国民、上等。不逞もクソもどんとこいだァ。不逞じゃねえよ、太えだよ。

そうはいっても、いつなんどきでも、明日のために、明日も食っていくために、権力者にしたがうのはあたりまえだ、しかたのないことなんだっておもわせてくるのが、この世界ってもんだ。関東大震災のときみたいに、不逞の輩はこうなるんだぞっていって、メッタくそにひとをぶっ殺して、恐怖でひとをしたがわせたり、あるいは、なんとかやりたいことをはじめることができたとしても、いつのまにかその道の権威にしたがっちまっていたり、なにをやってもうまくいかなくて、マジで死にたくなってきて、やっぱりカネがなくちゃダメなんだっておもってしまったりね。やっぱりでてくるカネと権力。そいつにすがって生きるしかないと。でも、だったら、そこに駆りたてられてしまう自分ごと、この世界をふっとばしてやるしかない。爆弾だ、爆弾しかねえ。現人神をふっとばしてやれ。ヒロヒトをふっとばしてやれ。この世界の象徴をふっとばしてやれ。この世界のあたりまえをふっとばしてやれ。つかまって、首をつるされたってかまいやしない。自分の将来をふっとばせ。オレたちに未来なんてない。いまこの一瞬にすべてを賭けろ。やるならいましかねえ、いつだっていましかねえ。刹那を喰らえ。テロルを生きろ。

もしかしたら爆弾っていうと、ちょっとこわいよっておもったひともいるかもしれない。でも、だいじなのは中浜にしても、古田にしても、爆弾をつかってひとを殺すことを目的としていたわけじゃないってことだ。てゆうか、どんだけうまく殺傷できたかで、おまえはつかえるとか、つかえないとかいっていたら、軍隊のお仕事みたいだからね。そういうんじゃなくて、中浜や古田がやろうとしていたのは、いま、天皇にしたがえ、資本家にしたがえ、男にしたがえ、日本人にしたがえ、それがあたりまえなんだっていわれているんだとしたら、そのあたりまえがなんなのかわかんなくなるくらい、一切合切を、パンパーンッってふっとばしちまおうよってことだ。

たったいちどでもいい。たったいちどでも、ドデカい場面でドカーンとやってみせれば、みんなおもうわけさ。なんか、ぜったいにさからえないとおもっていた現人神が、いともかんたんにふっとんでいるぞ。爆弾一コありゃあ、だれでもこのくらいできるんだ。おらも、おらも、おらも。ミートゥーってね。それさえわかれば、もう爆弾をなげつけるだけじゃない。主人面したクソやろうどもに、身を捨ててたちむかっていくやつらが、つぎからつぎへとあらわれてくるだろうと。この世のなかに、あらがえないものなんてない。自分の身体を爆弾にかえろ。テメエの脳天をふっとばしてやれ。もう大混乱だ。爆弾をなげるということは、想像力をバクハツさせるのとおなじことだ。想像力をバクハツさせるということは、生きるということとおなじことだ。きっと、ギロチン社がやろうとしていたのは、そういうことだったんだとおもう。わたしたちは、そんなギロチンの芽を女相撲のなかにも、沖縄のタクシーの運ちゃんのなかにもみいだすことができるだろうか。おら、つよぐなりでえ。そのつよさがなんなのかわかんなくなるくらい、ぶっとんだことをやってやりてえ。あたりまえの生きかたなんてない、こうしなきゃいけない生きかたなんてない。あとさきなんてどうでもいいね。てゆうか、こんなクソみたいな世のなかじゃ、どうせさきなんてないんだよ。やりたいことしかやりたくないね。いや、そのやりたいことさえふっとばしちまうくらい、好き勝手にやってやりたい。暴走、暴走、暴走だ、この世界からの暴走だ。チキショウ、天皇、カネかえせ。なんくるないさー。いくぜ、ギロチン。こいよ、アナーキー。

よっしゃ、結論だ。爆弾の想像力をとりもどせ。バクハツのその一瞬に、自分の人生をぶちこんでやれ。前代未聞の大混乱。わたしはもうなんにもしばられないぞ。主人でも奴隷でもない、とりみだしたその身体を生きてやるんだ。合言葉はただひとつ。みんな天皇がキライ。おらも、おらも、おらも。ミートゥー！　パンパーン、パンパンパンパン、パンパ———ンッ!!!
バンジャーイ！　バンジャーイ！　バンジャーイ！　バンジャーイ！　バン

ジャーイ！　大正のあとに昭和はねえ。昭和のあとに平成はねえ。平成のあとはって？　クソくらえだ。みんな鬼に喰われちまえだァ。ふざけんじゃねえ、ふざけんじゃねえ、ふざけんじゃねえぞォ————ッ!!!　刹那を喰らえ。テロルを生きろ。やるならいましかねえ、いつだっていましかねえ。菊とギロチン。アバヨ！

＊

おっと、いけねえ。謝辞をわすれるところだった・・・。まずは原作者の瀬々敬久さん、相澤虎之助さん、すばらしい脚本をつかわせていただき、ありがとうございました。脚本をよむたび、おもしろくて、もう大興奮の日々でした。映画の大ヒットを心からねがっております。それから、本書を執筆しているあいだに、女相撲発祥の地、山形天童にいってきたのですが、そこにおつきあいいただいたみなさん、ありがとうございました。とくに山本久美子さんには、資料までご提供いただきました。感謝です。そして、担当編集者の宮川真紀さんにも。いつもながら執筆のあいだ、あたたかくハッパをかけていただき、ありがとうございました。謝謝！　そしてそして、読者のみなさんにも。さいごまでおつきあいいただき、ありがとうございました。またちかいうちに、どこかでお会いしましょう。そんじゃ、おあとがよろしいようで。

ごきげんよう！

『菊とギロチン』

2018年／日本／189分／カラー／DCP

【女相撲／玉岩興行】花菊：木竜麻生　十勝川：韓英恵　玉椿：嘉門洋子　梅の里：前原麻希　若錦：仁科あい　羽黒桜：田代友紀　小天龍：持田加奈子　与那国：播田美保　小桜：山田真歩　勝虎：大西礼芳　日照山：和田光沙　最上川：背乃じゅん
2代目小桜：原田夏帆　三治：嶺豪一　岩木玉三郎：渋川清彦

【ギロチン社】中濱鐵：東出昌大　古田大次郎：寛一郎　倉地啓司：荒巻全紀　河合康左右：池田良　仲喜一：木村知貴
小川義雄：飯田芳　田中勇之進：小林竜樹　小西次郎：小水たいが　内田源太郎：伊島空　茂野栄吉：東龍之介

【労働運動社】大杉栄：小木戸利光　和田久太郎：山中崇　村木源次郎：井浦新

【在郷軍人分会】飯岡大五郎：大西信満　佐吉：川本三吉　キチジ：髙野春樹　栄太：中西謙吾

正力松太郎：大森立嗣　定生…花菊の夫：篠原篤　丸万…警察署長：菅田俊　坂田勘太郎…歩方：川瀬陽太　田中半兵衛…地主：嶋田久作
水島…次の警察署長：渡辺謙作　森本一雄…実業同志会の理事：宇野祥平　魚売の音弥：鈴木卓爾　ナレーション：永瀬正敏

監督：瀬々敬久　脚本：相澤虎之助・瀬々敬久　音楽：安川午朗　撮影：鍋島淳裕　照明：かげつよし　美術監修：磯見俊裕、馬場正男　美術：露木恵美子　録音：髙田伸也　編集：早野亮　VFXスーパーバイザー：立石勝　装飾：中込秀志　衣装：真柴紀子　ヘアメイク：島田万貴子　サウンドエフェクト：北田雅也　助監督：海野敦、山嵜晋平　演奏：アンデミ ノルムセ、奈良大介、杵屋弥佶　プロデューサー：坂口一直、石毛栄典、浅野博貴、藤川佳三　協力プロデューサー：田所大輔　製作：「菊とギロチン」合同製作舎　配給：トランスフォーマー

著

栗原康

一九七九年、埼玉県生まれ。現在、東北芸術工科大学非常勤講師。専門は、アナキズム。長渕剛、ビール、河内音頭が好き。著書に『大杉栄伝 ―永遠のアナキズム』（夜光社）、『学生に賃金を』（新評論）、『はたらかないで、たらふく食べたい ―「生の負債」からの解放宣言』（タバブックス）、『現代暴力論』（角川新書）、『村に火をつけ、白痴になれ ―伊藤野枝伝』（岩波書店）、『死してなお踊れ ―一遍上人伝』（河出書房新社）などがある。

原作

相澤虎之助

一九七四年、埼玉県生まれ。早稲田大学シネマ研究会時代に東南アジアを放浪し『花物語バビロン』（97）を監督。二〇〇四年、富田克也監督と出会い映画制作集団「空族」を結成。以来、『国道20号線』（07）『サウダーヂ』（11）『チェンライの娘』（12）『バンコクナイツ』（17）と、富田監督作品を共同脚本。自身の監督作に、『かたびら街』（03）『バビロン2―THE OZAWA―』（12）がある。

瀬々敬久

一九六〇年、大分県生まれ。京都大学哲学科在学中より映画を自主製作。86年より獅子プロダクションに所属、助監督。89年、『課外授業 暴行』で商業映画監督デビュー。以降、劇映画、ドキュメンタリー、テレビまでジャンルを越えた活動を展開。『ヘヴンズストーリー』（10）は第61回ベルリン国際映画祭で国際批評家連盟賞とNETPAC賞。『64―ロクヨン―前編／後編』（16）、『8年越しの花嫁』（17）、『友罪』（18）など。

菊とギロチン　やるならいましかねえ、いつだっていましかねえ

二〇一八年七月一一日　初版発行

著者　栗原康　原作　瀬々敬久　相澤虎之助

発行人　宮川真紀　装丁　吉岡秀典（セプテンバーカウボーイ）

発行　合同会社タバブックス
〒一五五-〇〇三三　東京都世田谷区代田六-六-一五-二〇四
TEL：〇三-六七九六-二七九六　FAX：〇三-六七三六-〇六八九
mail：info@tababooks.com　URL：http://tababooks.com/

印刷製本　シナノ書籍印刷株式会社

ISBN978-4-907053-25-3　C0095

Printed in Japan